하트브레이크 하우스

옮긴이 **서영윤**
이화여자대학교 영문과 졸업
이화여자대학교 대학원 석사 및 박사
현재, 한성대학교 영어영문학부 교수

하트브레이크 하우스 *Heartbreak House*

초판 발행일 2014년 3월 10일
조지 버나드 쇼 **지음** | 서영윤 **옮김**

발행인 이성모
발행처 도서출판 동인 | 서울시 종로구 혜화로3길 5 118호
등 록 제1-1599호
TEL   (02) 765-7145 / FAX (02) 765-7165
E-mail dongin60@chol.com
ISBN   978-89-5506-558-9
정가   13,000원

※ 잘못 만들어진 책은 바꿔 드립니다.

하트브레이크 하우스
Heartbreak House

조지 버나드 쇼 지음
서영윤 옮김

도서출판 동인

본 주역서는 한성대학교 교내학술연구비 지원과제임.

Heartbreak House

옮긴이의 말

소설이나 시의 경우도 마찬가지겠지만 드라마 번역은 단순히 해당 언어에 정통하다고 해서 가능한 것이 아니다. 번역자는 그 드라마가 집필된 즈음의 사회, 역사적 배경과 작가에 대한 정통한 지식을 갖추고 있어야 함은 물론 번역된 드라마가 우리나라 배우들에 의해 무대 위에 올려 졌을 때 관객들이 어색하지 않게 받아들일 수 있도록 가능한 한 자연스러운 구어체로 번역해야 한다. 이런 점을 염두에 둘 때 맛깔스런 언어구사 능력이 부족한 역자가 영어권 극작가 중에서도 언어적 표현능력이 뛰어난 조지 버나드 쇼(George Bernard Shaw 1856-1950)의 작품 중에서도 유독 어려운 작품 중 하나인 『하트브레이크 하우스』(*Heartbreak House*)를 번역하겠다고 한 것 자체가 무모한 도전일 수 있다. 다만 역자는 이 책에 쇼의 원전과 번역본을 함께 실었을 뿐 아니라 가능한 한 많은 주석을 달아 독자들이 작품을 이해하는데 도움이 되려고 나름대로 최선을 다했음에 위안을 삼고자한다.

끝으로 극작가 쇼와 쇼 극 전반에 대한 개괄을 다룬 글들은 이미 많이 있기 때문에 「현대영미드라마」 제25권 2호에 게재된 역자의 졸고 「버나드 쇼의 *Heartbreak House* 읽기: 국가는 누가 구할 것인가?」를 토대로 『하트브레이크 하우스』를 이해하는 데 도움이 되는 기본적인 내용을 언급함으로써 '작가소개 및 작품해설'을 대신할 것임을 미리 밝히며, 드라마 번역서가 비인기도서로 분류되는 현실에서 부족한 역자의 번역서를 기꺼이 출판해주신 도서출판 동인의 이성모 사장님을 비롯한 동인 식구들, 그리고 언제나 사랑으로 지켜봐 주는 가족에게 감사드립니다.

차 례

등장인물

소토버 선장	Captain Shotover
허셔바이 부인	Mrs. Hushabye
헥토 허셔바이	Hector Hushabye
엘리 던	Ellie Dunn
마찌니 던	Mazzini Dunn
귀부인 어터우드	Lady Utterword
랜덜	Randall
망간	Mangan
유모 기니스	Nurse Guiness
강도	Burglar

ACT I

The hilly country in the middle of the north edge of Sussex,[1] *looking very pleasant on a fine evening at the end of September, is seen through the windows of a room which has been built so as to resemble the after part of an old-fashioned high-pooped ship, with a stern gallery,*[2] *for the windows are ship built with heavy timbering,*[3] *and run right across the room as continuously as the stability of the wall allows. A row of lockers under the windows provides an unupholstered window-seat interrupted by twin glass doors, respectively halfway between the stern post and the sides.*[4] *Another door strains the illusion a little by being apparently in the ship's port side,*[5] *and yet leading, not to the open sea, but to the entrance hall of the house. Between this door and the stern gallery are bookshelves.*

1막

9월 말 쾌청한 어느 저녁 아주 쾌적해 보이는 서식스주 북쪽 경계 한 가운데 있는 구릉 지대가 고물 전망대를 갖춘 선미가 높은 구식 배의 뒷부분을 닮도록 만들어진 방의 창문들을 통해서 보인다. 이는 그 창들이 육중한 목재로 건조된 배에 설치되어 벽의 안정성이 허용하는 한 연속적으로 그 방을 바로 가로 지르고 있기 때문이다. 창 아래 일렬로 있는 격납 칸들이 각각 선미재와 뱃전 사이 중간에 있는 한 쌍의 유리문에 의해 가로막힌 덮개를 씌우지 않은 창문 쪽 좌석들을 제공한다. 또 다른 문은 외관상 배의 좌현에 있지만 공해가 아니라 집의 현관홀로 통함으로써 약간의 환상을 강요한다. 이 문과 고물 전망대 사이에 서가들이 있다.

---

1) Sussex: 영국해협(the English Channel)과 면해 있는 영국 남동부의 서식스주. Sussex란 명칭은 고대 앵글로색슨 7왕국 때 서색슨 왕국(the kingdom of the South Saxons)에서 유래되었다. 1974년 행정구획 변경으로 East Sussex와 West Sussex의 2개주로 나뉘었다.
2) a stern gallery: 옛날 목조선 선미에 있었던 고물 전망대로 후갑판보다 낮은 위치에 있고 지붕은 없다.
3) the windows are ship built with heavy timbering: 그 창들이 육중한 목재로 건조된 배에 설치되어
4) the stern post and the sides: 선미재와 뱃전
5) the ship's port side: 배의 좌현

There are electric light switches beside the door leading to the hall and the glass doors in the stern gallery. Against the starboard wall[6] is a carpenter's bench. The vice has a board in its jaws; and the floor is littered with shavings, overflowing from a waste-paper basket. A couple of planes and a centrebit[7] are on the bench. In the same wall, between the bench and the windows, is a narrow doorway with a half door, above which a glimpse of the room beyond shows that it is a shelved pantry[8] with bottles and kitchen crockery.

On the starboard side, but close to the middle, is a plain oak drawing-table with drawing-board, T-square, straightedges, set squares, mathematical instruments, saucers of water color, a tumbler of discolored water, Indian ink, pencils, and brushes on it. The drawing-board is set so that the draughtsman's chair[9] has the window on its left hand. On the floor at the end of the table, on its right, is a ship's fire bucket.[10] On the port side of the room, near the bookshelves, is a sofa with its back to the windows. It is a sturdy mahogany article, oddly upholstered in sailcloth, including the bolster, with a couple of blankets hanging over the back. Between the sofa and the drawing-table is a big wicker chair, with broad arms and a low sloping back, with its back to the light. A small but stout table of teak, with a round top and gate legs, stands against the port wall between the door and the bookcase. It is the only article in the room that suggests (not at all convincingly) a woman's hand in the furnishing. The uncarpeted floor of narrow boards is caulked and holystoned like a deck.

홀로 통하는 문과 고물 전망대에 있는 유리문들 옆에는 전등 스위치가 있다. 우현 벽에 목수의 작업대가 있다. 바이스 집는 부분에 판자가 있고, 휴지통은 넘치고 바닥은 대팻밥으로 어질러져 있다. 한 쌍의 대패와 타래송곳이 작업대에 있다. 작업대와 창들 사이 같은 벽에 하프 도어를 가진 좁은 출입구가 있고, 그 위로 그 너머 방을 흘긋 보면 그것이 술병과 부엌용 토기그릇이 있는 선반을 갖춘 찬방임을 나타낸다.

우현쪽이지만 중앙 가까이에 제도판을 갖춘 오크나무로 된 장식 없는 제도용 테이블이 있는데, 거기엔 T자, 직선자, 삼각자, 제도기구, 수채화물감접시, 더러워진 물이 든 텀블러, 먹, 연필들, 그리고 붓들이 있다. 제도판은 제도가의 의자 왼쪽에 창이 있도록 놓여있다. 그의 오른쪽 테이블 끝 바닥에는 배에 비치된 비상용 소화 양동이가 있다. 그 방의 좌현 서가 가까이에 창 쪽으로 등받이를 한 소파가 있다. 그것은 덧베개를 포함해 범포로 이상하게 천을 씌운 튼튼한 마호가니 제품이며, 한 쌍의 담요가 등받이에 걸려 있다. 소파와 제도용 테이블 사이에 그 등받이를 빛을 받는 쪽으로 한 넓은 팔걸이와 낮게 경사진 등받이를 갖고 있는 큰 고리버들 세공 의자가 있다. 둥근 윗면과 접이식 다리를 가진 작지만 견고한 티크 테이블이 문과 책장 사이 좌현 벽에 세워져있다. 그것이 그 방 가구 비치에 있어서 여자의 손길을 나타내는 (결코 설득력 있지는 않지만) 유일한 물품이다. 카펫이 깔리지 않은 좁은 널빤지로 된 바닥은 갑판처럼 뱃밥으로 메워지고 마석으로 닦여져 있다.

---

6) the starboard wall: 우현의 벽

7) a couple of planes and centrebit: 한 쌍의 대패와 타래 송곳(나무에 둥근 구멍을 뚫는 데 쓰는 송곳으로 촛대가 용수철처럼 꼬여 있고 그 끝에는 날카로운 칼날이 붙어 있다)

8) a shelved pantry: 선반을 갖춘 찬방

9) the draughtsman's chair: 제도가의 의자

10) a ship's fire bucket: 배에 비치된 비상용 소화 양동이

The garden to which the glass doors lead dips to the south before the landscape rises again to the hills. Emerging from the hollow is the cupola of an observatory.[11] *Between the observatory and the house is a flagstaff on a little esplanade, with a hammock on the east side and a long garden seat on the west.*

A young lady, gloved and hatted, with a dust coat on, is sitting in the window-seat with her body twisted to enable her to look out at the view. One hand props her chin: the other hangs down with a volume of the Temple Shakespeare[12] *in it, and her finger stuck in the page she has been reading.*

A clock strikes six.

The young lady turns and looks at her watch. She rises with an air of one who waits, and is almost at the end of her patience. She is a pretty girl, slender, fair, and intelligent looking, nicely but not expensively dressed, evidently not a smart idler.

With a sigh of weary resignation she comes to the draughtsman's chair; sits down; and begins to read Shakespeare. Presently the book sinks to her lap; her eyes close; and she dozes into a slumber.

An elderly womanservant comes in from the hall with three unopened bottles of rum on a tray. She passes through and disappears in the pantry without noticing the young lady. She places the bottles on the shelf and fills her tray with empty bottles. As she returns with these, the young lady lets her book drop, awakening herself, and startling the womanservant so that she all but lets the tray fall.[13]

유리문이 통하는 정원은 그 풍경이 다시 구릉 지대 쪽으로 오르막이 되기 전에 남쪽으로 내리막이다. 그 움푹 꺼진 곳으로부터 천문관측소의 둥근 지붕이 나타나고 있다. 천문관측소와 그 집 사이 동쪽에는 그물침대가 그리고 서쪽에는 긴 정원 벤치가 있는 작은 산책로에 깃대가 있다.

가벼운 덧옷을 입고 장갑을 끼고, 모자를 쓴 한 젊은 숙녀가 그 경치를 볼 수 있도록 하려고 자신의 몸을 뒤틀어 창문 쪽 좌석에 앉아 있다. 한 손은 턱을 받치고 있고, 다른 손은 템플 셰익스피어 한 권을 늘어뜨리고 있으며, 그녀의 손가락은 읽고 있는 페이지에 끼어져 있다.

시계가 여섯 시를 친다.

젊은 숙녀는 몸을 돌려 그녀의 시계를 본다. 그녀는 기다리다 거의 인내의 끝에 이른 사람의 태도로 일어난다. 그녀는 날씬한 금발에 지적인 용모를 지닌 예쁜 아가씨로 멋지지만 비싸지 않은 옷을 입고 있으며, 분명히 약삭 빠른 게으름뱅이는 아니다.

지친 체념의 한숨을 쉬며 그녀는 제도가의 의자로 가서 앉고는 셰익스피어를 읽기 시작한다. 곧 책은 그녀의 무릎으로 떨어지고, 두 눈이 감기고 그녀는 꾸벅꾸벅 잠든다.

초로의 하녀가 쟁반에 뚜껑을 따지 않은 세 병의 럼주를 들고 홀로부터 등장한다. 하녀는 젊은 숙녀를 알아차리지 못하고 지나가 찬방으로 사라진다. 하녀는 선반에 그 술병들을 놓고 빈 병들로 쟁반을 채운다. 하녀가 이것들을 들고 돌아올 때 젊은 숙녀는 그녀 책이 떨어지도록 만들어 자신은 잠에서 깨고, 그 하녀를 너무나 놀라게 해 거의 쟁반을 떨어뜨릴 뻔할 정도다.

---

11) observatory: 별, 날씨 등을 관측하는 천문관측소
12) the Temple Shakespeare: 1894~96년에 나온 Israel Gollancz가 편집한 40권으로 된 셰익스피어 전집
13) As she ~ lets the tray fall: 이 문장에서 let는 모두 사역동사여서 바로 뒤에 나오는 동사는 원형이다.

THE WOMANSERVANT God bless us! [*The young lady picks up the book and places it on the table*] Sorry to wake you, miss, I'm sure; but you are a stranger to me. What might you be waiting here for now?

THE YOUNG LADY Waiting for somebody to show some signs of knowing that I have been invited here.

THE WOMANSERVANT Oh, youre invited, are you? And has nobody come? Dear! dear!

THE YOUNG LADY A wild-looking old gentleman came and looked in at the window; and I heard him calling out, "Nurse, there is a young and attractive female waiting in the poop. Go and see what she wants." Are you the nurse?

THE WOMANSERVANT Yes, miss: I'm Nurse Guinness. That was old Captain Shotover, Mrs Hushabye's father. I heard him roaring; but I thought it was for something else. I suppose it was Mrs Hushabye that invited you, ducky?

THE YOUNG LADY I understood her to do so. But really I think I'd better go.

NURSE GUINNESS Oh, dont think of such a thing, miss. If Mrs Hushabye has forgotten all about it, it will be a pleasant surprise for her to see you, wont it?

THE YOUNG LADY It has been a very unpleasant surprise to me to find that nobody expects me.

NURSE GUINNESS Youll get used to it, miss: this house is full of surprises for them that dont know our ways.

하녀	맙소사! [젊은 숙녀는 책을 집어 테이블에 놓는다] 원 이런, 깨워서 죄송해요, 아가씨. 하지만 아가씬 처음 뵙는 분이네요. 대체 지금 여기서 뭔가를 기다리고 계신 건가요?
젊은 숙녀	내가 여기 초대받았다는 걸 알고 있는 어떤 기미를 보여줄 누군가를 기다리고 있어요.
하녀	오, 초대 받으셨다구요? 그런데 아무도 안 왔어요? 저런, 저런!
젊은 숙녀	거칠어 보이는 노신사가 와 창문에서 들여다보았죠, 그가 "유모, 고물에 젊고 매력적인 여자가 기다리고 있어. 가서 뭘 원하는 지 알아 봐"라고 소리치는 걸 들었어요. 당신이 유모인가요?
하녀	맞아요, 아가씨. 전 유모 기니스에요. 그 분은 허셔바이 부인의 부친이신 노 선장 소토버셔요. 전 그 분이 소리 지르는 걸 들었지만 그게 다른 어떤 것 때문이라고 생각했어요. 당신을 초대한 분이 바로 허셔바이 부인일 테죠, 아가씨?
젊은 숙녀	부인이 그렇게 했다고 들어 알고 있어요. 그러나 정말로 난 가는 게 더 낫다고 생각해요.
유모 기니스	오, 그런 건 생각하지 말아요, 아가씨. 만약 허셔바이 부인이 초대에 대해 완전히 잊어버렸다면, 그 분에겐 아가씨를 만나는 게 뜻하지 않은 기쁨이 되지 않겠어요?
젊은 숙녀	아무도 날 기대하지 않고 있다는 걸 발견한 게 내겐 아주 뜻하지 않는 불쾌함이네요.
유모 기니스	거기에 익숙해질 거예요, 아가씨. 우리 방식을 모르는 사람들에게 이 집은 뜻밖의 것들로 가득 차 있어요.

CAPTAIN SHOTOVER [*looking in from the hall suddenly: an ancient but still hardy man with an immense white beard, in a reefer jacket*[14] *with a whistle hanging from his neck.*] Nurse, there is a hold-all[15] and a handbag on the front steps for everybody to fall over. Also a tennis racquet. Who the devil left them there?

THE YOUNG LADY They are mine, I'm afraid.

THE CAPTAIN [*advancing to the drawing-table*] Nurse: who is this misguided and unfortunate young lady?

NURSE GUINNESS She says Miss Hessy invited her, sir.

THE CAPTAIN And had she no friend, no parents, to warn her against my daughter's invitations? This is a pretty sort of house, by heavens! A young and attractive lady is invited here. Her luggage is left on the steps for hours; and she herself is deposited in the poop and abandoned, tired and starving. This is our hospitality. These are our manners. No room ready. No hot water. No welcoming hostess. Our visitor is to sleep in the toolshed, and to wash in the duckpond.

NURSE GUINNESS Now it's all right, Captain: I'll get the lady some tea; and her room shall be ready before she has finished it. [*To the young lady*] Take off your hat, ducky; and make yourself at home [*She goes to the door leading to the hall*].

소토버 선장	[목에 호루라기를 걸고 해군용 두터운 리퍼 재킷을 입고 엄청난 흰 턱수염을 한 고령이지만 여전히 강건한 남자인 그가 갑자기 홀에서 엿보며] 유모, 앞 계단에 모두 부딪혀 구르라고 대형여행가방과 핸드백이 있어. 테니스 라켓도. 도대체 누가 거기에 그것들을 놔 둔거야?
젊은 숙녀	유감스럽지만, 그것들은 제 거예요.
선장	[제도용 테이블로 나아가며] 유모, 잘못 인도되어 불운한 이 젊은 숙녀는 누군가?
유모 기니스	헤시온 아씨가 초대했다고 하네요, 나리.
선장	그런데 아가씬 내 딸의 초대를 피하라고 경고할 어떤 친구도, 어떤 부모도 갖지 못했나? 맹세코, 이건 멋진 종류의 집이라니까! 젊고 매력 있는 여인이 여기 초대되었잖아. 그녀의 짐은 몇 시간 동안 계단에 놓여 있고, 그녀는 스스로를 고물에 맡기고, 버려져 지쳐 굶고 있다니까. 이것이 우리의 환대야. 이런 게 우리 매너지. 준비된 방이 없다고. 더운 물도 없어. 환영하는 안주인도 없다니까. 우리 손님은 작업장에서 자고 오리연못에서 씻어야 한다구.
유모 기니스	이제 됐어요, 선장님. 제가 저 아가씨에게 차를 좀 가져다줄게요. 그리고 아가씨가 그걸 다 마시기 전에 방이 준비될 거예요. [젊은 숙녀에게] 모자를 벗으세요, 아가씨, 그리고 편히 하세요 [그녀는 홀로 통하는 문으로 간다].

---

14) a reefer jacket: 리퍼 재킷. reefer는 '돛을 감아올리는 사람'이란 뜻으로, 이것을 임무로 한 영국의 해군 소위 후보생(미드십맨)의 속칭이다. 그들의 제복인 얇은 감색 방모직물을 이용한 짧은 더블브레스트 박스코트를 리퍼 재킷이라 한다.

15) a hold-all: 대형 여행가방

THE CAPTAIN   [as she passes him] Ducky! Do you suppose, woman, that because this young lady has been insulted and neglected, you have the right to address her as you address my wretched children, whom you have brought up in ignorance of the commonest decencies of social intercourse?

NURSE GUINNESS   Never mind him, doty. [Quite unconcerned, she goes out into the hall on her way to the kitchen].

THE CAPTAIN   Madam: will you favor me with your name? [He sits down in the big wicker chair].

THE YOUNG LADY   My name is Ellie Dunn.

THE CAPTAIN   Dunn! I had a boatswain whose name was Dunn. He was originally a pirate in China. He set up as a ship's chandler with stores which I have every reason to believe he stole from me. No doubt he became rich. Are you his daughter?

ELLIE   [indignant] No: certainly not. I am proud to be able to say that though my father has not been a successful man, nobody has ever had one word to say against him. I think my father is the best man I have ever known.

THE CAPTAIN   He must be greatly changed. Has he attained the seventh degree of concentration?[16]

ELLIE   I don't understand.

선장	[그녀가 그를 지나갈 때] 아가씨라니! 이봐, 이 젊은 숙녀가 모욕당하고 무시당했기 때문에 네가 가장 평범한 사교 예절을 무시하며 키운 내 가엾은 자식들을 부를 때처럼 그녀를 부를 권리를 가졌다고 생각하나?
유모 기니스	애기씨, 신경 쓰지 말아요. [전혀 개의치 않으며 그녀는 부엌으로 가는 도중 홀로 간다].
선장	마담, 내게 당신 이름을 가르쳐주겠소? [그는 큰 고리버들 세공 의자에 앉는다].
젊은 숙녀	제 이름은 엘리 던이에요.
선장	던! 내겐 그 이름이 던이었던 갑판장이 있었지. 그는 원래 중국에서 해적이었어. 그가 내게서 훔쳤다는 걸 믿을만한 충분한 이유가 있는 용품을 갖춘 선박잡화상으로 개업을 했지. 의심할 여지가 없이 그는 부자가 되었어. 당신이 그자 딸인가?
엘리	[분개하며] 아뇨, 분명히 아녜요. 비록 제 아버지가 성공한 사람은 아니라 할지라도, 전 어느 누구도 그 분에 대해 한 마디도 적대적으로 말하지 않는다고 말할 수 있는 걸 자랑으로 여겨요. 아버지께선 제가 알고 있는 최고의 인간이라 생각해요.
선장	그가 필경 아주 변했음에 틀림없군. 그가 제 7 집중도의 경지에 도달했나?
엘리	모르겠어요.

---

16) the seventh degree of concentration: 제 7 집중도

THE CAPTAIN   But how could he, with a daughter? I, madam, have two daughters. One of them is Hesione Hushabye, who invited you here. I keep this house: she upsets it. I desire to attain the seventh degree of concentration: she invites visitors and leaves me to entertain them. [*Nurse Guinness returns with the tea-tray, which she places on the teak table*] I have a second daughter who is, thank God, in a remote part of the Empire with her numskull of a husband. As a child she thought the figure-head of my ship,[17] the Dauntless, the most beautiful thing on earth. He resembled it. He had the same expression: wooden yet enterprising. She married him, and will never set foot in this house again.

NURSE GUINNESS   [*carrying the table, with the tea-things on it, to Ellie's side*] Indeed you never were more mistaken. She is in England this very moment. You have been told three times this week that she is coming home for a year for her health. And very glad you should be to see your own daughter again after all these years.

THE CAPTAIN   I am not glad. The natural term of the affection[18] of the human animal for its offspring is six years. My daughter Ariadne was born when I was forty-six. I am now eighty-eight. If she comes, I am not at home. If she wants anything, let her take it. If she asks for me, let her be informed that I am extremely old, and have totally forgotten her.

선장 하지만 어떻게 그가 딸과 맞을 수 있지? 마담, 내게는 딸이 둘 있소. 그 중 하나가 당신을 이곳으로 초대한 헤시온 허셔바이야. 난 이 집을 관리하고 걜 엉망으로 만들지. 난 제 7 집중도의 경지에 이르길 열망하고, 걜 손님들을 초대해 대접하는 건 내게 맡기지. *[유모 기니스가 차 쟁반을 들고 돌아와서 그것을 티크 테이블에 놓는다]* 내겐 다행히도 멍텅구리 남편과 함께 제국의 먼 지역에 있는 둘째 딸이 있지. 그 아인 어릴 때 굴하지 않는 자들이라 명명 된 내 배의 이물 장식이 세상에서 가장 아름다운 것이라 생각했지. 사위가 그걸 닮았어. 경직됐지만 모험적인 똑같은 표정을 지녔지. 걔는 그와 결혼했고, 결코 다시는 이 집에 발을 대지 않을 거야.

유모 기니스 *[차 세트가 놓인 테이블을 엘리 쪽으로 가져가며]* 정말 선장님은 결코 더 이상 오해를 하셔서는 안 돼요. 아씨는 바로 이 순간 영국에 있어요. 건강을 위해 일 년 간 집에 올 거라는 걸 이번 주에 세 번 들으셨잖아요. 이 모든 세월이 지난 후 선장님이 당신 따님을 다시 만날 것임에 틀림없다는 것이 아주 기쁘군요.

선장 난 기쁘지 않아. 인간이란 동물이 자식에게 갖는 애정의 통상적 기간은 6년이오. 내 딸 애리애드니는 내가 마흔 여섯 살 때 태어났소. 난 지금 여든 여덟이오. 만약 그 아이가 오면, 난 집에 있지 않을 거요. 만약 걔가 어떤 걸 원하면, 그걸 갖게 해요. 만약 걔가 내 소식 따위를 물으면, 아주 늙어서 그 아이를 완전히 잊었다는 걸 알게 해주오.

---

17) the figure-head of my ship: 내 배의 이물 장식. 'figure-head'는 배의 앞부분 끝에 나무로 만들어 붙이는 선수상(船首像)을 말한다.

18) the natural term of the affection: 애정의 통상적 기간

NURSE GUINNESS   Thats no talk to offer to a young lady. Here, ducky, have some tea; and dont listen to him. [*She pours out a cup of tea*].

THE CAPTAIN   [*rising wrathfully*] Now before high heaven they have given this innocent child Indian tea: the stuff they tan their own leather insides with. [*He seizes the cup and the tea-pot and empties both into the leathern bucket*].

ELLIE   [*almost in tears*] Oh, please! I am so tired. I should have been glad of anything.

NURSE GUINNESS   Oh, what a thing to do! The poor lamb is ready to drop.

THE CAPTAIN   You shall have some of my tea. Do not touch that fly-blown cake: nobody eats it here except the dogs. [*He disappears into the pantry*].

NURSE GUINNESS   Theres a man for you! They say he sold himself to the devil in Zanzibar[19] before he was a captain; and the older he grows the more I believe them.

A WOMAN'S VOICE   [*in the hall*] Is anyone at home? Hesione! Nurse! Papa! Do come, somebody; and take in my luggage. *Thumping heard, as of an umbrella, on the wainscot.*[20]

NURSE GUINNESS   My gracious! It's Miss Addy, Lady Utterword, Mrs Hushabye's sister: the one I told the Captain about. [*Calling*] Coming, Miss, coming.

유모 기니스	그건 젊은 숙녀에게 하실 말씀이 아니지요. 아가씨, 여기 차를 좀

유모 기니스 그건 젊은 숙녀에게 하실 말씀이 아니지요. 아가씨, 여기 차를 좀 드세요. 그리고 저분 말씀에 귀기우리지 말아요. [*그녀는 차 한 잔을 따른다*].

선장 [*분연히 일어나며*] 지금 높은 하늘 아래 이 순진무구한 아이에게 인도차를 주고 있군. 그들 자신의 가죽 뱃속을 무두질하는 음료를 말이야. [*그는 찻잔과 찻주전자를 빼앗아 둘 다를 가죽 동이에 비운다*].

엘리 [*거의 눈물을 흘리며*] 오, 제발! 전 너무 지쳤어요. 전 무엇이든 기뻐했었음에 틀림없어요.

유모 기니스 이런, 무슨 짓이에요! 이 가련한 양은 금방이라도 쓰러질 것 같아요.

선장 당신은 내 차를 좀 마셔요. 그 쉬가 슬은 케이크는 건드리지 말아요. 개를 제외하곤 여기서 아무도 그걸 먹지 않으니 말이요. [*그는 찬방으로 사라진다*]

유모 기니스 자, 봐요 남자죠! 사람들은 저 분이 선장이 되기 전에 잔지바르에서 악마에게 자신을 팔았다고 해요. 그런데 선장님이 나이가 들면 들수록 난 그들을 더욱 더 믿어요.

여자 목소리 [*홀에서*] 집에 누구 있나요? 헤시온! 유모! 아버지! 누군가 와 내 짐을 받아요.

우산 때문인 것처럼 징두리벽판에 쿵 부딪히는 소리가 들린다.

유모 기니스 아이구! 애디 아가씨야, 허셔바이 부인의 여동생인 귀부인 어터우드죠. 제가 선장님께 말씀드렸던 바로 그 분이예요. [*소리 내어 부르며*] 들어와요, 애기씨, 들어오세요.

---

19) Zanzibar: 잔지바르. 잔지바르는 아프리카 동해안에 있는 섬으로 1963년 공화국으로 독립한 뒤 1964년에 탕가니카(Tanganyika)와 합병하여 현재는 탄자니아(Tanzania)의 잔지바르주이다.

20) wainscot: 건축에서 징두리 벽판 또는 그 재목. 징두리는 비바람 따위로부터 집을 보호하려고 집채 안 팎 벽 둘레에다 벽을 덧쌓는 부분을 말한다.

She carries the table back to its place by the door, and is hurrying out when she is intercepted by Lady Utterword, who bursts in much flustered.[21] *Lady Utterword, a blonde, is very handsome, very well dressed, and so precipitate in speech and action that the first impression (erroneous) is one of comic silliness.*

LADY UTTERWORD   Oh, is that you, Nurse? How are you? You dont look a day older. Is nobody at home? Where is Hesione? Doesnt she expect me? Where are the servants? Whose luggage is that on the steps? Where's papa? Is everybody asleep? [*Seeing Ellie*] Oh! I beg your pardon. I suppose you are one of my nieces. [*Approaching her with outstretched arms*] Come and kiss your aunt, darling.

ELLIE   I'm only a visitor. It is my luggage on the steps.

NURSE GUINNESS   I'll go get you some fresh tea, ducky. [*She takes up the tray*].

ELLIE   But the old gentleman said he would make some himself.

NURSE GUINNESS   Bless you! he's forgotten what he went for already. His mind wanders from one thing to another.

LADY UTTERWORD   Papa, I suppose.

NURSE GUINNESS   Yes, Miss.

LADY UTTERWORD   [*vehemently*] Dont be silly, Nurse. Dont call me Miss.

NURSE GUINNESS   [*placidly*] No, lovey [*She goes out with the tea-tray*].

유모는 테이블을 문 옆의 자기 자리로 되가져가고 급히 나가다 몹시 당황해 하며 뛰어든 귀부인 어터우드에 의해 가로막힌다. 금발의 귀부인 어터우드는 아주 잘 생겼고, 옷을 매우 잘 입었으며 말과 행동에 있어서 너무 덤벼서 (잘못된) 첫인상은 우스운 바보 같다는 것이다.

귀부인 어터우드 오, 당신이야, 유모? 잘 있었어? 유모는 하루도 더 나이든 것 같지 않아. 아무도 집에 없는 거야? 헤시온 언니는 어디 있어? 언니가 날 기다리지 않았어? 하인들은 어디 있지? 계단에 있는 건 누구 짐이지? 아버지는 어디 계셔? 모두 자고 있는 거야? [엘리를 보며] 오! 실례해. 내 조카딸 중 한 명인 것 같구나. [양 팔을 쭉 뻗쳐 그녀에게 다가가면서] 얘야, 와서 네 이모에게 키스하렴.

엘리 전 단지 손님이에요. 계단에 있는 건 제 짐이죠.

유모 기니스 아가씨, 제가 가서 새 차를 좀 가져올게요. [그녀가 쟁반을 집어 든다].

엘리 하지만 그 노신사분이 자신이 좀 만들어 오겠다고 하셨어요.

유모 기니스 저런! 선장님은 무엇 때문에 가셨는지 잊어버렸군. 선장님 정신이 여기저기 오락가락 하신 게야.

귀부인 어터우드 아버지군.

유모 기니스 맞아요, 아기씨.

귀부인 어터우드 [간절히] 바보같이 굴지 마, 유모. 날 아기씨라 부르지 마.

유모 기니스 [침착히] 그러지, 아가. [그녀는 차 쟁반을 들고 나간다].

---

21) She carries ~ flustered: 'when'을 쓰고 있기는 하나 유모가 나가다가 귀부인 어터우드와 부딪히는 것은 동시에 발생한 상황이다.

LADY UTTERWORD   [*sitting down with a flounce on the sofa*] I know what
you must feel. Oh, this house, this house! I come
back to it after twenty-three years; and it is just the
same: the luggage lying on the steps, the servants
spoilt and impossible, nobody at home to receive
anybody, no regular meals, nobody ever hungry
because they are always gnawing bread and butter
or munching apples, and, what is worse, the same
disorder in ideas, in talk, in feeling. When I was a
child I was used to it: I had never known anything
better, though I was unhappy, and longed all the
time—oh, how I longed!—to be respectable, to be a
lady, to live as others did, not to have to think of
everything for myself. I married at nineteen to
escape from it. My husband is Sir Hastings
Utterword, who has been governor of all the crown
colonies in succession. I have always been the
mistress of Government House. I have been so
happy: I had forgotten that people could live like
this. I wanted to see my father, my sister, my
nephews and nieces (one ought to, you know), and I
was looking forward to it. And now the state of the
house! the way I'm received! the casual impudence
of that woman Guinness, our old nurse! really
Hesione might at least have been here: s o m e
preparation might have been made for me. You must
excuse my going on in this way; but I am really very

귀부인 어터우드 [몸을 떨며 소파에 앉으면서] 당신이 필경 어떻게 느낄 것인지 알아요. 오, 이 집, 이 집! 23년 후에 여기 돌아왔는데도 바로 똑같아. 짐은 계단에 놓여 있고, 하인들은 버릇없게 굴어 견딜 수 없고, 집에는 누군가를 맞을 사람이 아무도 없고, 늘 버터 바른 빵을 물고 있거나 사과를 우적우적 먹고 있기 때문에 아무도 배고픈 적이 없으며, 설상가상으로 사상, 말, 감정에 똑같은 무질서가 있지. 비록 내가 불행해서 내내 신분이 높게 되기를, 귀부인이 되기를, 다른 사람들이 그랬듯이 스스로 모든 것에 대해 생각할 필요가 없이 살기를 갈망했다 할지라도—오, 얼마나 갈망했던가!—내가 아이였을 때, 난 거기에 익숙해져 있었고, 결코 더 나은 어떤 걸 알지 못했어. 열아홉 살 때 거기서 탈출하려고 결혼을 했지. 남편은 계속해서 모든 직할 식민지의 총독을 지내고 있는 헤스팅스 어터우드 경이야. 난 늘 총독관저의 안주인 이었지. 너무나 행복했기에 사람들이 이와 같이 살 수 있다는 걸 잊어버렸어. 내 아버지, 내 언니, 내 조카들이 보고 싶었고 (알다시피 사람은 그래야만 하지), 그걸 고대하고 있었어. 그런데 이 집의 상태라니! 내가 응대 받는 방식 좀 봐! 우리 늙은 유모인 하녀 기니스의 격식 차리지 않는 뻔뻔스러움이란! 정말로 최소한 헤시온 언니는 여기 있어야 하고, 날 위해 어떤 준비가 마련되었어야 했다구. 당신은 이런 식의 내 행위를 용서해야만 해요. 하지만 난 정말로

much hurt and annoyed and disillusioned: and if I had realized it was to be like this, I wouldn't have come. I have a great mind to go away without another word. [*She is on the point of weeping*].[22)]

ELLIE   [*also very miserable*] Nobody has been here to receive me either. I thought I ought to go away too. But how can I, Lady Utterword? My luggage is on the steps; and the station fly has gone.

The Captain emerges from the pantry with a tray of Chinese lacquer and a very fine tea-set on it. He rests it provisionally on the end of the table; snatches away the drawing-board, which he stands on the floor against table legs; and puts the tray in the space thus cleared. Ellie pours out a cup greedily.

THE CAPTAIN   Your tea, young lady. What! another lady! I must fetch another cup. [*He makes for the pantry*]

LADY UTTERWORD   [*rising from the sofa, suffused with emotion*] Papa! Don't you know me? I'm your daughter.

THE CAPTAIN   Nonsense! my daughter's upstairs asleep. [*He vanishes through the half door*]

Lady Utterword retires to the window to conceal her tears.

ELLIE   [*going to her with the cup*] Dont be so distressed. Have this cup of tea. He is very old and very strange: he has been just like that to me. I know how dreadful it must be: my own father is all the world to me. Oh, I'm sure he didnt mean it.

The Captain returns with another cup.

아주 심하게 상처 받았고, 화가 나며 환멸을 느껴요. 그리고 만약 내가 이럴 거라는 걸 깨달았다면 오지 않았을 거예요. 난 다른 말없이 엄청 떠나고 싶어요. [그녀는 막 눈물을 흘리려고 한다].

엘리   [똑같이 아주 비참해서] 또한 여기서 아무도 나를 맞아주지 않았어요. 나 역시 가야만 한다고 생각했어요. 하지만 귀부인 어터우드, 내가 어떻게 할 수 있겠어요? 짐은 계단에 있고, 역마차는 가버렸는데요.

선장이 중국 칠기 쟁반에 아주 멋진 티세트를 들고 찬방으로부터 등장한다. 그는 그것을 임시로 테이블 끝에 두고 제도판을 잡아채어 그걸 테이블 다리에 기대어 바닥에 세워두고, 그렇게 치워진 공간에 쟁반을 놓는다. 엘리가 게걸스레 한 잔 따른다.

선장   젊은 숙녀 양반, 당신 차요. 뭐야! 또 다른 숙녀라니! 또 한 잔을 가져와야만 하는구만. [그는 찬방을 향해 간다]

귀부인 어터우드   [감정이 가득 차 소파에서 일어나며] 아버지! 절 모르시겠어요? 아버지 딸이에요.

선장   허튼 소리! 내 딸은 위층서 자고 있소. [그는 하프 도어를 통해 사라진다]

귀부인 어터우드는 눈물을 감추려고 창문으로 물러간다.

엘리   [잔을 들고 그녀에게 가면서] 너무 괴로워하지 마세요. 이 차 한 잔 드세요. 그분은 아주 나이가 들어 매우 이상해요. 제게도 바로 마찬가지로 그랬어요. 그게 필경 얼마나 끔찍한 건지 알아요. 제게 아버지는 무엇과도 바꿀 수 없는 존재시거든요. 그런 의미로 말씀하신 건 아니라고 확신해요.

선장이 또 한 잔을 들고 돌아온다.

---

22) on the point of ~ ing: 막 ~하려는 찰나에, 막 ~ 하려 하는

THE CAPTAIN   Now we are complete. [*He places it on the tray*]

LADY UTTERWORD   [*hysterically*] Papa: you cant have forgotten me. I am Ariadne. I'm little Paddy Patkins.[23] Wont you kiss me? [*She goes to him and throws her arms round his neck*].

THE CAPTAIN   [*woodenly enduring her embrace*] How can you be Ariadne? You are a middle-aged woman: well preserved, madam, but no longer young.

LADY UTTERWORD   But think of all the years and years I have been away, papa. I have had to grow old, like other people.

THE CAPTAIN   [*disengaging himself*] You should grow out of kissing strange men: they may be striving to attain the seventh degree of concentration.

LADY UTTERWORD   But I'm your daughter. You havent seen me for years.

THE CAPTAIN   So much the worse! When our relatives are at home, we have to think of all their good points or it would be impossible to endure them. But when they are away, we console ourselves for their absence by dwelling on their vices. That is how I have come to think my absent daughter Ariadne a perfect fiend; so do not try to ingratiate yourself here by impersonating her. [*He walks firmly away to the other side of the room*].

LADY UTTERWORD   Ingratiating myself indeed! [*With dignity*] Very well, papa. [*She sits down at the drawing-table and pours out tea for herself*].

선장 이제 우린 다 갖추었군. [그는 그것을 쟁반에 놓는다]

귀부인 어터우드 [히스테리적으로] 아버지, 절 잊으실 수가 없어요. 애리애드니예요. 작은 패디 팻킨스죠. 제게 키스해주시지 않으시겠어요? [그녀는 그에게로 가서 목을 부둥켜 앉는다].

선장 [부자연스럽게 그녀의 포옹을 허용하며] 어떻게 당신이 애리애드니 일 수 있지? 당신은 중년 여성이야, 마담, 나이에 비해 젊지만 더 이상 젊지는 않다구.

귀부인 어터우드 하지만 아버지, 제가 떠나 있었던 모든 세월을 생각해보세요. 저도 다른 사람들처럼 나이를 먹어야만 해요.

선장 [떨어지면서] 당신은 낯선 사람들에게 키스하는 것을 탈피해야만 할 거요. 그들은 제 7집중도에 이르려고 애쓸 지도 모르오.

귀부인 어터우드 전 딸이에요. 아버지는 절 다년간 만나지 못했어요.

선장 그렇다면 더욱 더 나쁘군! 친족이 집에 있을 때 우리는 그들의 모든 좋은 점들에 대해 생각해야만 하지 그렇지 않으면 그들을 감내하는 것이 불가능할 게야. 하지만 그들이 멀리 있을 때 우리는 그들의 사악한 점들을 곰곰이 생각함으로써 그들의 부재에 대해 스스로를 위로하지. 그런 식으로 난 부재한 내 딸 애리애드니를 완벽한 악마라고 생각하게 되었지. 그러니 그녀 흉내를 냄으로써 여기서 스스로 비위를 맞추려고 하지 마. [그는 단호히 그 방의 다른 쪽으로 가버린다].

귀부인 어터우드 정말 내 자신 흉내를 낸다구요! [위엄 있게] 아주 좋아요, 아버지. [그녀는 제도용 테이블에 앉아서 스스로 차를 따른다].

---

23) little Paddy Pakins: 애칭. 이 극에서 쇼는 이외에도 많은 다른 애칭들을 사용한다.

THE CAPTAIN   I am neglecting my social duties. You remember Dunn? Billy Dunn?

LADY UTTERWORD   Do you mean that villainous sailor who robbed you?

THE CAPTAIN   [*introducing Ellie*] His daughter. [*He sits down on the sofa*].

ELLIE   [*protesting*] No —

Nurse Guinness returns with fresh tea.

THE CAPTAIN   Take that hogwash away. Do you hear?

NURSE   Youve actually remembered about the tea! [*To Ellie*] Oh, miss, he didnt forget you after all! You h a v e made an impression.

THE CAPTAIN   [*gloomily*] Youth! beauty! novelty! They are badly wanted in this house. I am excessively old. Hesione is only moderately young. Her children are not youthful.

LADY UTTERWORD   How can children be expected to be youthful in this house? Almost before we could speak we were filled with notions that might have been all very well for pagan philosophers of fifty, but were certainly quite unfit for respectable people of any age.

NURSE   You were always for respectability, Miss Addy.

LADY UTTERWORD   Nurse: will you please remember that I am Lady Utterword, and not Miss Addy, nor lovey, nor darling, nor doty?[24] Do you hear?

NURSE   Yes, ducky: all right. I'll tell them all they must call you my lady. [*She takes her tray out with undisturbed placidity*].

LADY UTTERWORD   What comfort? what sense is there in having servants with no manners?

선장	내 사교적 의무를 등한시 하고 있소. 던을 기억하나? 빌리 던을?
귀부인 어터우드	아버지께 강도짓을 한 그 사악한 선원을 의미하시는 건가요?
선장	[엘리를 소개하며] 그의 딸이야. [그는 소파에 앉는다].
엘리	[항변하며] 아니에요―

유모 기니스가 갓 만든 차를 가지고 돌아온다.

선장	그 돼지먹이를 치워. 들었나?
유모	정말로 차에 대해 기억하셨군요! [엘리에게] 오, 아가씨, 선장님은 결코 당신을 잊지 않았어요! 아가씬 감동을 주 었 군 요.
선장	[침울하게] 젊음! 아름다움! 새로움! 그런 것들이 이 집에선 몹시 부족해. 난 지나치게 늙었어. 헤시온은 단지 적당히 젊지. 그 아이의 자식들은 젊은이답지 않아.
귀부인 어터우드	어떻게 이 집에서 아이들이 젊은이다울 거라고 기대할 수 있어요? 거의 말을 할 수 있기 전에 우리는 50세의 이교도 철학자에게는 아주 잘 맞을 지도 모르지만 분명 어떤 연령의 품위 있는 사람들에게도 전혀 어울리지 않는 생각들로 충만했어요.
유모	언제나 품위를 찾는군요, 애디 아기씨.
귀부인 어터우드	유모, 난 애디 아기씨도, 아가도, 귀염둥이도, 애기씨도 아니고, 귀부인 어터우드란 걸 기억해주겠어? 들었어?
유모	그래요, 아가씨, 좋아요. 사람들에게 모두가 아가씨를 내 마님이라 불러야만 한다고 말하겠어요. [그녀는 흔들리지 않는 침착함으로 쟁반을 가지고 나간다].
귀부인 어터우드	무슨 위안이람? 아무런 매너도 갖추지 못한 하인을 갖는 게 무슨 의미가 있담?

---

24) Nurse ~ nor doty?: 여기서 lovely, darling, doty 등은 모두 애칭이다.

ELLIE   [*rising and coming to the table to put down her empty cup*] Lady Utterword: do you think Mrs Hushabye really expects me?

LADY UTTERWORD   Oh, dont ask me. You can see for yourself that Ive just arrived; her only sister, after twenty-three years absence! and it seems that I am not expected.

THE CAPTAIN   What does it matter whether the young lady is expected or not? She is welcome. There are beds: there is food. I'll find a room for her myself. [*He makes for the door*].

ELLIE   [*following him to stop him*] Oh, please —[*He goes out*]. Lady Utterword: I dont know what to do. Your father persists in believing that my father is some sailor who robbed him.

LADY UTTERWORD   You had better pretend not to notice it. My father is a very clever man; but he always forgot things; and now that he is old, of course he is worse. And I must warn you that it is sometimes very hard to feel quite sure that he really forgets.

Mrs Hushabye bursts into the room tempestuously, and embraces Ellie. She is a couple of years older than Lady Utterword, and even better looking. She has magnificent black hair, eyes like the fishpools of Heshbon,[25] and a nobly modelled neck, short at the back and low between her shoulders in front. Unlike her sister she is uncorseted and dressed anyhow in a rich robe of black pile that shews off her white skin and statuesque contour.

엘리	[일어나서 빈 잔을 놓으려고 테이블로 가면서] 귀부인 어터우드, 당신은 허셔바이 부인이 정말로 날 기대한다고 생각하나요?
귀부인 어터우드	오, 내게 묻지 말아요. 당신 스스로 내가 막 도착했다는 걸 알 수 있잖아요. 유일한 여동생이 23년간 부재한 이후에 말예요! 그런데 난 기대되지 않았던 것 같아요.
선장	저 젊은 숙녀가 기대되든 아니든 간에 그게 무슨 문제야? 그녀는 환영이야. 침대가 있고, 먹을 게 있어. 내가 몸소 그녀를 위해 방을 찾아보겠어. [그는 문으로 간다].
엘리	[그를 막으려고 따라가면서] 오 제발— [그는 나간다]. 귀부인 어터우드, 뭘 해야 할지 모르겠어요. 당신 아버지는 내 아버지가 자신을 강탈한 어떤 선원이라고 믿는 데 집착해요.
귀부인 어터우드	당신은 그걸 알아차리지 않는 척 하는 게 나아요. 아버지는 아주 똑똑하신 분이지만 늘 상황을 망각하죠. 그리고 아버지께서 늙으셨기 때문에 물론 더 악화되셨죠. 그리고 난 당신에게 때때로 아버지께서 실제로 망각하고 있다는 걸 아주 확실히 느끼기가 정말 힘들다는 걸 경고해야만 해요.

허셔바이 부인이 방으로 소란스럽게 뛰어 들어와 엘리를 포옹한다. 그녀는 귀부인 어터우드보다 두 살이 더 많고 심지어 더 예뻐 보인다. 그녀는 근사한 검은 머리, 헤스본의 양어못 같은 두 눈 그리고 뒤에는 짧고 앞에는 그녀의 두 어깨 사이에서 낮은 훌륭한 자태의 목을 지녔다. 동생과 달리 그녀는 코르셋을 하지 않았고 그녀의 하얀 피부와 조각상 같은 몸의 선을 돋보이게 하는 검은 양모로 된 화려한 긴 원피스를 되는 대로 입고 있다.

---

25) the fishpools of Heshbon: 헤스본의 양어못. 헤스본은 구약성서에 나오는 요르단강 동쪽에 위치한 고대도시이다.

MRS HUSHABYE Ellie, my darling, my pettikins, [*kissing her*]: how long have you been here? Ive been at home all the time: I was putting flowers and things in your room; and when I just sat down for a moment to try how comfortable the armchair was I went off to sleep. Papa woke me and told me you were here. Fancy your finding no one, and being neglected and abandoned. [*Kissing her again*]. My poor love! [*She deposits Ellie on the sofa. Meanwhile Ariadne has left the table and come over to claim her share of attention*]. Oh! youve brought someone with you. Introduce me.

LADY UTTERWORD Hesione: is it possible that y o u dont know me?

MRS HUSHABYE [*conventionally*] Of course I remember your face quite well. Where have we met?

LADY UTTERWORD Didnt papa tell you I was here? Oh! this is really too much. [*She throws herself sulkily into the big chair*].

MRS HUSHABYE Papa!

LADY UTTERWORD Yes: Papa. O u r papa, you unfeeling wretch. [*Rising angrily*] I'll go straight to a hotel.

MRS HUSHABYE [*seizing her by the shoulders*] My goodness gracious goodness, you dont mean to say that youre Addy!

LADY UTTERWORD I certainly am Addy; and I dont think I can be so changed that you would not have recognized me if you had any real affection for me. And papa didnt think me even worth mentioning!

허셔바이 부인	엘리, 내 귀염둥이, 내 아가 [그녀에게 키스를 하면서]: 여기서 얼마나 오래 기다렸지? 난 줄곧 집에 있었어. 네 방에 꽃과 물건들을 두었어. 그런데 단지 안락의자가 얼마나 편안한 지 시험해 보려고 잠시 앉았을 때 잠들어 버렸지 뭐야. [그녀에게 다시 키스를 하면서] 가여운 내 사랑! [그녀는 엘리를 소파에 둔다. 그 사이 애리애드니는 테이블을 떠났다가 그녀 몫의 주의를 요구하러 온다]. 오! 누군가를 함께 데려왔군. 내게 소개해줘.
귀부인 어타우드	헤시온, 언 니 가 날 모른다는 게 가능해?
허셔바이 부인	[진부하게] 물론 당신 얼굴을 아주 잘 기억해요. 우리가 어디서 만났죠?
귀부인 어타우드	아버지께서 내가 여기 있다고 언니에게 말씀하시지 않으셨어? 오, 이건 정말 너무 심해. [그녀는 부루퉁하게 큰 의자에 몸을 던진다].
허셔바이 부인	아버지라구!
귀부인 어타우드	그래, 아버지. 우 리 아버지말야, 언니는 무정한 사람이야. [화가 나서 일어나며] 곧장 호텔로 갈 거야.
허셔바이 부인	[그녀의 어깨를 잡으며] 저런, 어머나, 설마 당신이 애디라고 말하는 건 아니죠!
귀부인 어타우드	난 분명 애디야. 그리고 만약 언니가 내게 어떤 진정한 애정을 지녔다면 날 알아보지 못할 정도로 그렇게 변할 수 있다고 생각하진 않아. 그리고 아버지는 심지어 날 언급할 가치조차 없다고 생각하셔.

MRS HUSHABYE What a lark! Sit down [*She pushes her back into the chair instead of kissing her, and posts herself behind it*]. You d o look a swell. Youre much handsomer than you used to be. Youve made the acquaintance of Ellie, of course. She is going to marry a perfect hog of a millionaire for the sake of her father, who is as poor as a church mouse; and you must help me to stop her.

ELLIE Oh, p l e a s e, Hesione!

MRS HUSHABYE My pettikins, the man's coming here today with your father to begin persecuting you; and everybody will see the state of the case in ten minutes; so whats the use of making a secret of it?

ELLIE He is not a hog, Hesione. You dont know how wonderfully good he was to my father, and how deeply grateful I am to him.

MRS HUSHABYE [*to Lady Utterword*] Her father is a very remarkable man, Addy. His name is Mazzini Dunn. Mazzini was a celebrity of some kind who knew Ellie's grandparents. They were both poets, like the Brownings; and when her father came into the world Mazzini said, "Another soldier born for freedom!" So they christened him Mazzini; and he has been fighting for freedom in his quiet way ever since. Thats why he is so poor.

ELLIE I am proud of his poverty.

MRS HUSHABYE Of course you are, pettikins. Why not leave him in it, and marry someone you love?

허셔바이 부인	거 참 재미있군! 앉아. [그녀는 키스하는 대신 귀부인의 등을 의자 안으로 밀고 자신은 그 뒤에 선다]. 넌 명사처럼 보 여. 예전에 그랬던 것 보 다 훨씬 더 기품 있어 졌어. 물론, 엘리와 인사를 나누었겠지. 그 녀는 너무 가난한 자기 아버지를 위해 완벽하게 돼지 같은 백만 장자와 결혼하려고 하니 넌 내가 그녀를 막는 걸 도와주어야 만 해.
엘리	오, 제 에 발 헤시온.
허셔바이 부인	내 아가, 그 남자가 널 괴롭히기 시작하려고 네 아버지와 함께 오늘 여기 올 거고 모든 사람들은 10분 안에 그 일의 형세를 알 게 될 거야. 그러니 그걸 비밀로 하는 게 무슨 소용이 있겠니?
엘리	그분은 돼지가 아니에요, 헤시온. 당신은 그분이 내 아버지께 얼 마나 놀랄 정도로 잘하고, 내가 그분에게 얼마나 깊이 감사하고 있는지 몰라요.
허셔바이 부인	[귀부인은 어터우드에게] 그녀의 아버지는 아주 비범한 사람이야, 애 디. 그의 이름은 마찌니 던이야. 마찌니는 엘리의 조부모님이 아 셨던 무슨 명사였어. 그들은 브라우닝 부부처럼 둘 다 시인이셨 고, 그녀의 아버지가 태어났을 때 마찌니는 "또 다른 병사가 자 유를 위해 태어났군!"이라고 말했어. 그래서 그들은 그에게 마찌 니라는 세례명을 주었고, 그 이후 그는 자신의 조용한 방식으로 자유를 위해 투쟁해왔어. 그게 바로 그가 그렇게 가난한 이유야.
엘리	전 아버지의 가난이 자랑스럽다구요.
허셔바이 부인	물론 넌 그래, 아가. 어째서 그를 거기에 그대로 놔두고 네가 사 랑하는 누군가와 결혼하지 않지?

LADY UTTERWORD   [*rising suddenly and explosively*] Hesione: are you going to kiss me or are you not?

MRS HUSHABYE What do you want to be kissed for?

LADY UTTERWORD   I d o n t want to be kissed; but I do want you to behave properly and decently. We are sisters. We have been separated for twenty-three years. You o u g h t to kiss me.

MRS HUSHABYE Tomorrow morning, dear, before you make up. I hate the smell of powder.

LADY UTTERWORD   Oh! you unfeeling—[*She is interrupted by the return of the Captain*].

THE CAPTAIN   [*to Ellie*] Your room is ready. [*Ellie rises*] The sheets were damp; but I have changed them [*He makes for the garden door on the port side*].

LADY UTTERWORD   Oh! What about m y sheets?

THE CAPTAIN   [*halting at the door*] Take my advice: air them: or take them off and sleep in blankets. You shall sleep in Ariadne's old room.

LADY UTTERWORD   Indeed I shall do nothing of the sort. That little hole! I am entitled to the best spare room.

THE CAPTAIN   [*continuing unmoved*] She married a numskull. She told me she would marry anyone to get away from home.

LADY UTTERWORD   You are pretending not to know me on purpose. I will leave the house.

Mazzini Dunn enters from the hall. He is a little elderly man with bulging credulous eyes and earnest manners. He is dressed in a blue serge jacket suit with an unbuttoned mackintosh over it, and carries a soft black hat of clerical cut.

귀부인 어터우드 [갑자기 일어나서 폭발적으로] 헤시온 언니, 내게 키스할거야 아님 안 할 거야?

허셔바이 부인 뭣 때문에 넌 키스받기를 원하니?

귀부인 어터우드 키스받길 원하는 게 아니야, 하지만 난 언니가 예의바르고 품위 있게 처신하길 원해. 우리는 자매야. 우린 23년 동안 헤어져 있었어. 언니는 내게 키스해야만 해.

허셔바이 부인 얘야, 내일 아침에 네가 화장하기 전에 하자. 난 분 냄새가 싫어.

귀부인 어터우드 오. 무정한ー[그녀의 말은 선장이 돌아와 중단된다].

선장 [엘리에게] 당신 방이 준비되었소. [엘리가 일어난다]. 시트가 눅눅했지만 내가 교환했소. [그는 좌현에 있는 정원문을 향해 나아간다].

귀부인 어터우드 오! 내 에 시트는 어찌 되었나요?

선장 [문에서 멈춰서] 내 충고에 따라요. 시트를 공기에 쐬어 말려요 그렇지 않으면 그걸 벗기고 담요에 들어가 자요. 당신은 애리애드니의 옛 방에서 잘 거요.

귀부인 어터우드 정말 그런 건은 안 할 거예요. 그 작은 굴에! 전 최고의 예비 침실에서 잘 자격이 있다구요.

선장 [계속해서 냉정히] 갠 멍텅구리와 결혼했어. 그 아인 집에서 떠나기 위해 누구와든 결혼할 거라고 말했지.

귀부인 어터우드 아버진 일부러 절 모르는 척 하고 계셔요. 이 집을 떠날 거예요. *마찌니 던이 홀에서 들어온다. 그는 잘 속는 퉁방울눈에 진지한 태도를 한 초로의 남성이다. 그는 푸른색 서지 재킷을 입은 위에 단추를 끄른 방수외투를 걸치고 성직자용으로 재단 된 부드러운 검은 모자를 지니고 있다.*

ELLIE   At last! Captain Shotover: here is my father.

THE CAPTAIN   This! Nonsense! not a bit like him. [*He goes away through the garden, shutting the door sharply behind him*].

LADY UTTERWORD   I will not be ignored and pretended to be somebody else. I will have it out with papa now, this instant. [*To Mazzini*] Excuse me. [*She follows the Captain out, making a hasty bow to Mazzini, who returns it*].

MRS HUSHABYE   [*hospitably shaking hands*] How good of you to come, Mr Dunn! You dont mind papa, do you? He is as mad as a hatter, you know, but quite harmless and extremely clever. You will have some delightful talks with him.

MAZZINI   I hope so. [*To Ellie*] So here you are, Ellie, dear. [*He draws her arm affectionately through his*]. I must thank you, Mrs Hushabye, for your kindness to my daughter. I'm afraid she would have had no holiday if you had not invited her.

MRS HUSHABYE   Not at all. Very nice of her to come and attract young people to the house for us.

MAZZINI   [*smiling*] I'm afraid Ellie is not interested in young men, Mrs Hushabye. Her taste is on the graver, solider side.

MRS HUSHABYE   [*with a sudden rather hard brightness in her manner*] Wont you take off your overcoat, Mr Dunn? You will find a cupboard for coats and hats and things in the corner of the hall.

엘리	바로 이 분이세요. 소토버 선장님. 이 분이 제 아버지세요.
선장	이 사람이라구! 허튼소리! 조금도 그와 닮지 않았어. *[그는 뒤로 문을 세게 닫으며 정원을 통해 가버린다]*.
귀부인 어터우드	나는 무시당하거나 다른 누군가인 체 하지 않을 거야. 지금, 이 순간 난 아버지와 결판을 낼 거야. *[마찌니에게]* 실례합니다. *[그녀는 마찌니에게 급히 절을 하며 선장을 따라 나가고, 마찌니는 거기에 답례를 한다]*.
허셔바이 부인	*[악수를 하며 극진하게]* 던씨, 당신이 오시다니 얼마나 감사한지요! 아버지는 개의치 않으시죠, 그렇죠? 아시다시피 아버진 아주 정신이 나가셨지만 전혀 악의가 없으시고 몹시 총명하세요. 당신은 그분과 어떤 유쾌한 대화를 나누실 거예요.
마찌니	그러길 바랍니다. *[엘리에게]* 엘리야, 얘야, 참으로 네가 여기 있구나. *[그는 애정 어리게 자기 팔로 그녀 팔을 끌어당긴다]*. 허셔바이 부인, 제 딸에 대한 당신의 친절함 때문에 감사드려야만 합니다. 만약 당신이 이 아이를 초대하지 않았다면 어떤 휴가도 갖지 못했을 거라고 생각합니다.
허셔바이 부인	천만에요. 그녀가 와서 우리를 위해 집으로 젊은이들을 이끄는 게 너무 고맙지요.
마찌니	*[미소 지으며]* 엘리가 젊은 남자들에게 흥미를 갖고 있지 않는 게 유감이군요. 이 아이의 취향은 더 근엄한 용사 쪽에 있어요.
허셔바이 부인	*[그녀의 태도에 갑작스레 다소 굳은 쾌활함으로]* 던 씨. 외투를 벗지 않으시겠어요? 당신은 홀 구석에서 코트, 모자 그리고 소지품 등을 위한 벽장을 발견할 거예요.

MAZZINI   [*hastily releasing Ellie*] Yes—thank you—I had better—
           [*He goes out*].

MRS HUSHABYE [*emphatically*] The old brute!

ELLIE   Who?

MRS HUSHABYE Who! Him. He. It [*Pointing after Mazzini*]. "Graver,
           solider tastes," indeed!

ELLIE   [*aghast*] You dont mean that you were speaking like
           that of my father!

MRS HUSHABYE I was. You know I was.

ELLIE   [*with dignity*] I will leave your house at once. [*She turns
           to the door*].

MRS HUSHABYE If you attempt it, I'll tell your father why.

ELLIE   [*turning again*] Oh! How can you treat a visitor like
           this, Mrs Hushabye?

MRS HUSHABYE I thought you were going to call me Hesione.

ELLIE   Certainly not now?

MRS HUSHABYE Very well: I'll tell your father.

ELLIE   [*distressed*] Oh!

MRS HUSHABYE If you turn a hair—if you take his part against me
           and against your own heart for a moment, I'll give
           that born soldier of freedom a piece of my mind
           that will stand him on his selfish old head for a
           week.[26]

마찌니	[급히 엘리를 놓으며] 네―감사합니다―그 편이 더 낫겠죠― [그는 나간다].
허셔바이 부인	[강조하여] 짐승 같은 늙은이!
엘리	누가요?
허셔바이 부인	누구냐고? 그자지. 그자. 그치. [마찌니 뒤를 가리키며]. "더 근엄한 용사 취향이라구," 도대체!
엘리	[소스라치게 놀라서] 당신이 제 아버지에 대해 그처럼 말하고 있다는 의미는 아니겠죠!
허셔바이 부인	그랬어. 그런 걸 넌 알잖아.
엘리	[위엄 있게] 당장 당신 집을 떠나겠어요. [그녀는 문으로 향한다].
허셔바이 부인	만약 네가 그렇게 하려 한다면, 네 아버지에게 이유를 말할 거야.
엘리	[다시 방향을 바꾸며] 오! 허셔바이 부인, 어떻게 손님을 이렇게 대접할 수 있죠?
허셔바이 부인	네가 날 헤시온이라 부를 거라고 생각했어.
엘리	분명 지금은 아니지 않겠어요?
허셔바이 부인	됐어, 네 아버지에게 말할 테야.
엘리	[괴로워서] 이런!
허셔바이 부인	만약 내가 털 오라기라도 바꾼다면―만약 네가 나를 거스르고 잠시 동안 네 자신의 마음에 반해 네 아버지의 편을 취한다면, 난 그 타고난 자유의 용사에게 일주일 동안 그의 이기적인 늙은 머리를 뒤집어엎을 잔소리를 거리낌 없이 할 거야.

---

26) I'll give that ~ for a week: 여기서 'give a person a piece of one's mind'는 '남에게 거리낌 없이 말하다[잔소리를 하다]'를 의미하는 숙어다.

ELLIE   Hesione! My father selfish! How little you know—

She is interrupted by Mazzini, who returns, excited and perspiring.

MAZZINI   Ellie: Mangan has come: I thought youd like to know. Excuse me, Mrs Hushabye: the strange old gentleman—

MRS HUSHABYE Papa. Quite so.

MAZZINI   Oh, I beg your pardon: of course: I was a little confused by his manner. He is making Mangan help him with something in the garden; and he wants me too—

A powerful whistle is heard.

THE CAPTAIN'S VOICE Bosun ahoy! [*The whistle is repeated*].

MAZZINI   [*flustered*] Oh dear! I believe he is whistling for me. [*He hurries out*].

MRS HUSHABYE Now m y father is a wonderful man if you like.

ELLIE   Hesione: listen to me. You dont understand. My father and Mr Mangan were boys together. Mr Ma—

MRS HUSHABYE I dont care what they were: we must sit down if you are going to begin as far back as that [*She snatches at Ellie's waist, and makes her sit down on the sofa beside her*]. Now, pettikins: tell me all about Mr Mangan. They call him Boss Mangan, dont they? He is a Napoleon of industry and disgustingly rich, isnt he? Why isnt your father rich?

엘리	헤시온! 내 아버지께서 이기적이라고요! 당신이 얼마나 잘 모르는지 —

그녀의 말은 흥분해서 땀을 흘리며 돌아오는 마찌니에 의해 중단된다.

마찌니	엘리, 망간이 왔어. 네가 알고 싶어할 거라고 생각했단다. 실례합니다, 허셔바이 부인, 그 이상한 노신사가 —
허셔바이 부인	아버지셔. 그렇고말고.
마찌니	오, 물론 죄송스럽지만, 그분의 태도로 인해 좀 혼란스럽습니다. 그분은 정원에서 망간이 뭔가를 가지고 그를 돕도록 하고 있고, 내게도 하길 원하지요 —

힘찬 호각소리가 들린다.

선장의 목소리	어어이 갑판장! [호각소리가 되풀이 된다].
마찌니	[당황하여] 저런! 그가 호각으로 날 부르는 거라고 생각돼. [그는 급히 나간다]
허셔바이 부인	자 네가 괜찮다면 나 의 아버지는 훌륭하신 분이셔.
엘리	헤시온, 내 말을 들어봐요. 당신은 이해 못해요. 아버지와 망간 씨는 함께 친구였어요. 망 —
허셔바이 부인	그들이 무엇이었는지는 개의치 않지만, 네가 그렇게 옛날로 돌아가 시작하고 싶다면, 우린 앉아야만 한다구. [그녀는 엘리 허리를 잡아채어 소파에서 자기 옆에 앉도록 한다]. 자, 아가, 내게 망간 씨에 대해 말해보렴. 사람들은 그를 보스 망간이라 부르지, 그렇지 않니? 그는 산업계의 나폴레옹 같은 사람이고, 혐오스러울 정도로 부유하지 않니? 네 아버지는 왜 부자가 아니지?

ELLIE   My poor father should never have been in business. His parents were poets; and they gave him the noblest ideas; but they could not afford to give him a profession.

MRS HUSHABYE Fancy your grandparents, with their eyes in fine frenzy rolling! And so your poor father had to go into business. Hasnt he succeeded in it?

ELLIE   He always used to say he could succeed if he only had some capital. He fought his way along, to keep a roof over our heads and bring us up well; but it was always a struggle: always the same difficulty of not having capital enough. I dont know how to describe it to you.

MRS HUSHABYE Poor Ellie! I know. Pulling the devil by the tail.

ELLIE   [*hurt*] Oh, no. Not like that. It was at least dignified.

MRS HUSHABYE That made it all the harder, didnt it? I shouldn't have pulled the devil by the tail with dignity. I should have pulled hard—[*between her teeth*] h a r d. Well? Go on.

ELLIE   At last it seemed that all our troubles were at an end. Mr Mangan did an extraordinarily noble thing out of pure friendship for my father and respect for his character. He asked him how much capital he wanted, and gave it to him. I dont mean that he lent it to him, or that he invested it in his business. He just simply made him a present of it. Wasnt that splendid of him?

엘리	불쌍한 아버지께선 결코 사업에 종사하지 않으셨어요. 조부모님께선 시인이셨고, 가장 고귀한 사상을 주셨지만 아버지께 직업을 주실 수는 없었어요.
허셔바이 부인	멋지게 굴리는 격앙된 두 눈을 지니신 네 조부모님을 상상해봐! 그래서 네 불쌍한 아버지께서 사업계에 나서야만 하셨음에 틀림 없군. 거기서 성공 못하셨지?
엘리	아버지께선 늘 당신이 자본을 좀 갖고 계셨으면 성공하실 수 있다고 말씀하시곤 하셨어요. 아버지께선 우리 머리 위에 지붕을 두고, 우리를 잘 키우기 위해 자신의 방식에 따라 싸우셨지만 그건 언제나 악전고투였고 늘 충분한 자본을 갖지 못한 똑같은 어려움이었죠. 난 그걸 당신에게 어떻게 묘사해야 할 지 모르겠어요.
허셔바이 부인	불쌍한 엘리! 알아. 악마의 꼬리를 당기는 거지.
엘리	[마음이 상해] 이런, 아니에요. 그런 건 아니에요. 최소한 품위는 있었다구요.
허셔바이 부인	그게 오히려 더 힘들게 만드는 거야, 그렇지 않아? 난 악마의 꼬리를 품위 있게 끌어당기진 않을 거야. 맹렬히 끌어당길 거라구─ [목소리를 죽여] 맹 렬 히. 그래서? 계속해봐.
엘리	마침내 우리의 모든 고생이 끝난 것 같았어요. 망간 씨가 내 아버지에 대한 순수한 우정과 아버지의 인격에 대한 존경에서 특별히 고귀한 것을 하셨어요. 그분은 아버지께 얼마나 많은 자본을 원하냐고 물으셨고 그걸 주셨어요. 그분이 아버지께 그걸 빌려주셨다거나 아버지 사업에 투자하셨다고 말하는 건 아니에요. 그분은 정말 단순히 그걸 아버지께 선사하셨어요. 그분 정말 훌륭하지 않으신가요?

MRS HUSHABYE On condition that you married him?

ELLIE Oh, no, no, no. This was when I was a child. He had never even seen me: he never came to our house. It was absolutely disinterested. Pure generosity.

MRS HUSHABYE Oh! I beg the gentleman's pardon. Well, what became of the money?

ELLIE We all got new clothes and moved into another house. And I went to another school for two years.

MRS HUSHABYE Only two years?

ELLIE That was all; for at the end of two years my father was utterly ruined.

MRS HUSHABYE How?

ELLIE I dont know. I never could understand. But it was dreadful. When we were poor my father had never been in debt. But when he launched out into business on a large scale, he had to incur liabilities. When the business went into liquidation he owed more money than Mr Mangan had given him.

MRS HUSHABYE Bit off more than he could chew, I suppose.

ELLIE I think you are a little unfeeling about it.

MRS HUSHABYE My pettikins: you mustnt mind my way of talking. I was quite as sensitive and particular as you once; but I have picked up so much slang from the children that I am really hardly presentable. I suppose your father had no head for business, and made a mess of it.

허셔바이 부인	네가 그와 결혼한다는 조건에서지?
엘리	당치도 않아요, 아뇨, 아니에요. 이건 내가 아이였을 때였어요. 그분은 결코 절 본 적이 없었어요, 결코 우리 집에 오시지 않았어요. 절대적으로 사욕이 없었어요. 순수한 관대함이었죠.
허셔바이 부인	오! 그 신사분께 죄송하군. 그런데 그 돈은 어찌되었지?
엘리	우리 모두는 새 옷을 구입했고 다른 집으로 이사를 했어요. 그리고 난 2년간 다른 학교에 다녔어요.
허셔바이 부인	단지 2년 동안만?
엘리	그게 다였어요, 왜냐하면 2년째 마지막에 아버지는 완전히 파산하셨거든요.
허셔바이 부인	어떻게?
엘리	모르겠어요. 결코 이해할 수가 없어요. 하지만 그건 무시무시했어요. 우리가 가난했을 때 아버지께선 결코 빚을 지시지 않으셨어요. 하지만 아버지께서 대규모로 사업에 나서셨을 때 채무를 지셔야만 했어요. 사업이 파산했을 때 아버지께서는 망간 씨가 주셨던 것 보다 더 많은 빚을 지셨어요.
허셔바이 부인	힘에 겨운 일을 하려고 했던 것 같군.
엘리	당신은 거기에 대해 좀 냉혹하다는 생각이 들어요.
허셔바이 부인	내 아가, 내가 말하는 방식에 신경을 쓸 필요가 없단다. 나도 한 때 너처럼 아주 예민하고 특별했어. 하지만 난 사실상 거의 교양을 갖출 수 없었던 어린아이 때부터 그렇게 많은 속어를 익혔단다. 네 아버지께서 사업 재주가 없어서 실수를 저질렀다고 생각한단다.

ELLIE   Oh, that just shews how entirely you are mistaken about him. The business turned out a great success. It now pays forty-four per cent after deducting the excess profits tax.

MRS HUSHABYE Then why arent you rolling in money?

ELLIE   I dont know. It seems very unfair to me. You see, my father was made bankrupt. It nearly broke his heart, because he had persuaded several of his friends to put money into the business. He was sure it would succeed; and events proved that he was quite right. But they all lost their money. It was dreadful. I dont know what we should have done but for Mr Mangan.

MRS HUSHABYE What! Did the Boss[27] come to the rescue again, after all his money being thrown away?

ELLIE   He did indeed, and never uttered a reproach to my father. He bought what was left of the business — the buildings and the machinery and things — from the official trustee for enough money to enable my father to pay six and eightpence in the pound and get his discharge. Everyone pitied papa so much, and saw so plainly that he was an honorable man, that they let him off at six and eightpence instead of ten shillings. Then Mr Mangan started a company to take up the business, and made my father a manager in it to save us from starvation; for I wasnt earning anything then.

엘리	오, 그건 바로 당신이 아버지에 대해 잘못 알고 있다는 걸 보여

엘리 오, 그건 바로 당신이 아버지에 대해 잘못 알고 있다는 걸 보여 주네요. 사업은 엄청난 성공으로 판명되었어요. 지금 그건 초과 이익에서 세금을 공제하고도 44%의 수익을 내요.

허셔바이 부인 그렇다면 왜 넌 돈에 파묻혀 살고 있지 않니?

엘리 모르겠어요. 그건 제게 아주 공정하지 못한 것 같아요. 아시다시피 제 아버지께서는 파산을 했어요. 그건 거의 아버지를 비탄에 잠기게 했죠. 아버지께서 몇몇 친구들이 그 사업에 돈을 넣도록 설득하셨기 때문이죠. 아버지께서는 그 사업이 성공할거라고 확신하셨고 결과는 아버지께서 아주 옳았다는 걸 입증했어요. 하지만 그들은 돈을 모두 잃었어요. 그건 끔찍했어요. 망간 씨가 없었다면 우리가 무엇을 했었어야 했는지 몰라요.

허셔바이 부인 뭐! 그 보스가 다시 원조한 거야, 모든 그의 돈이 허비된 후에 말야?

엘리 그분이 정말 그랬고 결코 아버지께 비난의 말을 하지 않으셨어요. 그분은 아버지께서 파운드당 6실링 8펜스를 지불하여 채무 면제를 받을 수 있도록 충분한 돈을 위해 공인 수탁자로부터 그 사업에서 남겨진 것들—건물들, 기계류 그리고 물건들을—구입했어요. 모든 사람들은 아버지를 너무나 동정했고, 너무나 분명히 아버지께서 훌륭한 분이라는 걸 알고 그들은 10실링 대신에 6실링 8펜스로 아버지의 빚을 변제해주었어요. 그러고 나서 망간 씨는 그 사업을 계속하기 위해 회사를 시작했고 우리를 기아에서 구하기 위해 아버지를 그 회사의 매니저로 만들었어요. 왜냐하면 그 때 전 아무것도 벌지 못했기 때문이었죠.

---

27) the Boss: Boss Mangan을 지칭한다.

MRS HUSHABYE Quite a romance. And when did the Boss develop the tender passion?

ELLIE Oh, that was years after, quite lately. He took the chair one night at a sort of people's concert. I was singing there. As an amateur, you know: half a guinea for expenses and three songs with three encores. He was so pleased with my singing that he asked might he walk home with me. I never saw anyone so taken aback[28] as he was when I took him home and introduced him to my father: his own manager. It was then that my father told me how nobly he had behaved. Of course it was considered a great chance for me, as he is so rich. And – and – we drifted into a sort of understanding – I suppose I should call it an engagement – [*She is distressed and cannot go on*].

MRS HUSHABYE [*rising and marching about*] You may have drifted into it; but you will bounce out of it, my pettikins, if I am to have anything to do with it.

ELLIE [*hopelessly*] No: it's no use. I am bound in honor and gratitude. I will go through with it.[29]

허셔바이 부인	완전히 로맨스야. 그런데 언제 보스가 애정을 발전시켰지?
엘리	오, 그건 여러 해 뒤, 아주 최근이었어요. 그는 어느 날 밤 일종의 국민음악회에 자리를 잡았어요. 전 거기서 노래를 하고 있었어요. 아시다시피 아마추어로 말예요, 수당으로 반 기니를 받고 앙코르 세 곡과 함께 노래 세 곡을 했어요. 그분이 제 노래를 너무 마음에 들어 하셔서서 저를 집까지 바래다주어도 되는지 물으셨어요. 그분을 집으로 모시고 가서 자신의 매니저인 제 아버지께 소개했을 때 그분이 그랬던 것처럼 그렇게 놀란 사람은 어느 누구도 결코 본적이 없었어요. 아버지께서 제게 그분이 얼마나 고귀하게 행동하셨는지를 말씀하신 건 바로 그때였어요. 물론 그분은 너무나 부자였기 때문에 그것이 저를 위한 대단한 기회로 생각되었지요. 그리고—그리고—우리는 부지중에 일종의 비공식적인 결혼약속에 빠지게 되어서—그걸 약혼이라 불러야 한다고 생각해요— [*그녀는 괴로워서 계속할 수 없다*].
허셔바이 부인	[*일어나 당당히 돌아다니며*] 넌 거기에 부지중에 빠지게 되었을지 몰라, 하지만, 내 아가, 만약 내가 그것과 어떤 관계를 갖는다면, 넌 거기서 뛰어나올 거야.
엘리	[*절망적으로*] 아뇨, 그건 소용이 없어요. 전 명예와 감사로 구속되어있어요. 전 그걸 관철할 거예요.

---

28) taken aback: 깜짝 놀란. 참고로 'take somebody aback'은 주로 수동태로 '~를 깜짝 놀라게 하다' 란 의미로 사용된다.

29) I will go through with it: 'go through with'는 '~를 관철하다'란 의미로 쓰이는 숙어이며, 이 문장은 엘리가 자신과 보스의 암묵적 약혼관계를 지키겠다는 의지를 표명하는 것이다.

MRS HUSHABYE [*behind the sofa, scolding down at her*] You know, of course, that it's not honorable or grateful to marry a man you dont love. Do you love this Mangan man?

ELLIE   Yes. At least —

MRS HUSHABYE I dont want to know about "at least": I want to know the worst. Girls of your age fall in love with all sorts of impossible people, especially old people.

ELLIE   I like Mr Mangan very much; and I shall always be —

MRS HUSHABYE [*impatiently completing the sentence and prancing away intolerantly to starboard*] —grateful to him for his kindness to dear father. I know. Anybody else?

ELLIE   What do you mean?

MRS HUSHABYE Anybody else? Are you in love with anybody else?

ELLIE   Of course not.

MRS HUSHABYE Humph! [*The book on the drawing-table catches her eye. She picks it up, and evidently finds the title very unexpected. She looks at Ellie, and asks, quaintly*]. Quite sure youre not in love with an actor?

ELLIE   No, no. Why? What put such a thing into your head?

MRS HUSHABYE This is yours, isnt it? Why else should you be reading Othello?[30]

ELLIE   My father taught me to love Shakespeare.

MRS HUSHABYE [*flinging the book down on the table*] Really! your father does seem to be about the limit.

허셔바이 부인	[소파 뒤에서 그녀를 꾸짖으며] 물론, 넌 사랑하지 않는 남자와 결혼하는 것이 명예로운 것도 아니고 또 감사를 나타내는 것도 아니라는 걸 알잖아. 넌 이 망간이란 남자를 사랑하니?
엘리	네. 최소한―
허셔바이 부인	난 "최소한의 것"을 알고 싶지 않아. 최악의 것을 알고 싶다구. 네 나이 대의 여자아이들은 모든 종류의 믿기 어려운 사람들에게, 특히 노인네들에게 반하지.
엘리	전 망간 씨를 아주 많이 좋아해요, 그리고 전 늘―
허셔바이 부인	[성급하게 그 문장을 완성하고 참을 수 없어서 우현으로 뛰어 나아가며] 사랑하는 아버지에 대한 그분의 친절함 때문에 감사할 거예요. 알아. 다른 누구는?
엘리	무슨 의미인가요?
허셔바이 부인	다른 누구는? 다른 누구를 사랑하냐고?
엘리	물론 그렇지 않아요.
허셔바이 부인	흥! [제도용 테이블 위에 있는 책이 그녀 눈에 띤다. 그녀는 그걸 집어 들고 분명히 그 책 제목이 의외라고 생각한다. 그녀는 엘리를 보고는 기묘하게 묻는다]. 네가 어떤 배우를 사랑하지 않는다고 정말 확신해?
엘리	아뇨, 아니에요. 왜죠? 무엇이 당신에게 그런 생각이 들게 했나요?
허셔바이 부인	이건 네 책이지, 그렇지 않아? 그밖에 무슨 다른 이유에서 네가 오셀로를 읽겠어?
엘리	아버지께서 제가 셰익스피어를 사랑하도록 가르치셨어요.
허셔바이 부인	[책을 테이블로 내던지며] 정말이야! 네 아버지는 거의 한계에 이른 것 같구나.

---

30) Othello: 셰익스피어의 4대 비극 중 하나인 『오셀로』의 남자주인공인 무어인 장군 오셀로를 지칭하지만 문맥상 작품을 시사한다고 볼 수도 있다.

ELLIE   [*naively*] Do you never read Shakespeare, Hesione? That seems to me so extraordinary. I like Othello.

MRS HUSHABYE Do you, indeed? He was jealous, wasnt he?

ELLIE   Oh, not that. I think all the part about jealousy is horrible. But dont you think it must have been a wonderful experience for Desdemona,[31)] brought up so quietly at home, to meet a man who had been out in the world doing all sorts of brave things and having terrible adventures, and yet finding something in her that made him love to sit and talk with her and tell her about them?

MRS HUSHABYE Thats your idea of romance, is it?

ELLIE   Not romance, exactly. It might really happen.

Ellie's eyes shew that she is not arguing, but in a daydream. Mrs Hushabye, watching her inquisitively, goes deliberately back to the sofa and resumes her seat beside her.

MRS HUSHABYE Ellie darling: have you noticed that some of those stories that Othello told Desdemona couldnt have happened?

ELLIE   Oh, no. Shakespeare thought they could have happened.

MRS HUSHABYE Hm! Desdemona thought they could have happened. But they didn't.

ELLIE   Why do you look so enigmatic about it? You are such a sphinx: I never know what you mean.

엘리	[순진하게] 셰익스피어를 읽어본 적이 있나요, 헤시온? 그건 제게 너무나 특별한 것 같아요. 전 오셀로가 좋아요.
허셔바이 부인	정말 그래? 그는 질투심이 많잖아, 그렇지 않아?
엘리	오, 그건 아니에요. 전 질투에 관한 그 모든 부분은 무시무시하다고 생각해요. 하지만 집에서 그렇게 조용히 자란 데스데모나가 세상에 나가 모든 종류의 용맹스런 일을 하고 굉장한 모험을 하지만 않아서 함께 대화를 나누며 그런 것들에 대해 그녀에게 말하도록 하는 어떤 걸 그녀에게서 발견한 남자를 만난 게 놀랄만한 경험임에 틀림없다고 생각하지 않으세요?
허셔바이 부인	그게 로맨스에 대한 네 생각이니, 그러니?
엘리	정확히 로맨스는 아니에요. 그런 일이 실제로 일어날 지도 몰라요. *엘리의 두 눈은 그녀가 논쟁을 하고 있는 것이 아니라 공상에 잠겨있다는 걸 나타낸다. 호기심 많게 그녀를 지켜보는 허셔바이 부인은 일부러 소파 뒤로 가서 그녀 옆의 자기 자리로 돌아간다.*
허셔바이 부인	얘 엘리야, 오셀로가 데스데모나에게 말했던 그런 이야기들 중 어떤 건 일어날 수 없다는 걸 알아차렸니?
엘리	이런 아니에요. 셰익스피어는 그런 것들이 일어날 수 있을 거라고 생각했어요.
허셔바이 부인	흠! 데스데모나는 그런 것들이 일어날 수 있을 거라고 생각했지. 하지만 그렇지 않았어.
엘리	왜 당신은 그것에 대해 그렇게 수수께끼처럼 보이나요? 당신은 그렇게 스핑크스 같아서 전 결코 당신이 의미하는 바를 모르겠어요.

---

31) Desdemona: 『오셀로』의 여자주인공으로 오셀로의 아내

MRS HUSHABYE Desdemona would have found him out if she had lived, you know. I wonder was that why he strangled her!

ELLIE Othello was not telling lies.

MRS HUSHABYE How do you know?

ELLIE Shakespeare would have said if he was. Hesione: there are men who have done wonderful things: men like Othello, only, of course, white, and very handsome, and —

MRS HUSHABYE Ah! Now we're coming to it. Tell me all about him. I knew there must be somebody, or youd never have been so miserable about Mangan: youd have thought it quite a lark to marry him.

ELLIE [blushing vividly] Hesione: you are dreadful. But I dont want to make a secret of it, though of course I dont tell everybody. Besides, I dont know him.

MRS HUSHABYE Dont know him! What does that mean?

ELLIE Well, of course I know him to speak to.

MRS HUSHABYE But you want to know him ever so much more intimately, eh?

ELLIE No, no: I know him quite — almost intimately.

MRS HUSHABYE You dont know him; and you know him almost intimately. How lucid!

ELLIE I mean that he does not call on us. I — I got into conversation with him by chance at a concert.

허셔바이 부인	알다시피, 만약 그녀가 살았다면, 데스데모나는 그의 정체를 알아차렸을 거야. 나는 바로 그게 그가 그녀를 교살한 이유가 아닐까 생각한다구!
엘리	오셀로는 거짓말을 하지 않았어요.
허셔바이 부인	네가 어떻게 아니?
엘리	만약 그랬다면, 셰익스피어가 말했을 거예요. 헤시온, 놀라운 것들을 하는 남자들이 있어요, 오셀로 같은 남자들이 말예요, 물론 단지 백인이고 아주 미남이며, 그리고—
허셔바이 부인	아! 이제 우린 거기에 이르렀군. 내게 그에 관한 모든 걸 말해봐. 필경 누군가가 있음에 틀림없다는 걸 알았어, 그렇지 않다면 네가 망간에 대해 결코 그렇게 괴로워하지 않았을 거야. 넌 그와 결혼하는 게 아주 유쾌하다고 생각했을 거라구.
엘리	[선명하게 낯을 붉히며] 헤시온, 당신은 아주 지독해요. 하지만 그걸 비밀로 하고 싶진 않아요. 물론, 비록 제가 모든 이에게 말하진 않는다 해도 말예요. 게다가 전 그 사람을 몰라요.
허셔바이 부인	그를 모른다니! 그게 무슨 의미야?
엘리	글쎄요, 물론 전 제가 이야기를 한 그를 알아요.
허셔바이 부인	하지만 넌 늘 그렇게 훨씬 더 친밀하게 그를 알고 싶어 하는구나, 그렇지?
엘리	아뇨 아니에요. 전 그를 아주 잘 알아요—거의 친밀하게.
허셔바이 부인	넌 그를 모른다고 하면서 그를 친밀하게 알고 있다고. 얼마나 명석한지!
엘리	그가 우리를 방문하지 않았다는 의미예요. 전—전 우연히 음악회에서 그와 대화를 하게 되었어요.

MRS HUSHABYE You seem to have rather a gay time at your concerts, Ellie.

ELLIE Not at all: we talk to everyone in the green-room[32] waiting for our turns. I thought he was one of the artists: he looked so splendid. But he was only one of the committee. I happened to tell him that I was copying a picture at the National Gallery.[33] I make a little money that way. I cant paint much; but as it's always the same picture I can do it pretty quickly and get two or three pounds for it. It happened that he came to the National Gallery one day.

MRS HUSHABYE One students' day. Paid sixpence to stumble about through a crowd of easels, when he might have come in next day for nothing and found the floor clear! Quite by accident?

ELLIE [triumphantly] No. On purpose. He liked talking to me. He knows lots of the most splendid people. Fashionable women who are all in love with him. But he ran away from them to see me at the National Gallery and persuade me to come with him for a drive round Richmond Park[34] in a taxi.

MRS HUSHABYE My pettikins, you have been going it. It's wonderful what you good girls can do without anyone saying a word.

허셔바이 부인   엘리, 넌 네 음악회에서 다소 유쾌한 시간을 갖는 것 같구나.

엘리   천만에요, 우린 차례를 기다리면서 분장실에게 모든 이와 이야기를 하죠. 전 그가 아티스트들 중 한 명이라고 생각했어요. 너무나 멋져 보였어요. 하지만 그는 단지 위원회 중 한 명이었어요. 전 우연히 그에게 국립미술관에서 그림을 모사하고 있다고 말했어요. 그런 식으로 약간의 돈을 벌거든요. 많은 것을 그릴 수는 없어요. 그러나 언제나 그렇듯이 제가 아주 빨리 해서 그것 때문에 2 내지 3 파운드를 받는 건 똑같은 그림이에요. 어느 날 우연히 그가 국립미술관에 왔어요.

허셔바이 부인   어느 학생의 날에 말이야. 그가 많은 이젤들 사이를 비틀거리며 걸으려고 6펜스를 지불했고, 다음 날 이유 없이 왔을 때 그 층이 비어있는 걸 발견했겠지! 아주 우연이지?

엘리   [*의기양양하게*] 아니에요. 목적이 있었죠. 그는 저와 이야기를 하고 싶어 했어요. 그는 가장 근사한 많은 사람들을 알아요. 모두 그에게 반한 사교계 여인들이죠. 하지만 그는 국립미술관에 있는 저를 만나서 택시를 타고 리치몬드 파크 주변을 드라이브하기 위해 함께 가자고 설득하려고 그들로부터 도망쳤다구요.

허셔바이 부인   내 아가, 넌 거기에 갔잖니. 말해주는 어떤 이 없이 너 같이 품행 좋은 아가씨가 할 수 있는 바가 놀랍구나.

---

32) green-room: (극장의) 출연자 휴게실, 대기실, 분장실 등으로 쓰이는 공간

33) the National Gallery: 런던에 있는 영국 국립미술관

34) Richmond Park: 런던의 왕실 공원 중 가장 큰 규모의 공원이다. 영국에서 Park는 원래 왕이나 귀족의 사냥터로 구획된 지역을 의미했다. 리치몬드 공원 역시 원래는 왕의 사냥터로 튜더 왕조의 헨리 8세를 비롯한 여러 왕의 사냥터였다.

ELLIE   I am not in society, Hesione. If I didnt make acquaintances in that way I shouldnt have any at all.

MRS HUSHABYE Well, no harm if you know how to take care of yourself. May I ask his name?

ELLIE   [*slowly and musically*] Marcus Darnley.

MRS HUSHABYE [*echoing the music*] Marcus Darnley! What a splendid name!

ELLIE   Oh, I'm so glad you think so. I think so too; but I was afraid it was only a silly fancy of my own.

MRS HUSHABYE Hm! Is he one of the Aberdeen Darnleys?

ELLIE   Nobody knows. Just fancy! He was found in an antique chest —

MRS HUSHABYE A what?

ELLIE   An antique chest, one summer morning in a rose garden, after a night of the most terrible thunderstorm.

MRS HUSHABYE What on earth was he doing in the chest? Did he get into it because he was afraid of the lightning?

ELLIE   Oh, no, no: he was a baby. The name Marcus Darnley was embroidered on his babyclothes. And five hundred pounds in gold.

MRS HUSHABYE [*looking hard at her*] Ellie!

ELLIE   The garden of the Viscount —

MRS HUSHABYE —de Rougemont?

ELLIE   [*innocently*] No: de Larochejaquelin. A French family. A vicomte. His life has been one long romance. A tiger —

엘리	전 사교계에 있지 않아요, 헤시온. 만약 제가 그런 식으로 지인을 갖지 않으면, 전 결코 면식이 없을 거예요.
허셔바이 부인	원 이런, 네가 스스로를 돌보는 법을 안다면, 해가 되지 않아. 그의 이름을 물어봐도 될까?
엘리	[천천이 그리고 음악적으로] 마르쿠스 단리.
허셔바이 부인	[그 음악적 소리를 되풀이 하여 나타내며] 마르쿠스 단리! 정말 근사한 이름이군!
엘리	오, 당신이 그렇게 생각하니 너무 기뻐요. 저도 또한 그렇게 생각했지만, 단지 그게 제 자신의 바보 같은 환상이 아닌가 두려웠어요.
허셔바이 부인	흠! 그가 애버딘 단리 가문의 일원인가?
엘리	아무도 몰라요. 단지 환상이죠! 그는 골동품 궤에서 발견되었어요—
허셔바이 부인	뭐라구?
엘리	가장 끔찍하게 폭풍우가 치던 밤이 지난 후 어느 여름 날 아침에 장미 정원에 있던 골동품 궤요.
허셔바이 부인	도대체 그가 그 궤에서 무얼 하고 있었지? 번개가 무서웠기 때문에 그가 거기에 들어갔었나?
엘리	오 아뇨, 아니에요. 그는 아기였어요. 마르쿠스 단리란 이름은 그의 유아복에 수놓아 있었어요. 그리고 황금 5백 파운드가 있었죠.
허셔바이 부인	[그녀를 지그시 보며] 엘리!
엘리	자작네 정원에—
허셔바이 부인	—드 루지몽?
엘리	[순진하게] 아뇨, 드 라로쉬자끌린 이예요. 프랑스계 가문이죠. 프랑스 자작이죠. 그의 인생은 하나의 긴 로맨스예요. 호랑이가—

MRS HUSHABYE Slain by his own hand?

ELLIE Oh, no: nothing vulgar like that. He saved the life of the tiger from a hunting party: one of King Edward's hunting parties in India.[35] The King was furious: that was why he never had his military services properly recognized. But he doesnt care. He is a Socialist and despises rank, and has been in three revolutions fighting on the barricades.

MRS HUSHABYE How can you sit there telling me such lies? You, Ellie, of all people! And I thought you were a perfectly simple, straightforward, good girl.

ELLIE [rising, dignified but very angry] Do you mean you dont believe me?

MRS HUSHABYE Of course I dont believe you. Youre inventing every word of it. Do you take me for a fool?

Ellie stares at her. Her candor is so obvious that Mrs Hushabye is puzzled.

ELLIE Goodbye, Hesione. I'm very sorry. I see now that it sounds very improbable as I tell it. But I cant stay if you think that way about me.

MRS HUSHABYE [catching her dress] You shant go. I couldnt be so mistaken: I know too well what liars are like. Somebody has really told you all this.

ELLIE [flushing] Hesione: dont say that you dont believe h i m. I couldnt bear that.

허셔바이 부인	그의 손에 죽었니?
엘리	오 아니에요, 그와 같이 천박한 건 전혀 없어요. 그는 사냥대로부터 호랑이의 생명을 구했어요, 인도에 있는 에드워드 왕의 사냥대중 하나로부터 말에요. 왕은 격노했고, 그게 바로 그가 그의 무훈을 적절히 인정받지 못한 이유예요. 하지만 그는 개의치 않았어요. 그는 사회주의자여서 계급을 무시했고 세 차례 혁명 때 전장에서 싸웠어요.
허셔바이 부인	넌 내게 그런 거짓말을 하면서 어떻게 거기 앉아 있을 수 있니? 하필이면, 엘리 네가 말야! 그리고 난 네가 단순하고 솔직하고 착한 소녀라고 생각했어.
엘리	[위엄 있지만 아주 화가 나서 일어나며] 날 믿지 않는다는 의미인가요?
허셔바이 부인	물론 널 믿지 않아. 그 모든 말을 꾸며낸 거지. 날 바보로 아니? 엘리는 그녀를 응시한다. 그녀의 솔직함이 너무나 명백해 허셔바이 부인은 당황한다.
엘리	안녕히 계세요, 헤시온. 이제 전 제가 그걸 말할 때 아주 있을법하지 않게 들린다는 걸 알았어요. 하지만 당신이 저에 대해 그렇게 생각한다면 묵을 수가 없어요.
허셔바이 부인	[그녀의 옷을 잡으며] 가선 안 돼. 내가 그렇게 오해했었을 수는 없어, 난 거짓말쟁이들이 어떤 존재인지 너무나 잘 알아. 누군가가 네게 실제로 이 모든 걸 말했을 거야.
엘리	[얼굴이 붉어지며] 헤시온, 그 를 믿지 않는다고 말하지 말아요. 그걸 견딜 수 없어요.

---

35) one of King Edward's hunting parties in India: 인도에 있는 에드워드 왕의 사냥대 중 하나

MRS HUSHABYE [*soothing her*] Of course I believe him, dearest. But you should have broken it to me by degrees. [*Drawing her back to her seat*] Now tell me all about him. Are you in love with him?

ELLIE   Oh, no. I'm not so foolish. I dont fall in love with people. I'm not so silly as you think.

MRS HUSHABYE I see. Only something to think about—to give some interest and pleasure to life.

ELLIE   Just so. Thats all, really.

MRS HUSHABYE It makes the hours go fast, doesnt it? No tedious waiting to go to sleep at nights and wondering whether you will have a bad night. How delightful it makes waking up in the morning! How much better than the happiest dream! All life transfigured! No more wishing one had an interesting book to read, because life is so much happier than any book! No desire but to be alone and not to have to talk to anyone: to be alone and just think about it.

ELLIE   [*embracing her*] Hesione: you are a witch. How do you know? Oh, you are the most sympathetic woman in the world.

MRS HUSHABYE [*caressing her*] Pettikins, my pettikins: how I envy you! and how I pity you!

ELLIE   Pity me! Oh, why?

허셔바이 부인	[그녀를 달래며] 물론 난 그를 믿는단다, 얘야. 하지만 넌 서서히 내 게 그걸 털어놓아야만 한단다. [그녀를 그녀 자리로 되돌리며] 이제 내게 그 사람에 대한 모든 걸 말해봐. 그를 사랑하니?
엘리	오 아니에요. 전 그렇게 어리석지 않아요. 전 사람들에게 반하지 않아요. 전 당신이 생각하는 것처럼 그렇게 바보 같지는 않아요.
허셔바이 부인	알았어. 단지 생각할 어떤 것ㅡ삶에 얼마간의 흥미와 기쁨을 줄 어떤 것이란 말이군.
엘리	바로 그래요. 정말로 그게 다예요.
허셔바이 부인	그건 시간을 빨리 가게 하지, 그렇지 않니? 밤마다 잠이 들기 위 한 어떤 지루한 기다림도 없고, 잠을 잘 못잘 것인지에 대한 어 떤 생각도 없지. 아침에 깨어나는 것이 얼마나 즐거운지! 가장 행 복한 꿈보다 얼마나 더 좋은 지! 모든 삶이 바뀌는 거야! 삶이 어 떤 책보다 그렇게 훨씬 더 행복하기 때문에 읽어야 할 흥미로운 책을 갖고자 하는 더 이상의 소망은 없다구! 단지 혼자 있고 싶 은 욕망뿐이고 누구에게도 말할 필요가 없지, 혼자서 단지 거기 에 대해 생각하고만 싶은 거지.
엘리	[그녀를 포옹하며] 헤시온, 당신은 마녀예요. 어떻게 알아요? 오, 당 신은 세상에서 가장 마음이 통하는 여성 이예요.
허셔바이 부인	[그녀를 어르며] 아가, 내 아가, 내가 널 얼마나 부러워하는 지! 그 리고 널 얼마나 가엾게 여기는 지!
엘리	날 가엾게 여긴다구요! 오, 왜죠?

A very handsome man of fifty, with mousquetaire moustaches,[36] *wearing a rather dandified curly brimmed hat, and carrying an elaborate walking-stick, comes into the room from the hall, and stops short at sight of the women on the sofa.*

ELLIE [*seeing him and rising in glad surprise*] Oh! Hesione: this is Mr Marcus Darnley.

MRS HUSHABYE [*rising*] What a lark! He is my husband.

ELLIE But now— [*She stops suddenly: then turns pale and sways*].

MRS HUSHABYE [*catching her and sitting down with her on the sofa*] Steady, my pettikins.

THE MAN [*with a mixture of confusion and effrontery, depositing his hat and stick on the teak table*] My real name, Miss Dunn, is Hector Hushabye. I leave you to judge whether that is a name any sensitive man would care to confess to. I never use it when I can possibly help it. I have been away for nearly a month; and I had no idea you knew my wife, or that you were coming here. I am none the less delighted to find you in our little house.

ELLIE [*in great distress*] I dont know what to do. Please, may I speak to papa? Do leave me. I cant bear it.

MRS HUSHABYE Be off, Hector.

HECTOR I—

MRS HUSHABYE Quick, quick. Get out.

HECTOR If you think it better— [*He goes out, taking his hat with him but leaving the stick on the table*].

머스킷 수염을 하고 다소 멋들어지게 말아 올린 테를 한 모자를 쓰고 정교한 지팡이를 든 아주 잘생긴 *50세*의 남자가 홀에서 방으로 들어와 소파에 있는 여자들을 보고 갑자기 멈춘다.

엘리 [그를 보고 뜻하지 않은 반가움으로 일어나며] 오! 헤시온, 이 분이 마르쿠스 단리 씨예요.

허셔바이 부인 [일어나며] 거 참 재미있군! 그는 내 남편이야.

엘리 하지만 어떻게— [그녀는 갑자기 말을 멈춘다. 그리곤 창백해져서 비틀거린다].

허셔바이 부인 [그녀를 붙잡아 소파에 앉히며] 침착하렴, 내 아가.

남자 [당황함과 뻔뻔함이 섞여 그의 모자와 지팡이를 티크 테이블에 놓으며] 던 양. 진짜 내 이름은 헥토 허셔바이요. 그것이 어떤 감수성 예민한 남자가 고백하고 싶은 이름인지 아닌지를 판단하는 건 당신에게 맡기겠소. 가능한 한 그걸 피할 수 있을 때 난 그 이름을 결코 사용하지 않소. 난 거의 한 달간 집을 비웠소. 그래서 당신이 내 아내를 알거나 또는 당신이 이곳에 오리라는 건 알지 못했소. 그럼에도 불구하고 난 우리의 작은 집에서 당신을 발견한 게 기쁘오.

엘리 [심한 고통 속에서] 뭘 해야 할 지 모르겠어요. 제발, 제가 아버지와 이야기를 해도 될까요? 절 내버려둬요. 견딜 수가 없어요.

허셔바이 부인 나가, 헥토.

헥토 난—

허셔바이 부인 빨리, 빨리. 나가라구.

헥토 당신 생각에 그게 더 낫다면— [그는 모자는 들었지만 지팡이는 테이블에 남겨둔 채 나간다].

---

36) mousquetaire moustaches: 머스킷 수염. Mousquetaire는 17–18세기에 멋쟁이 복장과 과감성으로 유명했던 프랑스 왕실의 근위 기병이었던 머스킷 총병이며, 이들이 기르던 코밑수염을 mousquetaire moustaches라고 한다.

MRS HUSHABYE [*laying Ellie down at the end of the sofa*] Now, pettikins, he is gone. Theres nobody but me. You can let yourself go. Dont try to control yourself. Have a good cry.[37]

ELLIE [*raising her head*] Damn!

MRS HUSHABYE Splendid! Oh, what a relief! I thought you were going to be broken-hearted. Never mind me. Damn him again.

ELLIE I am not damning him. I am damning myself for being such a fool. [*Rising*] How could I let myself be taken in so? [*She begins prowling to and fro, her bloom gone, looking curiously older and harder*].

MRS HUSHABYE [*cheerfully*] Why not, pettikins? Very few young women can resist Hector. I couldnt when I was your age. He is really rather splendid, you know.

ELLIE [*turning on her*] Splendid! Yes, splendid l o o k i n g, of course. But how can you love a liar?

MRS HUSHABYE I dont know. But you can, fortunately. Otherwise there wouldnt be much love in the world.

ELLIE But to lie like that! To be a boaster! a coward!

MRS HUSHABYE [*rising in alarm*] Pettikins: none of that, if you please. If you hint the slightest doubt of Hector's courage, he will go straight off and do the most horribly dangerous things to convince himself that he isnt a coward. He has a dreadful trick of getting out of

허셔바이 부인	*[엘리를 소파 끝에 내려 눕히며]* 자, 아가, 그는 갔단다. 나 이외는 아무도 없단다. 넌 자제력을 잃을 수 있어. 자제하려고 하지 마렴. 실컷 울어라.
엘리	*[머리를 들면서]* 염병할!
허셔바이 부인	근사해! 오, 얼마나 안심이 되는지! 네가 비탄에 잠길 거라 생각했어. 결코 날 개의치 마렴. 다시 그에게 저주를 퍼부어.
엘리	그에게 저주를 퍼부은 게 아니에요. 그렇게 바보같이 군 제 자신을 저주한 거라구요. *[일어나며]* 어떻게 제가 그렇게 스스로를 기만당하게 할 수 있었을까요? *[그녀는 이리저리 배회하기 시작한다. 그녀의 청순함은 사라졌고, 이상하게도 더 나이 들고 더 무정해 보인다]*.
허셔바이 부인	*[쾌활하게]* 아가, 어째서 안 되지? 헥토를 물리칠 수 있는 젊은 여성은 정말 거의 없단다. 나도 네 나이 땐 할 수 없었단다. 알다시피, 그는 정말로 꽤 근하잖니.
엘리	*[그녀에게 정색을 취하며]* 근사하나구요! 그래요, 물론 근사해 보이죠. 하지만 당신은 어떻게 거짓말쟁이를 사랑할 수 있죠?
허셔바이 부인	모르겠어. 하지만 다행히도 넌 할 수 있잖아. 그렇지 않다면 세상엔 많은 사랑이 존재할 수 없을 거야.
엘리	하지만 그와 같이 거짓말을 하다니! 허풍선이로 살다니! 겁쟁이야!
허셔바이 부인	*[놀라서 일어나며]* 아가, 미안하지만 그런 건 아니야. 만약 네가 헥토의 용기에 대한 가장 경미한 의심을 넌지시 비친다면, 그는 곧장 나가서 스스로에게 자신이 겁쟁이가 아니라는 걸 확신시키려고 가장 끔찍하게 위험한 것들을 할 거야. 그는 단지 자신의 담

---

37) have a good cry: 실컷 울다.

one third-floor[38] window and coming in at another, just to test his nerve. He has a whole drawerful of Albert Medals[39] for saving people's lives.

ELLIE He never told me that.

MRS HUSHABYE He never boasts of anything he really did: he cant bear it; and it makes him shy if anyone else does. All his stories are made-up stories.

ELLIE [coming to her] Do you mean that he is really brave, and really has adventures, and yet tells lies about things that he never did and that never happened?

MRS HUSHABYE Yes, pettikins, I do. People dont have their virtues and vices in sets: they have them anyhow: all mixed.

ELLIE [staring at her thoughtfully] Theres something odd about this house, Hesione, and even about you. I dont know why I'm talking to you so calmly. I have a horrible fear that my heart is broken, but that heartbreak is not like what I thought it must be.

MRS HUSHABYE [fondling her] It's only life educating you, pettikins. How do you feel about Boss Mangan now?

력을 시험하기 위해 한쪽 4층 창문에서 나와서 또 다른 창으로 들어가는 무시무시한 재주를 가졌어. 그는 사람들을 구명한 것 때문에 서랍 하나 가득한 분량의 앨버트 훈공장을 지녔어.

엘리   그는 제게 결코 그걸 말하지 않았어요.

허셔바이 부인   그는 결코 자신이 정말로 한 어떤 것을 자랑하진 않아. 그는 그걸 견딜 수가 없고, 다른 어떤 이가 그렇게 한다면 그를 부끄럽게 만들 거야. 그의 모든 이야기들은 꾸며낸 이야기지.

엘리   [그녀에게 가면서] 그가 정말로 용감하고 정말로 모험을 했지만 자신이 결코 하지 않은 것들과 결코 일어나지 않은 일들에 대해 거짓말을 한다는 의미인가요?

허셔바이 부인   맞아, 아가, 그런 의미야. 사람들은 미덕과 악덕을 세트로 가지고 있지는 않지만 어쨌든 그런 것들을 가지고 있고 모든 게 섞여있지.

엘리   [사려 깊게 그녀를 응시하며] 이 집엔 기묘한 어떤 게 있어요, 헤시온, 심지어 당신에게도요. 제가 왜 그렇게 침착하게 당신과 말하고 있는지 모르겠어요. 내 마음이 비탄에 잠기리라는 무서운 두려움을 지녔지만 그 하트브레이크는 제가 그럴 것임에 틀림없다고 생각했던 바와 같지 않았어요.

허셔바이 부인   [그녀를 애무하며] 널 교육시키는 건 단지 인생뿐이란다, 아가. 이제 보스 망간에 대해선 어떻게 생각하니?

---

38) third-floor: 한국식으로 따지면 4층이다.

39) Albert Medal: 앨버트 훈공장. 영국 빅토리아 여왕(1819–1901)의 남편 앨버트 공(1819–61) 사후에 앨버트 공을 기리기 위해 1864년 영국왕립예술회[the Royal Society of Arts(RSA)]는 예술, 제조업, 상업 등에서 업적이 탁월한 사람에게 수여하는 앨버트 훈공장을 제정했고, 영국왕실조달허가(Royal Warrant)로 1866년 바다에서 사람들의 생명을 구한 사람들에게 수여하는 앨버트 훈공장을 제정했다. 전자는 'the Albert Medal for distinguished merit in promoting Arts, Manufactures and Commerce'로 후자는 'the Albert Medal for Lifesaving'으로 불린다.

ELLIE   [*disengaging herself with an expression of distaste*] Oh, how can you remind me of him, Hesione?

MRS HUSHABYE Sorry, dear. I think I hear Hector coming back. You dont mind now, do you, dear?

ELLIE   Not in the least. I am quite cured.

Mazzini Dunn and Hector come in from the hall.

HECTOR   [*as he opens the door and allows Mazzini to pass in*] One second more, and she would have been a dead woman!

MAZZINI Dear! dear! what an escape! Ellie, my love: Mr Hushabye has just been telling me the most extraordinary —

ELLIE   Yes: Ive heard it. [*She crosses to the other side of the room*].

HECTOR   [*following her*] Not this one: I'll tell it to you after dinner. I think youll like it. The truth is, I made it up for you, and was looking forward to the pleasure of telling it to you. But in a moment of impatience at being turned out of the room, I threw it away on your father.

ELLIE   [*turning at bay with her back to the carpenter's bench, scornfully self-possessed*] It was not thrown away. He believes it. I should not have believed it.

MAZZINI [*benevolently*] Ellie is very naughty, Mr Hushabye. Of course she does not really think that. [*He goes to the bookshelves, and inspects the titles of the volumes*].

엘리 [혐오의 표현으로 떨어지면서] 오, 어떻게 당신은 내게 그를 상기시킬 수 있죠, 헤시온?

허셔바이 부인 얘야, 미안해. 헥토가 돌아오는 소리가 들리는 것 같구나. 이젠 괜찮겠지, 그렇지, 얘야?

엘리 조금도 개의치 않아요. 전 완전히 치유됐어요.

마찌니 던과 헥토가 홀로부터 들어온다.

헥토 [문을 열고 마찌니가 지나서 들어오는 걸 허용할 때] 1초만 더, 그리고 그녀가 죽은 여인이었더라면!

마찌니 이런! 이런! 얼마나 피난처가 되는지! 엘리, 내 귀여운 것, 허셔바이 씨가 방금 내게 가장 기이한 걸 말했는데 —

엘리 맞아요, 그걸 들었어요. [그녀는 방의 다른 쪽으로 가로질러 간다].

헥토 [그녀를 따라가며] 이건 아니지, 내 그걸 식사 후에 당신에게 말하겠소. 당신이 그걸 좋아하리라 생각해. 진실은 내가 그걸 당신을 위해 지어낸 것이고 그걸 당신에게 말하는 기쁨을 고대하고 있었다는 거야. 하지만 방에서 쫓겨난 그 참을 수 없는 순간에 내가 당신 아버지에게 그걸 툭 내뱉었다는 거지.

엘리 [그녀의 등을 목수의 작업대에 두고 궁지에 몰려서, 경멸하며 냉정하게] 그건 툭 내뱉어지는 게 아니라고요. 아버지께선 그걸 믿어요. 난 믿어서는 안 되었었는데 말예요.

마찌니 [호의적으로] 엘리가 아주 버릇이 없군요, 허셔바이 씨. 물론 그 아이는 정말로 그렇게 생각하진 않아요. [그는 서가로 가서 책들의 제목을 살펴본다].

Boss Mangan comes in from the hall, followed by the Captain. Mangan, carefully frock-coated as for church or for a directors' meeting, is about fifty-five, with a careworn, mistrustful expression, standing a little on an entirely imaginary dignity, with a dull complexion, straight, lustreless hair, and features so entirely commonplace that it is impossible to describe them.

CAPTAIN SHOTOVER [*to Mrs Hushabye, introducing the newcomer*] Says his name is Mangan. Not able-bodied.

MRS HUSHABYE [*graciously*] How do you do, Mr Mangan?

MANGAN [*shaking hands*] Very pleased.

CAPTAIN SHOTOVER Dunn's lost his muscle, but recovered his nerve. Men seldom do after three attacks of delirium tremens. [*He goes into the pantry*].

MRS HUSHABYE I congratulate you, Mr Dunn.

MAZZINI [*dazed*] I am a lifelong teetotaler.

MRS HUSHABYE You will find it far less trouble to let papa have his own way than try to explain.

MAZZINI But three attacks of delirium tremens, really!

MRS HUSHABYE [*to Mangan*] Do you know my husband, Mr Mangan. [*She indicates Hector*].

MANGAN [*going to Hector, who meets him with outstretched hand*] Very pleased. [*Turning to Ellie*] I hope, Miss Ellie, you have not found the journey down too fatiguing. [*They shake hands*].

MRS HUSHABYE Hector: shew Mr Dunn his room.

HECTOR Certainly. Come along, Mr Dunn. [*He takes Mazzini out*].

보스 망간이 홀로부터 들어오고 선장이 뒤따른다. 교회나 중역회의에 가는 것처럼 주의 깊게 예복을 차려입은 망간은 55세이며, 약간은 기품을 지닌 척하며 근심걱정으로 여위고 의심 많은 표정을 하고 있고 흐릿한 안색에 윤기 없는 직모이며 그런 것들을 묘사하는 것이 불가능할 정도로 너무나도 완전히 개성이 없는 용모를 하고 있다.

소토버 선장   [허셔바이 부인에게 새로운 사람을 소개하며] 이름은 망간이라 하지. 강건하진 않아.

허셔바이 부인   [우아하게] 처음 뵙겠습니다, 망간 씨.

망간   [악수를 하며] 아주 반갑습니다.

소토버 선장   던은 근육은 잃었지만 신경은 회복했어. 사람들은 섬망증이 세 번 발병한 후에는 좀처럼 그렇게 못하지. [그는 찬방으로 들어간다].

허셔바이 부인   축하합니다, 던 씨.

마찌니   [얼떨떨해서] 전 평생 절대금주주의자입니다.

허셔바이 부인   설명하려고 애쓰시기 보다는 아버지께서 당신 자신의 방식대로 하도록 두는 것이 훨씬 덜 골치 아프다는 걸 알게 될 거예요.

마찌니   하지만, 정말 섬망증이 세 번 발병했다니요!

허셔바이 부인   [망간에게] 망간 씨, 제 남편을 아시지요? [그녀는 헥토를 가리킨다].

망간   [손을 쭉 뻗어서 그를 맞는 헥토에게 가면서] 너무 반갑습니다. [엘리에게 돌아서며] 엘리 양, 여행이 너무 피곤하다고 생각지 않기를 바라오. [그들은 악수를 한다].

허셔바이 부인   헥토, 던 씨에게 그분 방을 안내해요.

헥토   물론이오. 따라오시오, 던 씨. [그는 마찌니를 데리고 나간다].

ELLIE You havent shewn me my room yet, Hesione.

MRS HUSHABYE How stupid of me! Come along. Make yourself quite at home, Mr Mangan. Papa will entertain you. [*She calls to the Captain in the pantry*] Papa: come and explain the house to Mr Mangan.

She goes out with Ellie. The Captain comes from the pantry.

CAPTAIN SHOTOVER Youre going to marry Dunn's daughter. Dont. Youre too old.

MANGAN [*staggered*] Well! Thats fairly blunt, Captain.

CAPTAIN SHOTOVER It's true.

MANGAN She doesnt think so.

CAPTAIN SHOTOVER She does.

MANGAN Older men than I have —

CAPTAIN SHOTOVER [*finishing the sentence for him*] —made fools of themselves. That, also, is true.

MANGAN [*asserting himself*] I dont see that this is any business of yours.

CAPTAIN SHOTOVER It is everybody's business. The stars in their courses are shaken when such things happen.

MANGAN I'm going to marry her all the same.

CAPTAIN SHOTOVER How do you know?

MANGAN [*playing the strong man*] I intend to. I mean to. See? I never made up my mind to do a thing yet that I didnt bring it off. Thats the sort of man I am; and there will be a better understanding between us when you make up your mind to that, Captain.

엘리	아직 제 방을 안내해주진 않았어요, 헤시온.
허셔바이 부인	내가 얼마나 바보 같은지! 따라오너라. 망간 씨, 아주 마음 편히 계세요. 아버지께서 당신을 대접할 거예요. [그녀는 찬방에 있는 선장을 소리 내어 부른다] 아버지, 오셔서 망간 씨에게 집을 설명해주세요.

그녀는 엘리와 함께 나가고 선장이 찬방에서 온다.

소토버 선장	당신이 던의 딸과 결혼하려는 거지. 하지 마시오. 너무 늙었어.
망간	[깜짝 놀라서] 원 이런! 상당히 직설적이군요, 선장.
소토버 선장	그건 사실이요.
망간	그녀는 그렇게 생각하지 않소.
소토버 선장	그렇게 생각하지.
망간	나보다 나이가 더 많은 사람이 —
소토버 선장	[그 대신 그 문장을 마치며] —스스로를 얼간이로 만들었지. 그것 역시 사실이오.
망간	[자기 권리를 주장하며] 이건 당신이 간섭할 어떤 일이라 생각지 않소.
소토버 선장	그건 모두의 일이오. 그런 일이 일어날 땐 자기 궤도에 있던 별들이 흔들리지.
망간	그래도 그녀와 결혼할 거요.
소토버 선장	당신이 어떻게 알아?
망간	[강한 남자인 체 하면서] 그럴 작정이요. 그럴 거라고. 알겠소? 아직 난 내가 훌륭히 해내지 못할 걸 하려고 결심한 적은 결코 없소. 난 그런 류의 남자요, 그러니 선장, 당신이 거기에 대해 체념할 때 우리 사이엔 더 나은 이해가 있을 거요.

CAPTAIN SHOTOVER You frequent picture palaces.

MANGAN Perhaps I do. Who told you?

CAPTAIN SHOTOVER Talk like a man, not like a movy.[40] You mean that you make a hundred thousand a year.[41]

MANGAN I dont boast. But when I meet a man that makes a hundred thousand a year, I take off my hat to that man, and stretch out my hand to him and call him brother.

CAPTAIN SHOTOVER Then you also make a hundred thousand a year, hey?

MANGAN No. I cant say that. Fifty thousand, perhaps.

CAPTAIN SHOTOVER His half brother only. [*he turns away from Mangan with his usual abruptness, and collects the empty tea-cups on the Chinese tray*].

MANGAN [*irritated*] See here, Captain Shotover. I dont quite understand my position here. I came here on your daughter's invitation. Am I in her house or in yours?

CAPTAIN SHOTOVER You are beneath the dome of heaven, in the house of God. What is true within these walls is true outside them. Go out on the seas; climb the mountains; wander through the valleys. She is still too young.

MANGAN [*weakening*] But I'm very little over fifty.

CAPTAIN SHOTOVER You are still less under sixty. Boss Mangan: you will not marry the pirate's child. [*he carries the tray away into the pantry*].

소토버 선장	당신은 영화관에 자주 가는군.
망간	아마 그럴 거요. 누구한테 들었소?
소토버 선장	영화처럼 말고 남자답게 말하라구. 당신이 연간 십만 파운드를 번다는 말이지.
망간	난 떠벌리지 않소. 하지만 내가 연간 십만 파운드를 버는 사람을 만나면 난 그 사람에게 모자를 들어 인사하고 내 손을 뻗쳐 그를 형제라 부르오.
소토버 선장	이봐, 그렇다면 당신 또한 연간 십만 파운드를 번다는 거요?
망간	아니오. 그렇게 말할 수 없소. 아마도, 연간 오만 파운드 일거요.
소토버 선장	단지 의붓 형제군. [*그는 통상적인 무뚝뚝함으로 망간을 외면하고 중국 쟁반에 빈 찻잔을 모은다*].
망간	[*노하여*] 이봐, 소토버 선장. 난 이곳에서 내 처지를 전혀 이해할 수 없소. 난 댁의 따님 초대로 이곳에 왔소. 내가 그녀의 집에 있소 아니면 당신 집에 있소?
소토버 선장	당신은 하나님의 집에서 둥근 하늘 아래 있소. 이 벽들 안에서 진실인 것은 그 밖에서도 진실이오. 바다로 나가거나 산을 오르거나 계곡을 유랑하시오. 그녀는 아직 너무 젊어.
망간	[*약해져서*] 하지만 난 오십이 거의 넘지 않았소.
소토버 선장	당신은 아직 육십 미만이지. 보스 망간, 당신은 그 해적의 자식과 결혼 못할 거요 [*그는 찬방으로 쟁반을 가지고 가버린다*].

---

40) movy: movie
41) a hundred thousand a year: 연간 십만 파운드

MANGAN   [*following him to the half door*] What pirate's child? What are you talking about?

CAPTAIN SHOTOVER   [*in the pantry*] Ellie Dunn. You will not marry her.

MANGAN   Who will stop me?

CAPTAIN SHOTOVER   [*emerging*] My daughter [*he makes for the door leading to the hall*].

MANGAN   [*following him*] Mrs Hushabye! Do you mean to say she brought me down here to break it off?

CAPTAIN SHOTOVER   [*stopping and turning on him*] I know nothing more than I have seen in her eye. She w i l l break it off. Take my advice: marry a West Indian negress: they make excellent wives. I was married to one myself for two years.

MANGAN   Well, I a m damned!

CAPTAIN SHOTOVER   I thought so. I was, too, for many years. The negress redeemed me.

MANGAN   [*feebly*] This is queer. I ought to walk out of this house.

CAPTAIN SHOTOVER   Why?

MANGAN   Well, many men would be offended by your style of talking.

CAPTAIN SHOTOVER   Nonsense! It's the other sort of talking that makes quarrels. Nobody ever quarrels with me.

A gentleman, whose first-rate tailoring and frictionless manners proclaim the wellbred West Ender,[42] comes in from the hall. He has an engaging air of being young and unmarried, but on close inspection is found to be at least over forty.

망간	[하프 도어까지 그를 따라가면서] 무슨 해적의 자식이오? 도대체 무슨 얘기를 하는 거요?
소토버 선장	엘리 던에 대해서지. 당신은 그녀와 결혼 못할 거야.
망간	누가 날 막을 거요?
소토버 선장	[등장하며] 내 딸이지 [그는 홀로 통하는 문을 향해 나아간다].
망간	[그를 따라가며] 허셔바이 부인! 당신은 그녀가 그걸 끝장내려고 여기로 날 데려왔다고 말할 작정이오?
소토버 선장	[멈추어서 그를 향해 돌아서며] 내가 그 아이의 눈에서 본 것 이상은 아무것도 알지 못하오. 그 아이가 그걸 끝장낼 거요. 내 충고를 받아들여 서인도 제도의 검둥이와 결혼해, 그들은 뛰어난 아내가 될 거요. 내 자신이 2년 동안 한 명과 결혼했었소.
망간	원, 이 거 빌어먹을!
소토버 선장	나도 그렇게 생각했소. 나도 또한 여러 해 동안 그랬지. 그 검둥이가 날 구했지.
망간	[힘없이] 이곳은 이상하군. 이 집에서 나가야만 해.
소토버 선장	왜지?
망간	글쎄, 많은 사람들이 당신이 말하는 스타일에 의해 감정이 상할 거니까.
소토버 선장	허튼 소리! 그건 싸움을 만드는 다른 종류의 말이야. 아무도 결코 나와 싸우지 않아.

일류 맞춤복과 매끄러운 매너가 본데 있게 자란 웨스트엔드 거주자임을 증명하는 신사가 홀로부터 들어온다. 그는 젊은 독신의 매력 있는 태도를 지니고 있지만 면밀히 살펴보면 적어도 사십은 넘었다는 게 인지된다.

---

42) West Ender: 런던의 West End에 사는 사람. 런던 서쪽 끝에 있는 West End 지역은 부유한 상류층이 사는 곳이고, 동쪽 끝에 있는 East End는 빈민촌이다.

THE GENTLEMAN   Excuse my intruding in this fashion; but there is no knocker on the door; and the bell does not seem to ring.

CAPTAIN SHOTOVER Why should there be a knocker? Why should the bell ring? The door is open.

THE GENTLEMAN   Precisely. So I ventured to come in.

CAPTAIN SHOTOVER Quite right. I will see about a room for you [*he makes for the door*].

THE GENTLEMAN   [*stopping him*] But I'm afraid you don't know who I am.

CAPTAIN SHOTOVER Do you suppose that at my age I make distinctions between one fellowcreature and another? [*He goes out. Mangan and the newcomer stare at one another*].

MANGAN   Strange character, Captain Shotover, sir.

THE GENTLEMAN   Very.

CAPTAIN SHOTOVER [*shouting outside*] Hesione: another person has arrived and wants a room. Man about town, well dressed, fifty.

THE GENTLEMAN   Fancy Hesione's feelings! May I ask are you a member of the family?

MANGAN   No.

THE GENTLEMAN   I am. At least a connection.

Mrs Hushabye comes back.

MRS HUSHABYE How do you do? How good of you to come!

신사	제가 이런 식으로 들어와 실례합니다만 문에는 두드리는 고리쇠가 없고 초인종은 울리는 것 같지 않군요.
소토버 선장	왜 두드리는 고리쇠가 있어야만 하지? 왜 초인종이 울려야만 해? 문은 열려 있소.
신사	바로 그래요. 그래서 제가 대담하게 들어왔어요.
소토버 선장	괜찮소. 내가 당신을 위해 방을 알아보겠소 [그는 문을 향해 나아간다].
신사	[그를 막으며] 허나 유감스럽게도 당신은 제가 누군지 모를 거라 생각하는데요.
소토버 선장	당신은 내 나이에 한 인간과 다른 이를 구별할 거라고 생각하나? [그는 나간다. 망간과 새로 온 사람은 서로를 지그시 본다].
망간	선생, 소토버 선장은 이상한 인물이요.
신사	무척이나요.
소토버 선장	[밖에서 소리치며] 헤시온, 또 다른 사람이 도착해서 방을 원해. 오십 살의 잘 차려 입은 한량이야.
신사	헤시온의 감정을 상상해 봐! 당신이 가족의 일원인지 물어도 되겠소?
망간	아니오.
신사	난 일원이오. 적어도 연고는 있소.

허셔바이 부인이 돌아온다.

허셔바이 부인	안녕하세요? 당신이 오시다니 정말 잘하셨어요!

THE GENTLEMAN   I am very glad indeed to make your acquaintance, Hesione. [*Instead of taking her hand he kisses her. At the same moment the Captain appears in the doorway*]. You will excuse my kissing your daughter, Captain, when I tell you that —

CAPTAIN SHOTOVER Stuff! Everyone kisses my daughter. Kiss her as much as you like [*he makes for the pantry*].

THE GENTLEMAN   Thank you. One moment, Captain. [*The Captain halts and turns. The gentleman goes to him affably*]. Do you happen to remember — but probably you dont, as it occurred many years ago — that your younger daughter married a numskull?

CAPTAIN SHOTOVER Yes. She said she'd marry anybody to get away from this house. I should not have recognized you: your head is no longer like a walnut. Your aspect is softened. You have been boiled in bread and milk for years and years, like other married men. Poor devil! [*He disappears into the pantry*].

MRS HUSHABYE [*going past Mangan to the gentleman and scrutinizing him*] I dont believe you are Hastings Utterword.

THE GENTLEMAN   I am not.

MRS HUSHABYE Then what business had you to kiss me?

THE GENTLEMAN   I thought I would like to. The fact is, I am Randall Utterword, the unworthy younger brother of Hastings. I was abroad diplomatizing when he was married.

신사	실로 당신과 아는 사이가 되어 너무 기쁘오, 헤시온. [*그는 그녀의 손을 잡는 대신 그녀에게 키스한다. 동시에 선장이 출입구에 나타난다*]. 선장님, 제가 당신에게 말씀드리면, 따님에게 키스하는 걸 용서하실 거예요—
소토버 선장	시시한 소리! 모든 사람이 내 딸에게 키스하지. 당신이 하고 싶은 만큼 그 아이에게 키스하시오. [*그는 찬방을 향해 나아간다*].
신사	감사합니다. 잠깐만요, 선장님. [*선장은 멈추어서 돌아선다. 신사는 붙임성 있게 그에게 간다*] 혹시 당신 작은 딸이—여러 해 전에 일어난 일이라 아마 기억 못하시겠지만—멍텅구리와 결혼한 걸 기억하시나요?
소토버 선장	그렇소. 그 아인 이 집에서 달아나기 위해 누군가와 결혼할 거라고 말했지. 내가 댁을 알아보지 못했음에 틀림없어, 댁의 머리는 더 이상 호두 같지 않거든. 댁의 모습이 부드러워졌어. 댁은 다른 유부남들과 마찬가지로 빵을 뜯어 넣은 끓인 우유에 데쳐져 왔던 거야. 가여운 것! [*그는 찬방으로 사라진다*].
허셔바이 부인	[*망간을 지나 신사에게 가서 그를 유심히 바라보며*] 전 당신이 해스팅스 어터우드라고 믿지 않아요.
신사	전 아닙니다.
허셔바이 부인	그런데 무슨 용건으로 당신이 내게 키스했죠?
신사	그러고 싶다고 생각했어요. 사실, 전 해스팅스의 보잘 것 없는 동생 랜덜 어터우드예요. 형이 결혼할 때 전 해외에서 외교 중이었어요.

LADY UTTERWORD   [*dashing in*] Hesione: where is the key of the wardrobe in my room? My diamonds are in my dressing-bag: I must lock it up−[*recognizing the stranger with a shock*] Randall: how dare you? [*She marches at him past Mrs Hushabye, who retreats and joins Mangan near the sofa*].

RANDALL   How dare I what? I am not doing anything.

LADY UTTERWORD   Who told you I was here?

RANDALL   Hastings. You had just left when I called on you at Claridge's;[43] so I followed you down here. You are looking extremely well.

LADY UTTERWORD   Dont presume to tell me so.

MRS HUSHABYE What is wrong with Mr Randall, Addy?

LADY UTTERWORD   [*recollecting herself*] Oh, nothing. But he has no right to come bothering you and papa without being invited. [*she goes to the window-seat and sits down, turning away from them ill-humoredly and looking into the garden, where Hector and Ellie are now seen strolling together*].

MRS HUSHABYE I think you have not met Mr Mangan, Addy.

LADY UTTERWORD   [*turning her head and nodding coldly to Mangan*] I beg your pardon. Randall: you have flustered me so: I make a perfect fool of myself.

MRS HUSHABYE Lady Utterword. My sister. My y o u n g e r sister.

MANGAN   [*bowing*] Pleased to meet you, Lady Utterword.

LADY UTTERWORD   [*with marked interest*] Who is that gentleman walking in the garden with Miss Dunn?

귀부인 어터우드 [달려들어 오며] 헤시온, 내 방 옷장 열쇠가 어디 있어? 다이아몬드가 내 화장품 가방에 있어서 그걸 잠가야만 해— [깜짝 놀라 그 이방인을 알아보고] 랜덜, 어떻게 감히 당신이? [그녀는 물러나 소파 근처의 망간과 합류한 허셔바이 부인을 지나 그에게 당당히 걸어간다].

랜덜 내가 어떻게 감히 뭘 했다는 거죠? 난 아무것도 하지 않았어요.

귀부인 어터우드 누가 당신에게 내가 여기 있다고 말했나요?

랜덜 해스팅스 형이지요. 내가 클래리지스호텔로 방문했을 때 형수는 막 떠났어요. 그래서 난 여기로 형수를 쫓아왔소. 좋아 보이는군요.

귀부인 어터우드 감히 내게 그렇게 말하지 말아요.

허셔바이 부인 애디, 랜덜 씨가 뭐가 잘못된 거지?

귀부인 어터우드 [마음을 가라앉히며] 오, 아무것도 아니에요. 하지만 그가 초대받지 않고서 언니와 아버지를 괴롭히러 올 권리는 없죠. [그녀는 창문 쪽 좌석으로 가서 앉아 기분이 언짢아서 그들을 외면하고 정원을 들여다보는데 거기서 그 때 헥토와 엘리가 함께 산책하는 것이 보인다].

허셔바이 부인 애디, 난 네가 망간 씨와 인사를 나누지 않았다고 생각되는구나.

귀부인 어터우드 [그녀의 머리를 돌려 망간에게 냉랭하게 끄덕이며] 죄송합니다. 랜덜, 당신이 날 너무나 당황케 해서 난 완벽한 웃음거리가 됐어요.

허셔바이 부인 귀부인 어터우드예요. 제 여형제죠. 제 여 동 생 이예요.

망간 [머리 숙여 인사하며] 만나서 기쁩니다, 귀부인 어터우드.

귀부인 어터우드 [눈에 띄게 관심을 갖고] 정원에서 던 양과 걷고 있는 저 신사는 누구야?

---

43) Claridge's: 클래리지스호텔은 센트럴 런던[런던시티]에 있는 1812년에 세워진 최고급호텔로 상류층인사가 주로 이용하며 에프터눈티가 유명하다.

MRS HUSHABYE I dont know. She quarrelled mortally with my husband only ten minutes ago; and I didnt know anyone else had come. It must be a visitor. [*She goes to the window to look*]. Oh, it is Hector. Theyve made it up.

LADY UTTERWORD   Your husband! That handsome man?

MRS HUSHABYE Well, why shouldnt my husband be a handsome man?

RANDALL   [*joining them at the window*] One's husband never is, Ariadne [*he sits by Lady Utterword, on her right*].

MRS HUSHABYE One's sister's husband always is, Mr Randall.

LADY UTTERWORD   Dont be vulgar, Randall. And you, Hesione, are just as bad.

> *Ellie and Hector come in from the garden by the starboard door. Randall rises. Ellie retires into the corner near the pantry. Hector comes forward; and Lady Utterword rises looking her very best.*

MRS HUSHABYE Hector: this is Addy.

HECTOR   [*apparently surprised*] Not this lady.

LADY UTTERWORD   [*smiling*] Why not?

HECTOR   [*looking at her with a piercing glance of deep but respectful admiration, his moustache bristling*] I thought — [*pulling himself together*[44]] I beg your pardon, Lady Utterword. I am extremely glad to welcome you at last under our roof [*He offers his hand with grave courtesy*].

MRS HUSHABYE She wants to be kissed, Hector.

LADY UTTERWORD   Hesione! [*but she still smiles*].

허셔바이 부인	모르겠어. 그녀는 단지 10분 전에 내 남편과 심하게 다투었고 다른 누가 왔는지 모르겠어. 손님임에 틀림없어. [*그녀는 보려고 창으로 간다*]. 오, 헥토야. 그들이 화해를 했어.
귀부인 어터우드	언니 남편이라고! 저 잘생긴 남자가?
허셔바이 부인	글쎄, 왜 내 남편이 미남이어서는 안 되니?
랜덜	[*창에서 그들과 합류하며*] 누군가의 남편은 결코 그렇지 않지, 애리애드니 [*그는 귀부인 어터우드 옆에 그녀 오른 편에 앉는다*].
허셔바이 부인	누군가의 언니 남편은 늘 그래요, 랜덜 씨.
귀부인 어터우드	저속하게 굴지 말아요, 랜덜. 그리고 언니, 헤시온 언니도 마찬가지로 나빠.
	엘리와 헥토가 우현 문으로 정원에서 들어온다. 랜덜이 일어선다. 엘리는 찬방 근처 코너로 물러간다. 헥토가 앞으로 나서고 귀부인 어터우드는 제일 돋보이게 일어선다.
허셔바이 부인	헥토, 이 사람이 애디야.
헥토	[*분명히 놀라서*] 이 귀부인은 아니겠지.
귀부인 어터우드	[*미소 지으며*] 어째서죠?
헥토	[*그의 콧수염을 곤두세우고 강하지만 흉하지 않은 감탄을 담은 꿰뚫어보는 눈짓으로 그녀를 바라보며*] 제가 생각하기엔 – [*용기를 되찾아*] 죄송합니다, 귀부인 어터우드. 전 마침내 우리 집에서 당신을 영접하는 것이 대단히 기쁩니다 [*그는 진지한 정중함으로 그의 손을 내민다*].
허셔바이 부인	헥토, 그녀는 키스받기를 원해요.
귀부인 어터우드	헤시온 언니! [*하지만 그녀는 여전히 미소 짓는다*].

---

44) pull oneself together: 기운(용기, 침착)을 되찾다, 냉정해지다, 자제하다

MRS HUSHABYE Call her Addy; and kiss her like a good brother-in-law; and have done with it. [*She leaves them to themselves*].

HECTOR Behave yourself, Hesione. Lady Utterword is entitled not only to hospitality but to civilization.

LADY UTTERWORD [*gratefully*] Thank you, Hector. [*They shake hands cordially*].

Mazzini Dunn is seen crossing the garden from starboard to port.

CAPTAIN SHOTOVER [*coming from the pantry and addressing Ellie*] Your father has washed himself.

ELLIE [*quite self-possessed*] He often does, Captain Shotover.

CAPTAIN SHOTOVER A strange conversion! I saw him through the pantry window.

Mazzini Dunn enters through the port window door, newly washed and brushed, and stops, smiling benevolently, between Mangan and Mrs Hushabye.

MRS HUSHABYE [*introducing*] Mr Mazzini Dunn, Lady Ut—oh, I forgot: youve met. [*Indicating Ellie*] Miss Dunn.

MAZZINI [*walking across the room to take Ellie's hand, and beaming at his own naughty irony*] I have met Miss Dunn also. She is my daughter. [*He draws her arm through his caressingly*].

MRS HUSHABYE Of course: how stupid! Mr Utterword, my sister's—er—

RANDALL [*shaking hands agreeably*] Her brother-in-law, Mr Dunn. How do you do?

MRS HUSHABYE This is my husband.

HECTOR We have met, dear. Dont introduce us any more. [*He moves away to the big chair, and adds*] Wont you sit down, Lady Utterword? [*She does so very graciously*].

허셔바이 부인	그녀를 애디라고 부르고 좋은 형부처럼 키스하고 끝내요. [그녀는 그들을 내버려 둔다].
헥토	점잖게 굴어요, 헤시온. 귀부인 어터우드는 환대받을 자격뿐 아니라 예의바른 대접을 받을 자격도 있어요.
귀부인 어터우드	[감사하여] 고마워요, 헥토 형부. [그들은 진심에서 우러나 악수한다]. 마찌니 던이 우현에서 좌현으로 정원을 가로질러 가는 것이 보인다.
소토버 선장	[찬방에서 나와 엘리에게 말을 걸며] 네 아버지는 몸을 씻었어.
엘리	[아주 침착하게] 아버진 자주 그러세요, 소토버 선장님.
소토버 선장	이상한 전향이야! 난 찬방의 창을 통해 그를 보았어. 새로이 씻고 빗질을 한 마찌니 던이 좌현에 창이 있는 문을 통해 들어와 호의적으로 미소 지으며 망간과 허셔바이 부인 사이에 멈춰 선다.
허셔바이 부인	[소개하면서] 마찌니 던 씨, 귀부인 어트—이런, 두 사람이 인사를 나누었다는 걸 내가 잊었어요. [엘리를 가리키며] 던 양이예요.
마찌니	[엘리의 손을 잡으려고 방을 가로질러 걸어가 자신의 짓궂은 아이러니에 밝게 미소 지으며] 나는 던 양 또한 만났었소. 얘는 내 딸이요. [그는 그의 팔로 달래듯이 그녀의 팔을 끌어당긴다].
허셔바이 부인	물론이죠, 얼마나 멍청한지! 어터우드 씨예요, 제 여동생의—
랜덜	[쾌히 악수를 하며] 시동생이죠, 던 씨. 처음 뵙겠습니다.
허셔바이 부인	이 사람은 제 남편입니다.
헥토	여보, 우린 만났소. 더 이상 우릴 소개하지 말아요. [그는 옮겨 가서 덧붙인다] 귀부인 어터우드, 앉지 않으시겠어요? [그녀는 아주 우아하게 앉는다].

MRS HUSHABYE Sorry. I hate it: it's like making people shew their tickets.

MAZZINI [*sententiously*] How little it tells us, after all! The great question is, not who we are, but what we are.

CAPTAIN SHOTOVER Ha! What are you?

MAZZINI [*taken aback*] What am I?

CAPTAIN SHOTOVER A thief, a pirate, and a murderer.

MAZZINI I assure you you are mistaken.

CAPTAIN SHOTOVER An adventurous life; but what does it end in? Respectability. A ladylike daughter. The language and appearance of a city missionary. Let it be a warning to all of you [*He goes out through the garden*].

DUNN I hope nobody here believes that I am a thief, a pirate, or a murderer. Mrs Hushabye: will you excuse me a moment? I must really go and explain. [*He follows the Captain*].

MRS HUSHABYE [*as he goes*] It's no use. Youd really better—[*but Dunn has vanished*]. We had better all go out and look for some tea. We never have regular tea; but you can always get some when you want: the servants keep it stewing all day. The kitchen veranda is the best place to ask. May I shew you? [*She goes to the starboard door*].

RANDALL [*going with her*] Thank you, I dont think I'll take any tea this afternoon. But if you will show me the garden—?

허셔바이 부인	미안해요. 난 그게 싫어요, 사람들이 자기 티켓을 보여주게 하는 것 같아요.
마찌니	[격언식으로 딱딱하게] 결국, 그건 우리에게 말해주는 게 얼마나 없는 지! 중요한 문제는 우리가 누구인지가 아니라 우리가 무엇을 하는 존재인가지.
소토버 선장	하! 당신은 무엇을 하는 존재요?
마찌니	[깜짝 놀라] 내가 뭘 하는 존재냐구?
소토버 선장	도둑, 해적, 그리고 살인자 지.
마찌니	확신컨대 잘못 알고 계신 겁니다.
소토버 선장	모험적인 삶이군, 하지만 그게 뭘로 끝나지? 상당한 사회적 지위. 고상한 딸. 도시 선교사의 언어와 외양. 그걸 모두 교훈으로 삼으시오 [그는 정원을 통해 나간다].
던	여기서 아무도 내가 도둑, 해적 또는 살인자라고 믿지 않기를 바랍니다. 허셔바이 부인, 잠시 실례해도 될까요? 난 정말로 가서 설명해야만 합니다. [그는 선장을 따라간다]
허셔바이 부인	[그가 갈 때] 그건 아무 소용이 없어요. 당신은 정말 오히려 ─ [하지만 던은 사라진다]. 우리는 나가서 차를 좀 찾아보는 게 좋겠어요. 우린 결코 규칙적으로 차를 마시지는 않지만 당신이 원할 땐 언제나 좀 마실 수 있어요. 하인들이 온종일 끓이고 있거든요. 부엌 베란다가 청하기에 가장 좋은 장소예요. 제가 안내해도 될까요? [그녀는 우현 문으로 간다].
랜덜	[그녀와 함께 가면서] 감사합니다, 오후에 어떤 차를 마실 거라고 생각하지 않았어요. 하지만 당신이 제게 정원을 안내할 거라면 ─?

MRS HUSHABYE Theres nothing to see in the garden except papa's observatory, and a gravel pit with a cave where he keeps dynamite and things of that sort. However, it's pleasanter out of doors; so come along.

RANDALL Dynamite! Isnt that rather risky?

MRS HUSHABYE Well, we dont sit in the gravel pit when theres a thunderstorm.

LADY UTTERWORD Thats something new. What is the dynamite for?

HECTOR To blow up the human race if it goes too far. He is trying to discover a psychic ray that will explode all the explosives at the well of a Mahatma.[45]

ELLIE The Captain's tea is delicious, Mr Utterword.

MRS HUSHABYE [stopping in the doorway] Do you mean to say that youve had some of my father's tea? that you got round him before you were ten minutes in the house?

ELLIE I did.

MRS HUSHABYE You little devil! [She goes out with Randall]

MANGAN Wont you come, Miss Ellie?

ELLIE I'm too tired. I'll take a book up to my room and rest a little. [She goes to the bookshelf].

MANGAN Right. You cant do better. But I'm disappointed. [He follows Randall and Mrs Hushabye].

Ellie, Hector, and Lady Utterword are left. Hector is close to Lady Utterword. They look at Ellie, waiting for her to go.

허셔바이 부인	아버지의 천문관측소와 아버지께서 다이너마이트류 따위를 보관하는 동굴이 있는 자갈 채취장을 빼면 정원에는 볼 게 아무것도 없어요. 하지만 집밖은 더 쾌적해요, 그러니 따라 오세요.
랜덜	다이너마이트라뇨! 그건 꽤 위험하지 않나요?
허셔바이 부인	글쎄요, 우린 번개를 동반한 심한 폭풍우가 칠 때 그 자갈 채취장에 앉아 있진 않아요.
귀부인 어터우드	그건 새로운 어떤 것이네. 뭣 때문에 다이너마이트가 있지?
헥토	만약 너무 지나치다면, 인류를 폭파시키기 위해서지. 장인은 마하트마와 같은 대성인의 뜻으로 모든 폭약을 폭발시킬 영혼의 광선을 발견하려고 애쓰시지.
엘리	선장님의 차는 감미로워요, 어터우드 씨.
허셔바이 부인	[출입구에서 멈춰 서서] 네가 아버지의 차를 좀 마셨다고 말하려는 거니? 네가 집에 10분도 있기 전에 아버지를 구어 삶았다는 의미니?
엘리	그랬어요.
허셔바이 부인	작은 악마 같으니! [그녀는 랜덜과 함께 나간다].
망간	엘리 양, 가겠어요?
엘리	전 너무 피곤해요. 제 방으로 책을 가지고 가서 좀 쉬겠어요. [그녀는 서가로 간다].
망간	좋아요. 당신이 더 나은 걸 할 수는 없을 거야. 하지만 난 실망이요. [그는 랜덜과 허셔바이 부인을 따라간다].
	엘리, 헥토 그리고 귀부인 어터우드가 남아 있다. 헥토는 귀부인 어터우드 가까이에 있다. 그들은 그녀가 가기를 기다리며, 엘리를 쳐다본다.

---

45) a Mahatma: 인도의 대성인 마하트마 같은 대성인. 여기서 부정관사 'a'는 고유명사인 Mahatma의 속성을 가진 인물이란 의미를 만드는 역할을 한다.

ELLIE   [*looking at the title of a book*] Do you like stories of adventure, Lady Utterword?

LADY UTTERWORD   [*patronizingly*] Of course, dear.

ELLIE   Then I'll leave you to Mr Hushabye. [*She goes out through the hall*].

HECTOR   That girl is mad about tales of adventure. The lies I have to tell her!

LADY UTTERWORD   [*not interested in Ellie*] When you saw me what did you mean by saying that you thought, and then stopping short? What did you think?

HECTOR   [*folding his arms and looking down at her magnetically*] May I tell you?

LADY UTTERWORD   Of course.

HECTOR   It will not sound very civil. I was on the point of saying, "I thought you were a plain woman."

LADY UTTERWORD   Oh, for shame, Hector! What right had you to notice whether I am plain or not?

HECTOR   Listen to me, Ariadne. Until today I have seen only photographs of you; and no photograph can give the strange fascination of the daughters of that supernatural old man. There is some damnable quality in them that destroys men's moral sense, and carries them beyond honor and dishonor. You know that, dont you?

엘리   [책의 제목을 보면서] 귀부인 어터우드, 당신은 모험이야기를 좋아하나요?

귀부인 어터우드   [어딘지 모르게 건방지게] 물론이지, 얘야.

엘리   그렇다면, 난 당신을 허셔바이 씨에게 맡기겠어요. [그녀는 흘을 통해 나간다].

헥토   저 아가씨는 모험이야기에 열광적이야. 내가 그녀에게 한 거짓말 말이야!

귀부인 어터우드   [엘리에게 흥미를 갖지 않고] 형부가 날 보았을 때 생각을 하다가 그리고 나서 갑자기 그만두었다고 말함으로써 의미한 게 뭐예요? 무슨 생각을 한 거예요?

헥토   [팔짱을 끼고 매력 있게 그녀를 내려다보며] 말해도 될까?

귀부인 어터우드   물론이죠.

헥토   아주 예의바르게 들리진 않을 거요. 난 처제에게 "당신은 예쁘지 않은 여자라고 생각했다"고 말하려는 참이었소.

귀부인 어터우드   오 이런 부끄럽지 않나요, 헥토 형부! 형부가 무슨 권리로 내가 예쁜지 아닌지를 언급해야만 하죠?

헥토   내 말을 들어 봐, 애리애드니 처제. 오늘까지 난 단지 처제 사진만을 보아왔어. 그리고 어떤 사진도 그 초자연적인 노인네의 딸들이 지닌 야릇한 매혹을 느끼게 할 순 없지. 그들에게는 남자들의 도덕의식을 파괴하여 명예와 불명예를 넘어서도록 이끈 어떤 가증할 특질이 있어. 처제는 그걸 알지, 그렇지 않아?

LADY UTTERWORD   Perhaps I do, Hector. But let me warn you once for all that I am a rigidly conventional woman. You may think because I'm a Shotover that I'm a Bohemian, because we are all so horribly Bohemian. But I'm not. I hate and loathe Bohemianism. No child brought up in a strict Puritan household ever suffered from Puritanism as I suffered from our Bohemianism.

HECTOR   Our children are like that. They spend their holidays in the houses of their respectable schoolfellows.

LADY UTTERWORD   I shall invite them for Christmas.

HECTOR   Their absence leaves us both without our natural chaperones.

LADY UTTERWORD   Children are certainly very inconvenient sometimes. But intelligent people can always manage, unless they are Bohemians.

HECTOR   You are no Bohemian; but you are no Puritan either: your attraction is alive and powerful. What sort of woman do you count yourself?

LADY UTTERWORD   I am a woman of the world,[46] Hector; and I can assure you that if you will only take the trouble always to do the perfectly correct thing, and to say the perfectly correct thing, you can do just what you like. An ill-conducted, careless woman gets simply no chance. An ill-conducted, careless man is never allowed within arms length of any woman worth knowing.

귀부인 어터우드	아마도 그럴 거예요, 헥토 형부. 하지만 단지 이번 한번만 내가 엄격하게 인습적인 여자라는 걸 형부에게 경고하게 해줘요. 형부는 내가 소토버이기 때문에, 즉 우리는 모두 지독하게 보헤미안이기 때문에 내가 보헤미안이라고 생각할지 몰라요. 하지만 난 아니에요. 난 보헤미아주의를 혐오하고 진저리를 내요. 엄격한 청교도 집안에서 자란 어떤 아이도 내가 우리의 보헤미아주의로부터 고통 받은 것만큼 청교주의로부터 고통 받은 적은 없을 거예요.
헥토	우리 자식들도 그와 같소. 그들은 품위 있는 학교 친구들 집에서 휴가를 보내오.
귀부인 어터우드	제가 그 아이들을 크리스마스에 초대하겠어요.
헥토	아이들의 부재는 우리 두 사람을 우리의 혈연 보호자들 없이 남겨두는 거요.
귀부인 어터우드	아이들은 분명히 얼마간 아주 불편할 거예요. 하지만 영리한 사람들은 만약 그들이 보헤미안이 아니라면 늘 잘해나갈 수 있어요.
헥토	처제는 보헤미안이 아니야, 하지만 청교도 또한 아니며, 처제의 매력은 생생하고 강력해. 처제는 자신을 어떤 종류의 여자라고 생각해.
귀부인 어터우드	전 세상물정에 밝은 여자예요, 헥토 형부. 그래서 전 형부에게 만약 형부가 단지 늘 완벽하게 올바른 것을 하고 완벽하게 올바른 걸 말하려고 노고를 아끼지 않는다면, 바로 원하는 대로 할 수 있다는 걸 보증할 수 있어요. 잘못 처신하고 경솔한 남자는 결코 알만한 가치가 있는 여자의 손이 닿는 범위 내에 있는 게 허용되지 않아요.

---

46) a woman of the world: 세상사(세상물정)에 밝은 여자, 산전수전 다 겪은 여자

HECTOR I see. You are neither a Bohemian woman nor a Puritan woman. You are a dangerous woman.

LADY UTTERWORD On the contrary, I am a safe woman.

HECTOR You are a most accursedly attractive woman. Mind: I am not making love to you. I do not like being attracted. But you had better know how I feel if you are going to stay here.

LADY UTTERWORD You are an exceedingly clever ladykiller,[47] Hector. And terribly handsome. I am quite a good player, myself, at that game. Is it quite understood that we are only playing?

HECTOR Quite. I am deliberately playing the fool, out of sheer worthlessness.

LADY UTTERWORD [rising brightly] Well, you are my brother-in-law, Hesione asked you to kiss me. [He seizes her in his arms, and kisses her strenuously]. Oh! that was a little more than play, brother-in-law. [She pushes him suddenly away]. You shall not do that again.

HECTOR In effect, you got your claws deeper into me than I intended.

MRS HUSHABYE [coming in from the garden] Dont let me disturb you: I only want a cap to put on daddiest. The sun is setting; and he'll catch cold. [she makes for the door leading to the hall].

LADY UTTERWORD Your husband is quite charming, darling. He has actually condescended to kiss me at last. I shall go into the garden: it's cooler now. [She goes out by the port door].

헥토   알겠소. 처제는 보헤미아적인 여자도 청교도적인 여자도 아니군. 위험한 여자야.

귀부인 어터우드   반대로, 안전한 여자죠.

헥토   처제는 가장 진저리나게 매력적인 여자야. 유념해둬, 난 처제에게 구애하지 않아. 난 매혹당하고 싶지 않다구. 하지만 처제가 여기서 묵으려 한다면 내가 어떻게 생각하는 지 아는 게 더 나을 거야.

귀부인 어터우드   헥토 형부, 형부는 지나치게 똑똑한 레이디 킬러군요. 그리고 끔찍이 미남이에요. 내 자신이 그 게임에선 상당히 뛰어난 선수예요. 사실상 우리가 단지 게임을 즐기는 거라고 이해되나요?

헥토   그야 그렇지. 난 순전히 하잘 것 없는 것 때문에 고의로 바보짓을 하는 거야.

귀부인 어터우드   [밝게 일어나며] 원, 당신은 제 형부예요. 헤시온 언니가 형부에게 내게 키스하라고 요구했죠. [그는 그의 팔로 그녀를 잡고 격렬하게 키스한다]. 오! 그건 조금은 놀이 이상이었어요, 형부. [그녀는 갑자기 그를 밀어제친다]. 다신 이런 걸 해선 안 돼요.

헥토   사실상, 처제는 내가 의도했던 것보다 더 깊이 날 공격했군.

허셔바이 부인   [정원으로부터 들어오며] 제가 방해가 되지 않게 해줘요, 전 단지 아버지께서 쓰실 모자를 원해요. 해가 지고 있어서 감기 걸리실 것 같아요. [그녀는 홀로 통하는 문을 향해 나간다]

귀부인 어터우드   언니 남편은 아주 매력적이야, 언니. 형부는 사실 마침내 부끄럼을 무릅쓰고 내게 키스했어. 난 정원으로 가겠어, 지금은 더 서늘해. [그녀는 좌현문으로 나간다].

---

47) ladykiller: 레이디킬러, 호색한, 여자를 잘 호리는 남자

MRS HUSHABYE Take care, dear child. I dont believe any man can kiss Addy without falling in love with her. [*She goes into the hall*].

HECTOR [*striking himself on the chest*] Fool! Goat![48)

Mrs Hushabye comes back with the captain's cap.

HECTOR Your sister is an extremely enterprising old girl. Wheres Miss Dunn!

MRS HUSHABYE Mangan says she has gone up to her room for a nap. Addy wont let you talk to Ellie: she has marked you for her own.

HECTOR She has the diabolical family fascination. I began making love to her automatically. What am I to do? I cant fall in love; and I cant hurt a woman's feelings by telling her so when she falls in love with me. And as women are always falling in love with my moustache I get landed in all sorts of tedious and terrifying flirtations in which I'm not a bit in earnest.

MRS HUSHABYE Oh, neither is Addy. She has never been in love in her life, though she has always been trying to fall in head over ears.[49) She is worse than you, because you had one real go[50) at least, with me.

HECTOR That was a confounded madness. I cant believe that such an amazing experience is common. It has left its mark on me. I believe that is why I have never been able to repeat it.

허셔바이 부인	얘야, 조심해. 난 어떤 남자도 그녀에게 반하지 않고서 애디에게 키스할 수 있다고 믿지 않아. [그녀는 홀로 들어간다].
헥토	[스스로 가슴을 치면서] 바보! 호색한!

허셔바이 부인이 선장의 모자를 가지고 돌아온다.

헥토	당신 동생은 아주 모험적인 여자야. 던 양이 어디 있더라!
허셔바이 부인	망간은 그녀가 낮잠을 자려고 자기 방으로 갔다고 해요. 애디는 당신이 엘리에게 말하도록 하지 않을 거예요. 그 아이가 당신을 자기 자신의 것으로 선정했거든요.
헥토	처제는 악마 같은 집안의 매혹을 지녔어. 난 자동적으로 그녀에게 구애하기 시작했어. 내가 뭘 하려는 거지? 난 사랑에 빠질 수 없어, 그리고 난 그녀가 내게 사랑에 빠졌을 때 그녀에게 그렇게 말함으로써 여인의 감정을 상하게 할 수는 없어. 그리고 여자들이 언제나 내 콧수염에 반할 때, 난 조금도 진지하지 않은 모든 종류의 지루하고 두렵게 하는 연애유희에 빠져든다구.
허셔바이 부인	오, 애디도 역시 아니야. 비록 그 아이가 언제나 깊이 빠지려고 애쓰고 있지만 그 아이는 자기 삶에서 결코 사랑에 빠진 적이 없어. 그 아이는 당신보다 더 나빠. 왜냐하면 당신은 적어도 한번은 진짜 사랑을 했잖아, 나하고 말야.
헥토	그건 어처구니없는 광기였어. 난 그렇게 놀라운 경험이 일반적이라고 믿을 수는 없어. 그건 내게 그 흔적을 남겼어. 난 그게 내가 결코 그걸 되풀이 할 수 없는 이유라고 생각해.

---

48) Goat: 영소는 종종 서구문학작품에서 호색의 상징으로 사용된다.
49) head over ears: 전념하여, 깊이 빠져
50) head one real go: 직역하면 '진짜로 한번 해보았다'이지만 문맥상 '진짜 사랑을 한번 해보았다'를 의미한다. 여기서 go는 경기나 활동 등을 한 번하기, 시도 등의 의미로 쓰인 명사이다.

MRS HUSHABYE [*laughing and caressing his arm*] We were frightfully in love with one another, Hector. It was such an enchanting dream that I have never been able to grudge it to you or anyone else since. I have invited all sorts of pretty women to the house on the chance of giving you another turn. But it has never come off.

HECTOR I dont know that I want it to come off. It was damned dangerous. You fascinated me; but I loved you; so it was heaven. This sister of yours fascinates me; but I hate her; so it is hell. I shall kill her if she persists.

MRS HUSHABYE Nothing will kill Addy: she is as strong as a horse. [*Releasing him*] Now I am going off to fascinate somebody.

HECTOR The Foreign Office toff? Randall?

MRS HUSHABYE Goodness gracious, no! Why should I fascinate him?

HECTOR I presume you dont mean the bloated capitalist, Mangan?

MRS HUSHABYE Hm! I think he had better be fascinated by me than by Ellie. [*She is going into the garden when the Captain comes in from it with some sticks in his hand*]. What have you got there, daddiest?

CAPTAIN SHOTOVER Dynamite.

허셔바이 부인   [웃으며 그의 팔을 애무하며] 헥토, 우리는 서로 대단히 사랑했어요. 그 후 내가 결코 그걸 당신이나 다른 누구에게 주기를 꺼릴 수 없을 정도로 황홀케 하는 꿈이었어요. 난 당신에게 또 하나의 기회를 주리라 기대하고 집으로 모든 부류의 여자들을 초대해왔어요. 하지만 그건 결코 실현되지 않았어요.

헥토   내가 그게 실현되기를 원하는지 모르겠소. 그건 지독하게 위험했소. 당신은 날 매혹시켰지만 난 당신을 사랑했고, 그래서 그건 천국이었소. 당신의 이 여동생은 날 매혹시키지만 난 그녀를 혐오하오, 그러니 그건 지옥이오. 만약 그녀가 지속한다면 난 그녀를 죽일 거요.

허셔바이 부인   아무것도 애디를 죽이지 못할 거예요. 그 아인 말처럼 튼튼하거든요. [그를 놓으며] 이제 난 다른 누군가를 홀리러 떠날 거예요.

헥토   그 외무성 멋쟁이? 랜덜?

허셔바이 부인   어머나 맙소사, 아니에요! 왜 내가 그를 홀려야 하죠?

헥토   당신이 그 거만한 자본가 망간을 의미하는 건 아니라고 생각하는데?

허셔바이 부인   흠! 난 그가 엘리에게 보다는 내게 매혹당하는 것이 더 낫다고 생각해요. [그녀는 선장이 손에 막대모양의 것 몇 개를 들고 정원으로부터 등장할 때 정원으로 간다] 아버지, 거기서 손에 갖고 계신 게 뭐예요?

소토버 선장   다이너마이트야.

111

MRS HUSHABYE Youve been to the gravel pit. Dont drop it about the house: theres a dear.[51] [*She goes into the garden, where the evening light is now very red*].

HECTOR Listen, O sage. How long dare you concentrate on a feeling without risking having it fixed in your consciousness all the rest of your life?

CAPTAIN SHOTOVER Ninety minutes. An hour and a half. [*He goes into the pantry*].

Hector, left alone, contracts his brows, and falls into a day-dream. He does not move for some time. Then he folds his arms. Then, throwing his hands behind him, and gripping one with the other, he strides tragically once to and fro. Suddenly he snatches his walking stick from the teak table, and draws it; for it is a sword-stick. He fights a desperate duel with an imaginary antagonist, and after many vicissitudes runs him through the body up to the hilt. He sheathes his sword and throws it on the sofa, falling into another reverie as he does so. He looks straight into the eyes of an imaginary woman; seizes her by the arms; and says in a deep and thrilling tone, "Do you love me!" The Captain comes out of the pantry at this moment; and Hector, caught with his arms stretched out and his fists clenched, has to account for his attitude by going through a series of gymnastic exercises.

CAPTAIN SHOTOVER That sort of strength is no good. You will never be as strong as a gorilla.

HECTOR What is the dynamite for?

CAPTAIN SHOTOVER To kill fellows like Mangan.

HECTOR No use. They will always be able to buy more dynamite than you.

CAPTAIN SHOTOVER I will make a dynamite that he cannot explode.

허셔바이 부인	자갈채취장에 다녀오셨군요. 그걸 집주변에 떨어드리진 마세요, 참 착하죠. [그녀는 이제는 저녁 빛이 아주 붉은 정원으로 간다].
헥토	들어보세요, 오 현자여. 생의 나머지 내내 위험을 무릅쓰고 당신 의식에 고정시키려 하지 않고 감정에 얼마나 오래 집중하실 수 있나요?
소토버 선장	90분이야. 한 시간 반이라고. [그는 찬방으로 들어간다].

혼자 남겨진 헥토는 이맛살을 찌푸리고 공상에 빠진다. 그는 얼마 동안 움직이지 않는다. 그리곤 팔짱을 낀다. 그러고 나서 손을 뒤로 던져 하나가 다른 하나를 꽉 쥐고 한번 여기저기 비극적으로 성큼성큼 걷는다. 갑자기 그는 티크 테이블로부터 그의 지팡이를 잡아채어 그것을 뽑는다. 왜냐하면 그건 칼이 든 지팡이였기 때문이다. 그는 상상의 적과 필사적인 결투를 하고 많은 부침 후에 그의 몸을 완전히 관통한다. 그는 칼을 칼집에 넣고, 그가 그렇게 할 때 또 다른 공상에 잠기며 그걸 소파에 던진다. 그는 상상의 여인의 두 눈을 똑바로 쳐다보고 그녀의 팔을 잡고 깊고 떨리는 어조로 "그대 날 사랑하지!" 라고 말한다. 이 순간 선장이 찬방으로부터 온다. 그래서 그의 뻗친 팔과 꽉 쥔 주먹이 포착된 헥토는 일련의 체조를 행함으로써 그의 태도를 해명해야만 한다.

소토버 선장	그런 종류의 힘은 소용없어. 자네는 결코 고릴라처럼 강하지는 못할 거야.
헥토	다이너마이트는 무엇에 쓰시게요?
소토버 선장	망간 같은 자들을 죽이려고.
헥토	쓸데없어요. 그들은 언제나 장인어른 보다 더 많은 다이너마이트를 살 수 있어요.
소토버 선장	난 그가 폭파시킬 수 없는 다이너마이트를 만들 거야.

---

51) theres a dear: '참 착하기도 해라' 내지 '참 착하다' 정도의 의미로 해석하면 된다. 여기서도 다른 경우와 마찬가지로 쇼는 축약형 'theres'에 생략부호를 사용하지 않았다.

HECTOR   And that you can, eh?

CAPTAIN SHOTOVER Yes: when I have attained the seventh degree of concentration.

HECTOR   What's the use of that? You never do attain it.

CAPTAIN SHOTOVER What then is to be done? Are we to be kept forever in the mud by these hogs to whom the universe is nothing but a machine for greasing their bristles and filling their snouts?

HECTOR   Are Mangan's bristles worse than Randall's lovelocks?

CAPTAIN SHOTOVER We must win powers of life and death over them both. I refuse to die until I have invented the means.

HECTOR   Who are we that we should judge them?

CAPTAIN SHOTOVER What are they that they should judge us? Yet they do, unhesitatingly. There is enmity between our seed[52] and their seed. They know it and act on it, strangling our souls. They believe in themselves. When we believe in ourselves, we shall kill them.

HECTOR   It is the same seed. You forget that your pirate has a very nice daughter. Mangan's son may be a Plato: Randall's a Shelley. What was my father?

CAPTAIN SHOTOVER The damnedst scoundrel I ever met. [*He replaces the drawing-board; sits down at the table; and begins to mix a wash of color*].

헥토 　그래 장인어른이 그걸 할 수 있을까요?

소토버 선장 　그럼, 내가 제 7 집중도에 도달할 때 말야.

헥토 　그게 무슨 소용이에요? 장인어른은 결코 거기에 이르지 못하는데요.

소토버 선장 　그러면 무엇이 이루어지겠어? 우주가 그들에게는 단지 그들의 강모에 기름을 쳐 주둥이를 채우는 기계에 불과한 이 돼지 같은 놈들에 의해 우리가 영원히 진흙 속에 남아 있게 되는 거야?

헥토 　망간의 강모가 랜덜의 늘어뜨린 머리보다 더 나쁜가요?

소토버 선장 　우리는 그들 둘 다에 대한 생사권을 확보해야만 해. 내가 그 수단을 발명할 때까진 난 죽기를 거부해.

헥토 　우리가 그들을 심판하다니 우린 누구죠?

소토버 선장 　그들이 우리를 심판하다니 그들은 뭐지? 아직껏 그들은 주저 없이 그렇게 하고 있어. 우리 자손과 그들의 자손 사이에는 적의가 있어. 그들은 그것을 알고 거기에 따라 행동하며 우리 영혼을 질식시키지. 그들은 그들 자신의 가치를 인정해. 우리가 우리 자신의 가치를 인정할 때 우린 그들을 죽일 거야.

헥토 　그건 같은 종자예요. 장인어른은 당신의 해적이 아주 멋진 딸을 갖고 있는 걸 잊었나요. 망간의 아들은 플라톤 같은 철인일지 모르고 랜덜의 아들은 셸리 같은 시인일지 몰라요. 내 아버지는 어떤 사람이었죠?

소토버 선장 　내가 만났던 가장 빌어먹을 불한당이었어. [그는 제도판을 제자리에 놓고 테이블에 앉아 유색도료를 섞기 시작한다].

---

52) seed: 문맥상 인간의 자손 내지 종자를 지칭하는 'seed of a man'의 의미를 내포한다.

HECTOR Precisely. Well, dare you kill his innocent grandchildren?

CAPTAIN SHOTOVER They are mine also.

HECTOR Just so. We are members one of another.[53] [*He throws himself carelessly on the sofa*]. I tell you I have often thought of this killing of human vermin. Many men have thought of it. Decent men are like Daniel in the lion's den:[54] their survival is a miracle; and they do not always survive. We live among the Mangans and Randalls and Billie Dunns as they, poor devils, live among the disease germs and the doctors and the lawyers and the parsons and the restaurant chefs and the tradesmen and the servants and all the rest of the parasites and blackmailers. What are our terrors to theirs? Give me the power to kill them; and I'll spare them in sheer —

CAPTAIN SHOTOVER [*cutting in sharply*] Fellow feeling?

HECTOR No. I should kill myself if I believed that. I must believe that my spark, small as it is, is divine, and that the red light over their door is hell fire. I should spare them in simple magnanimous pity.

헥토	바로 그래요. 그런데, 어떻게 감히 장인어른이 그의 죄 없는 손자들 죽일 수 있죠?
소토버 선장	그들은 또한 내 손자들이기도 하지.
헥토	바로 그대로죠. 우리는 그분 몸의 지체입니다. [그는 속편하게 소파에 몸을 던진다]. 장인어른께 말하건 데 전 이 인간 해충을 죽이는 것에 대해 종종 생각했어요. 많은 사람들이 그것을 생각하고 있어요. 점잖은 사람들은 사자굴의 다니엘 같아요. 그들의 생존은 기적이고 그들은 늘 살아남지는 않아요. 우리는 불쌍한 자들, 그들이 병균, 의사, 변호사, 목사, 식당 주방장, 소매상인, 하인, 모든 나머지 기식자, 공갈범들 가운데에서 살고 있듯이 망간, 랜덜, 빌리 던 같은 사람들 가운데 살아요. 그들의 것에 비해 우리의 공포는 뭐죠? 제게 그들을 죽일 힘을 주세요, 그러면 전 순전히 그들에게 인정을 베풀고—
소토버 선장	[날쌔게 끼어들며] 동료의식인가?
헥토	아닙니다. 만약 제가 그렇게 생각한다면, 전 자살해야만 해요. 전 필경 비록 그것이 작지만 제 불꽃은 신성하고, 그들 문 너머의 그 붉은 빛은 지옥불이라고 믿어야만 해요. 전 단순히 관대한 연민으로 그들의 목숨을 살려주어야만 해요.

---

53) We are members one of another: 우리는 그분 몸의 지체입니다. 신약성서 「에페소서」 5장 30절의 내용으로 인간 하나 하나는 개별적 존재가 아니라 그리스도 예수의 지체로 서로 서로 연관되어 있다는 의미이다. 여기서 헥토는 개인은 서로 연관되어 있어서 개인의 문제는 개인을 넘어선 가족 더 나아가 공동체의 문제라고 시사하는 것이다.

54) Daniel in the lion's den: 사자 굴의 다니엘. 구약성서 「다니엘서」 7장 16절~23절에 의하면 다니엘은 이방인들에 의해 사자 굴에 갇혔으나 하느님의 보호로 무사하였다.

CAPTAIN SHOTOVER You cant spare them until you have the power to kill them. At present they have the power to kill you. There are millions of blacks over the water for them to train and let loose on us. Theyre going to do it. Theyre doing it already.

HECTOR They are too stupid to use their power.

CAPTAIN SHOTOVER [*throwing down his brush and coming to the end of the sofa*] Do not deceive yourself: they do use it. We kill the better half of ourselves every day to propitiate them. The knowledge that these people are there to render all our aspirations barren prevents us having the aspirations. And when we are tempted to seek their destruction they bring forth demons to delude us, disguised as pretty daughters, and singers and poets and the like, for whose sake we spare them.

HECTOR [*sitting up and leaning towards him*] May not Hesione be such a demon, brought forth by you lest I should slay you?

CAPTAIN SHOTOVER That is possible. She has used you up, and left you nothing but dreams, as some women do.

HECTOR Vampire women, demon women.

소토버 선장	자네가 그들을 죽일 힘을 지닐 때까지 자넨 그들의 목숨을 살려 줄 수가 없어. 현재는 그들이 자넬 죽일 힘을 갖고 있지. 그들이 양성해 우리에게 풀어 놓을 무수한 깜부기균이 강 건너에 있지. 그들은 그렇게 할 거야. 그들은 이미 그렇게 하고 있어.
헥토	그들은 자신들의 힘을 사용하기엔 너무 우둔해요.
소토버 선장	[그의 붓을 내던지고 소파 끝으로 가면서] 자신을 속이지 마, 그들은 그걸 사용하고 있다구. 우리는 날마다 그들의 비위를 맞추느라고 우리 자신의 더 나은 반쪽을 죽이지. 이러한 사람들이 우리의 열망을 불모로 만들기 위해 거기에 있다는 인식이 우리가 열망을 갖는 걸 방해하지. 우리가 그들을 파괴하고 싶어질 때 그들은 우리를 미혹시키기 위해 예쁜 딸, 가수, 시인 따위로 변장한 악마들을 불러내고, 이들을 위해 우리는 그들의 목숨을 살려주지.
헥토	[일어나 앉아 그에게 몸을 기울이며] 헤시온이 제가 장인어른을 살해하지 않도록 장인이 불러낸 그런 악마가 아닐까요?
소토버 선장	그건 가능해. 그 아인 자네를 다 소모시키고 몇몇 여자들이 하듯 자네에게 단지 꿈만 남겨두었어.
헥토	흡혈귀 같은 여자, 악마 같은 여자.

CAPTAIN SHOTOVER Men think the world well lost for them, and lose it accordingly. Who are the men that do things? The husbands of the shrew and of the drunkard, the men with the thorn in the flesh. [*Walking distractedly away towards the pantry*] I must think these things out. [*Turning suddenly*] But I go on with the dynamite none the less. I will discover a ray mightier than any X-ray: a mind ray that will explode the ammunition in the belt of my adversary before he can point his gun at me. And I must hurry. I am old: I have no time to waste in talk [*He is about to go into the pantry, and Hector is making for the hall, when Hesione comes back*].

MRS HUSHABYE Daddiest: you and Hector must come and help me to entertain all these people. What on earth were you shouting about?

HECTOR [*stopping in the act of turning the door handle*] He is madder than usual.

MRS HUSHABYE We all are.

HECTOR I must change [*he resumes his door opening*].

MRS HUSHABYE Stop, stop. Come back, both of you. Come back. [*They return, reluctantly*]. Money is running short.

HECTOR Money! Where are my April dividends?

MRS HUSHABYE Where is the snow that fell last year?[55)]

소토버 선장	남자들은 그들이 세상을 잘 잃었다고 생각하고, 따라서 그걸 잃는
	거야. 그런 일을 하는 남자들은 누구인가? 바가지 긁는 여자와 주
	정뱅이의 남편들, 즉 고통거리를 지닌 남자들이지. [찬방을 향해 미
	친 듯이 떠나가며] 난 이런 것들을 숙고해 해결해야만 한다구. [갑자
	기 돌아서며] 하지만 난 그럼에도 불구하고 계속 다이너마이트를
	가지고 할 거야. 난 어떤 엑스레이보다 더 강력한 광선을 발견할
	거야, 그가 내게 총을 겨눌 수 있기 전에 내 적의 벨트에 있는 탄
	약을 폭발시킬 마음의 광선을 말야. 그리고 난 서둘러야만 해. 난
	늙었기에 말로 낭비할 어떤 시간도 없어 [그가 막 찬방으로 들어가려
	고 하고 헥토가 홀을 향해 나아가려 하자 그 때 헤시온이 돌아온다].
허셔바이 부인	아버지, 아버지와 헥토는 와서 이 모든 사람들을 접대하기 위해
	날 도와야만 해요. 도대체 아버진 뭐에 대해 소리치고 계신 거예
	요?
헥토	[문손잡이를 돌리려는 행위에서 멈추고] 장인어른은 여느 때보다 더 정
	신이 나가셨어.
허셔바이 부인	우리 모두가 그래요.
헥토	난 옷을 갈아입어야만 해 [그는 문 여는 걸 다시 시작한다].
허셔바이 부인	멈춰요, 멈춰. 두 분 다 돌아와요. 돌아오라구요. [그들은 마지못해
	돌아간다]. 돈이 바닥나고 있어요.
헥토	돈이! 내 4월 배당금은 어디 있지?
허셔바이 부인	작년에 내린 눈은 어디 있나요?

---

55) Where is the snow that fell last year?: 이미 지나간 것이나 쓸모없는 것에 연연할 때 사용하는
상투어

CAPTAIN SHOTOVER Where is all the money you had for that patent lifeboat I invented?

MRS HUSHABYE Five hundred pounds; and I have made it last since Easter!

CAPTAIN SHOTOVER Since Easter! Barely four months! Monstrous extravagance! I could live for seven years on £500.

MRS HUSHABYE Not keeping open house as we do here, daddiest.

CAPTAIN SHOTOVER Only £500 for that lifeboat! I got twelve thousand for the invention before that.

MRS HUSHABYE Yes, dear; but that was for the ship with the magnetic keel that sucked up submarines. Living at the rate we do, you cannot afford life-saving inventions. Cant you think of something that will murder half Europe at one bang?

CAPTAIN SHOTOVER No. I am ageing fast. My mind does not dwell on slaughter as it did when I was a boy. Why doesnt your husband invent something? He does nothing but tell lies to women.

HECTOR Well, that is a form of invention, is it not? However, you are right: I ought to support my wife.

MRS HUSHABYE Indeed you shall do nothing of the sort: I should never see you from breakfast to dinner. I want my husband.

HECTOR [bitterly] I might as well be your lapdog.

MRS HUSHABYE Do you want to be my breadwinner, like the other poor husbands?

소토버 선장	내가 발명한 특허 받은 구명정 때문에 네가 받은 돈은 어디 있니?
허셔바이 부인	500파운드요, 부활절 이후 마지막으로 다 썼어요.
소토버 선장	부활절 이후라니! 거의 네 달도 안 됐는데! 엄청난 낭비야! 난 500파운드로 7년은 살 수 있을 거야.
허셔바이 부인	여기서 우리가 하듯이 집을 계속 열어두지 않고서죠, 아버지.
소토버 선장	그런 구명정에 단지 500파운드라니! 그 전의 발명품으로 난 만 이천 파운드를 받았다구.
허셔바이 부인	그래요, 아버지, 하지만 그건 잠수함들을 삼켜 올릴 수 있는 자석 용골을 지닌 배 때문이었어요. 우리가 하는 정도로 생활할 때 아버지께선 생명을 구하는 발명품들을 만들 여유가 없어요. 아버진 한 방에 유럽의 절반을 살해할 어떤 것에 대해 생각할 수는 없나요?
소토버 선장	못한다. 난 급속히 늙어가고 있단다. 내 마음은 내가 소년이었을 때 그랬던 것처럼 살육에 머물지 않아. 네 남편은 왜 뭔가를 발명하지 않니? 그는 단지 여자들에게 거짓말만 하는구나.
헥토	이런, 그건 일종의 발명이죠, 그렇지 않나요? 하지만, 장인어른이 옳아요, 전 제 아내를 부양해야만 하죠.
허셔바이 부인	실로 당신은 그런 종류의 것은 결코 하지 않을 거죠, 아침부터 저녁까지 난 결코 당신을 보지 못할 테니까요. 난 내 남편을 원해요.
헥토	[씁쓸히] 날 당신의 애완용 강아지로 하라니깐.
허셔바이 부인	당신은 다른 불쌍한 남편들처럼 내 생계를 위한 수단이 되길 원해요?

HECTOR   No, by thunder! What a damned creature a husband is anyhow!

MRS HUSHABYE [*to the Captain*] What about that harpoon cannon?

CAPTAIN SHOTOVER No use. It kills whales, not men.

MRS HUSHABYE Why not? You fire the harpoon out of a cannon. It sticks in the enemy's general; you wind him in; and there you are.

HECTOR   You are your father's daughter, Hesione.

CAPTAIN SHOTOVER There is something in it. Not to wind in generals: they are not dangerous. But one could fire a grapnel and wind in a machine gun or even a tank. I will think it out.

MRS HUSHABYE [*squeezing the Captain's arm affectionately*] Saved! You a r e a darling, daddiest. Now we must go back to these dreadful people and entertain them.

CAPTAIN SHOTOVER They have had no dinner. Dont forget that.

HECTOR   Neither have I. And it is dark: it must be all hours.

MRS HUSHABYE Oh, Guinness will produce some sort of dinner for them. The servants always take jolly good care that there is food in the house.

CAPTAIN SHOTOVER [*raising a strange wail in the darkness*] What a house! What a daughter!

MRS HUSHABYE [*raving*] What a father!

HECTOR   [*following suit*] What a husband!

CAPTAIN SHOTOVER Is there no thunder in heaven?

HECTOR   Is there no beauty, no bravery, on earth?

헥토	아냐, 제기랄! 여하튼 남편이란 건 얼마나 빌어먹을 피조물인지!
허셔바이 부인	[선장에게] 그 작살발사대포는 어찌 되었나요?
소토버 선장	소용없어. 그건 사람이 아니라 고래를 죽여.
허셔바이 부인	어째서 안 되죠? 아버진 대포로부터 작살을 발사해요. 그게 적의 장군을 찌르면 아버진 그를 감아요, 그러면 자 됐죠.
헥토	헤시온, 당신은 장인의 딸이야.
소토버 선장	거기엔 뭔가가 있어. 장군들을 감기 위한 건 아니야, 그들은 위험하지 않거든. 하지만 누군가가 쇠갈고리를 발사해 기관총이나 심지어 탱크도 감을 수 있을 거야. 내가 그걸 고안해 낼 거야.
허셔바이 부인	[애정이 넘치게 선장의 팔을 꽉 잡으며] 살았다! 아버진 멋진 분이예 요. 이제 우리는 이 끔찍한 사람들에게로 돌아가서 그들을 대접해야 만 해요.
소토버 선장	그들은 어떤 정찬도 들지 않았어. 그걸 잊지 마렴.
헥토	나도 먹지 않았소. 그리고 어두워졌으니 어느 때든 되었음에 틀림없어.
허셔바이 부인	오, 기니스가 그들을 위해 어떤 종류의 정찬을 만들어낼 거예요. 하인들은 항상 집에 음식이 있도록 엄청나게 유의하죠.
소토버 선장	[어둠 속에서 기이한 울부짖는 소리를 지르며] 정말 이런 집이 있다니! 정말 이런 딸이 있다니!
허셔바이 부인	[고함치며] 정말 이런 아버지가 있다니!
헥토	[남이 하는 대로 하며] 정말 이런 남편이 있나!
소토버 선장	하늘에 천둥이 없나?
헥토	땅에 아름다움도, 용맹함도 없나?

MRS HUSHABYE What do men want? They have their food, their ftresides, their clothes mended, and our love at the end of the day. Why are they not satisfied? Why do they envy us the pain with which we bring them into the world, and make strange dangers and torments for themselves to be even with us?

CAPTAIN SHOTOVER [weirdly chanting]

I built a house for my daughters,
    and opened the doors thereof,
That men might come for their choosing,
    and their betters spring from their love;
But one of them married a numskull;

HECTOR [taking up the rhythm]
The other a liar wed;

MRS HUSHABYE [completing the stanza][56)]
And now must she lie beside him, even as she made her bed.

LADY UTTERWORD [calling from the garden] Hesione! Hesione! Where are you?

HECTOR The cat is on the tiles.

MRS HUSHABYE Coming, darling, coming. [She goes quickly into the garden].

The Captain goes back to his place at the table.

HECTOR [going out into the hall] Shall I turn up the lights for you?

CAPTAIN SHOTOVER No. Give me deeper darkness. Money is not made in the light.

END OF ACT I

허셔바이 부인	남자들이 뭘 원하는 거지? 남자들은 그들의 음식, 그들의 단란한 가정, 그들의 수선된 옷을 얻고, 하루의 끝에는 우리의 사랑을 얻지. 왜 그들은 만족하지 않는 거지? 왜 그들은 우리가 그들을 세상에 데려온 고통을 시기하고, 우리와 대등해지려고 스스로 기이한 위험과 고통을 만드는 거지?

소토버 선장   [불가사의하게 영창하며]

> 난 내 딸들을 위해 집을 지었네,
>
>   그리곤 열었지 그 문을,
>
> 남자들이 그들의 선택을 위해 오라고,
>
>   그리고 그들보다 나은 이들이 그들의 사랑으로 태어나라고;
>
> 하지만 그 중 하나는 얼간이와 결혼했다네;

헥토   [그 리듬에 응하며]

> 다른 이는 거짓말쟁이와 결혼했다네;

허셔바이 부인   [그 스탠자를 완성하며]

> 그리고 지금 그녀는 그의 곁에 누워야만 한다네, 마침 그녀가 깔때조차도 그녀의 잠자리를.

귀부인 어타우드	[정원으로부터 부르며] 헤시온 언니! 헤시온 언니! 어디 있어?
헥토	그 고양이 같은 여자는 기와에서처럼 안절부절못해.
허셔바이 부인	가는 중이야, 얘야, 가는 중이라구. [그녀는 재빨리 정원으로 들어간다]. 선장은 테이블에 있는 자기 자리로 돌아간다.
헥토	[홀로 들어가며] 제가 장인어른을 위해 전등을 켜도 될까요?
소토버 선장	안 돼. 내게 더 깊은 어둠을 줘. 돈은 밝은데서 벌리는 게 아냐.

1막의 끝

---

56) stanza: 영시에서 일정한 운율적 구성을 갖는 시의 기초 단위로 4행 이상의 각운이 있는 시구를 이른다.

ACT II

The same room, with the lights turned up and the curtains drawn. Ellie comes in, followed by Mangan. Both are dressed for dinner. She strolls to the drawing-table. He comes between the table and the wicker chair.

MANGAN   What a dinner! I dont call it a dinner: I call it a meal.

ELLIE   I am accustomed to meals, Mr Mangan, and very lucky to get them. Besides, the Captain cooked some maccaroni for me.

2막

전등이 켜지고 커튼이 쳐진 같은 방이다. 엘리가 들어오고, 망간이 뒤따른다. 두 사람은 정찬을 위해 차려 입었다. 그녀는 제도용 테이블로 천천히 걸어간다. 그는 그 테이블과 고리버들 세공 의자 사이로 간다.

망간 정말 정찬이라니! 난 그걸 정찬이라 부르지 않고, 한 끼 식사라 부르지.

엘리 전 식사에 익숙해요, 망간 씨. 그리고 그걸 먹어 아주 행운이에요. 게다가, 선장님이 절 위해 마카로니를 좀 요리하셨어요.

MANGAN	[*shuddering liverishly*] Too rich: I cant eat such things. I suppose it's because I have to work so much with my brain. Thats the worst of being a man of business: you are always thinking, thinking, thinking. By the way, now that we are alone, may I take the opportunity to come to a little understanding with you?
ELLIE	[*settling into the draughtsman's seat*] Certainly. I should like to.
MANGAN	[*taken aback*] Should you? That surprises me; for I thought I noticed this afternoon that you avoided me all you could. Not for the first time either.
ELLIE	I was very tired and upset. I wasnt used to the ways of this extraordinary house. Please forgive me.
MANGAN	Oh, thats all right: I dont mind. But Captain Shotover has been talking to me about you. You and me, you know.
ELLIE	[*interested*] The Captain! What did he say?
MANGAN	Well, he noticed the difference between our ages.
ELLIE	He notices everything.
MANGAN	You dont mind, then?
ELLIE	Of course I know quite well that our engagement—
MANGAN	Oh! you call it an engagement.
ELLIE	Well, isnt it?

망간 [*성마르게 몸서리치며*] 너무나 부자여서 난 그런 걸 먹을 수가 없어. 난 내가 머리로 그만큼 일을 해야만 하기 때문에 그렇다고 생각해요. 그게 사업가의 가장 나쁜 점이요, 언제나 생각하고, 생각하고, 생각하거든. 그런데 우리만 있으니 내가 당신에게 이해를 좀 구할 기회를 가져도 되겠소?

엘리 [*제도가의 자리에 앉으며*] 물론이에요. 그렇게 하고 싶어요.

망간 [*허를 찔려*] 그러고 싶다고요? 그게 날 놀라게 하는군, 왜냐하면 난 오늘 오후에 당신이 할 수 있는 한 날 피하려 한다는 걸 알아차렸다고 생각했기 때문이오. 처음 그런 것도 아니지만.

엘리 전 아주 지치고 혼란스러웠어요. 이런 남다른 집안의 방식에 익숙하지 않았어요. 절 용서해주세요.

망간 오, 그건 좋소. 난 개의치 않소. 하지만 소토버 선장이 당신에 대해 내게 말했소. 알다시피 당신과 나에 대해.

엘리 [*흥미를 가지고*] 선장님이! 뭐라고 하셨죠?

망간 글쎄, 그는 우리의 나이 차에 주목했소.

엘리 그분은 모든 것에 주목하시죠.

망간 그렇다면, 당신은 개의치 않는 거요?

엘리 물론 전 아주 잘 알고 있어요. 우리 약혼이─

망간 오! 당신이 그걸 약혼이라 부르는군.

엘리 원, 그렇지 않나요?

MANGAN   Oh, yes, yes: no doubt it is if you hold to it. This is the first time youve used the word; and I didnt quite know where we stood: thats all. [*He sits down in the wicker chair; and resigns himself to allow her to lead the conversation*]. You were saying—?

ELLIE   Was I? I forget. Tell me. Do you like this part of the country? I heard you ask Mr Hushabye at dinner whether there are any nice houses to let down here.

MANGAN   I like the place. The air suits me. I shouldnt be surprised if I settled down here.

ELLIE   Nothing would please me better. The air suits me too. And I want to be near Hesione.

MANGAN   [*with growing uneasiness*] The air may suit us; but the question is, should we suit one another? Have you thought about that?

ELLIE   Mr Mangan: we must be sensible, mustnt we? It's no use pretending that we are Romeo and Juliet. But we can get on very well together[57] if we choose to make the best of it. Your kindness of heart will make it easy for me.

MANGAN   [*leaning forward, with the beginning of something like deliberate unpleasantness in his voice*] Kindness of heart, eh? I ruined your father, didnt I?

ELLIE   Oh, not intentionally.

MANGAN   Yes I did. Ruined him on purpose.

망간 오, 그럼 그렇고말고, 만약 당신이 그렇게 고수한다면, 그건 의심할 여지가 없이 그렇지. 이번이 당신이 그 단어를 사용한 처음이고, 난 우리가 어디에 있는지 전혀 몰랐고, 그게 전부요. [*그는 고리버들 세공 의자에 앉아 그녀가 대화를 이끌도록 맡긴다*]. 당신이 말했지—?

엘리 제가 말했나요? 전 잊어버렸어요. 말해주세요. 당신은 이 지방이 좋은 가요? 전 당신이 정찬 때 허셔바이 씨에게 이곳에 내려오도록 할 어떤 멋진 집이 있는 지 물어보는 걸 들었어요.

망간 난 이 곳이 좋소. 공기가 내게 맞아. 내가 여기 정착한다 해도 놀라지 않을 거요.

엘리 어떤 것도 저를 더 잘 만족시키지는 못할 거예요. 공기는 제게 또한 맞아요. 그리고 전 헤시온 가까이 있고 싶어요.

망간 [*점점 커지는 불편함으로*] 공기는 우리에게 맞을지 모르오, 하지만 문제는 우리가 서로에게 맞느냐 하는 거요? 거기에 대해 생각해 봤소?

엘리 망간 씨, 우리는 분별 있어야만 해요, 그렇지 않나요? 우리가 로미오와 줄리엣 인양하는 건 소용없어요. 하지만 만약 우리가 나름대로 최선을 다한다면, 우린 함께 아주 잘 지낼 수 있어요. 당신 마음에서 오는 친절이 절 편안하게 할 거예요.

망간 [*그의 목소리에 고의적인 불쾌감 같은 어떤 것의 조짐과 함께 앞으로 굽히며*] 뭐, 마음에서 오는 친절이라고? 내가 당신 아버지를 파산시켰지, 그렇지 않았나?

엘리 오, 의도적인 건 아니죠.

망간 아냐 그랬소. 고의로 그를 파산시켰소.

---

57) get on very well together: 함께 아주 잘 지내다

ELLIE   On purpose!

MANGAN   Not out of ill-nature, you know. And youll admit
         that I kept a job for him when I had finished with
         him. But business is business; and I ruined him as
         a matter of business.

ELLIE   I dont understand how that can be. Are you trying
         to make me feel that I need not be grateful to you,
         so that I may choose freely?

MANGAN   [rising aggressively] No. I mean what I say.[58]

ELLIE   But how could it possibly do you any good to ruin
         my father? The money he lost was yours.

MANGAN   [with a sour laugh] W a s mine! It i s mine, Miss Ellie,
         and all the money the other fellows lost too. [He
         shoves his hands into his pockets and shows his teeth]. I just
         smoked them out like a hive of bees. What do you
         say to that? A bit of shock, eh?

ELLIE   It would have been, this morning. N o w! you cant
         think how little it matters. But it's quite interesting.
         Only, you must explain it to me. I dont understand
         it. [Propping her elbows on the drawing-board and her chin on
         her hands, she composes herself to listen with a combination of
         conscious curiosity with unconscious contempt which provokes
         him to more and more unpleasantness, and an attempt at
         patronage of her ignorance].

엘리　고의라뇨!

망간　알다시피 심술궂은 성격 때문은 아니요. 그리고 당신은 내가 그와 관계를 끊을 때 그를 위해 일자리를 지켰던 걸 인정할 거요. 하지만 사업은 사업이고, 난 사업 문제로 그를 파산시켰소.

엘리　어떻게 그럴 수 있는 지 이해하지 못하겠어요. 당신은 제가 자유롭게 선택할 수 있도록 당신에게 감사할 필요가 없다는 걸 느끼게 해주려는 거예요?

망간　[*거의 공격적으로*] 아니오. 진심으로 하는 말이오.

엘리　하지만 과연 제 아버지를 파산시키는 것이 어떻게 당신에게 어떤 이익이 될 수 있었을까요? 그분이 잃은 돈은 당신 것 이었어요.

망간　[*심술궂은 웃음으로*] 내 것 이 었 다 고! 엘리 양, 그건 내 거 요, 그리고 다른 사람들이 잃은 모든 돈 또한 그래. [*그는 손을 호주머니에 찔러놓고 이를 드러낸다*]. 난 단지 벌통처럼 연기를 피워 그들을 몰아냈어. 거기에 대해 당신은 무슨 말을 하겠소? 좀 충격이죠, 그렇죠?

엘리　오늘 아침엔 그랬을 거예요. 지 금 요! 당신은 그게 제게 얼마나 거의 상관이 없는 지 생각할 수 없어요. 하지만 그건 흥미롭군요. 단지, 당신은 제게 설명해야만 해요. 전 이해하지 못하겠어요. [*두 팔꿈치로는 제도판을 두 손으로는 턱을 받치고, 그녀는 그를 점점 더 불쾌하게 하여 그녀의 무지에 대한 보호자 인척 하도록 하는 무의식적인 경멸과 의식적인 호기심을 겸비하고 듣기 위해 심란한 마음을 가라앉힌다*].

---

58) I mean what I say: 'I mean it' 같은 의미로 '진심으로 하는 말이요', '농담이 아니요' 등으로 번역된다.

MANGAN   Of course you dont understand: what do you know about business? You just listen and learn. Your father's business was a new business; and I dont start new businesses: I let other fellows start them. They put all their money and their friends' money into starting them. They wear out their souls and bodies trying to make a success of them. Theyre what you call enthusiasts. But the first dead lift of the thing is too much for them; and they havent enough financial experience. In a year or so they have either to let the whole show go bust, or sell out to a new lot of fellows for a few deferred ordinary shares:[59] that is, if theyre lucky enough to get anything at all. As likely as not the very same thing happens to the new lot. They put in more money and a couple of years more work; and then perhaps t h e y have to sell out to a third lot. If it's really a big thing the third lot will have to sell out too, and leave t h e i r work and t h e i r money behind them. And thats where the real business man comes in: where I come in. But I'm cleverer than some: I dont mind dropping a little money to start the process. I took your father's measure. I

망간 물론 당신은 이해 못 해, 당신이 사업에 대해 뭘 알겠어? 당신은 단지 듣고 배우는 거야. 당신 아버지의 사업은 새로운 사업이었고, 난 새 사업들은 시작하지 않고 다른 이들이 시작하도록 하지. 그들은 그걸 시작하는 데 그들의 모든 돈과 친구들의 돈을 퍼붓지. 그들은 성공으로 이끌려고 시도하며 그들의 영혼과 몸을 지쳐버리게 하지. 그들은 당신이 열광자들이라 부르는 존재야. 그러나 일을 처음으로 맨손으로 들어 올리는 건 그들에겐 너무 과한 것이고, 그들은 충분한 재정상의 경험을 갖고 있지 않아. 일년쯤 안에 그들은 전체 사업이 파산하도록 하거나 배당거치주 몇 주를 얻으려는 새로운 한 떼의 사람들에게 매각을 해야만 하지, 즉 만약 그들이 도대체 어떤 걸 손에 넣을 정도로 충분히 운이 좋다면 말이야. 그 새로운 사람에게 바로 똑같은 것이 일어날 것 같지 않아. 그들은 더 많은 돈과 2년간의 더 많은 노고를 퍼붓지, 그러고 나서 아마도 그 들 은 세 번째 사람에게 매각해야만 할 거야. 만약 그것이 정말로 큰 거라면 세 번째 사람 또한 매각을 하고 그 들 의 노고와 그 들 의 돈을 남겨둔 채 가야만 할 거야. 그리고 거기가 바로 진짜 사업가가 등장하는 곳, 즉 내가 등장하는 곳 이지. 하지만 난 몇몇 이들보다 더 영리하지. 난 그 과정을 시작하기 위해 약간의 돈을 잃는 걸 개의치 않거든. 난 당신 아

---

59) a few deferred ordinary shares: 주식은 일반적 형태의 보통주와 특별한 권리를 가지는 특별주로 나뉘는데 특별주에는 우선적 권리를 갖지만 의결권은 제한되는 우선주와 후위적 지위를 가진 후배주, 우선주와 후배주가 혼합된 혼합주 등이 있다. 통상적으로 주식이라 하면 보통주를 말한다. 'ordinary share'는 우리가 통상적으로 말하는 보통주[주식]이며, 'deferred share'는 배당거치주로 이익을 나중에 취하는 종류의 주식으로 영국에서 주로 쓰는 표현이다. 여기서 'deferred ordinary share'는 문맥상 배당거치주를 지칭한다. 배당거치주는 주로 영국에서 많이 발행되며, 이익배당이나 잔여재산분배권에서 보통주 보다 후순위를 갖는 주식으로 후배주라 불리기도 한다.

saw that he had a sound idea, and that he would work himself silly for it if he got the chance. I saw that he was a child in business, and was dead certain to outrun his expenses and be in too great a hurry to wait for his market. I knew that the surest way to ruin a man who doesnt know how to handle money is to give him some. I explained my idea to some friends in the city, and they found the money; for I take no risks in ideas, even when theyre my own. Your father and the friends that ventured their money with him were no more to me than a heap of squeezed lemons. Youve been wasting your gratitude: my kind heart is all rot. I'm sick of it. When I see your father beaming at me with his moist, grateful eyes, regularly wallowing in gratitude, I sometimes feel I must tell him the truth or burst. What stops me is that I know he wouldnt believe me. He'd think it was my modesty, as you did just now. He'd think anything rather than the truth, which is that he's a blamed fool, and I am a man that knows how to take care of himself. [*He throws himself back into the big chair with large self approval*]. Now what do you think of me, Miss Ellie?

버지의 사람됨을 보았어. 난 그가 건전한 생각을 지녔고, 만약 기회를 얻는다면 그것을 위해 자신을 혹사할 거라는 걸 알았지. 난 그가 사업에서는 한낱 아이여서 반드시 자신의 제비용을 완전히 초과하도록 되어 있고 수요를 기다리기에는 너무나 심하게 서두른다는 걸 알았지. 나는 돈을 다루는 법을 알지 못하는 사람을 파산시키는 가장 확실한 방법은 그에게 얼마간의 돈을 주는 거라는 걸 알았어. 나는 내 아이디어를 그 도시에 있는 몇몇 친구들에게 설명했고 그들이 그 돈을 마련했지. 왜냐하면 난 그것이 내자신의 것이라 해도 아이디어로는 어떤 위험을 무릅쓰지 않기 때문이지. 내게 당신 아버지와 그와 함께 돈을 걸었던 친구들은 다짜낸 레몬 더미에 지나지 않아. 당신은 당신 감사를 낭비하고 있어, 내 마음에서 오는 친절은 온통 썩었어. 난 거기에 넌더리 나. 당신 아버지가 아주 감사에 탐닉하며 고마워하는 눈물어린 눈으로 나에게 밝게 미소 짓는 걸 볼 때, 이따금 난 그에게 진실을 말하거나 터뜨려야만 한다고 느끼지. 날 멈추게 하는 건 그가 날 믿지 않을 거라는 걸 안다는 거야. 그는 바로 지금 당신이 그랬듯이 그건 나의 겸양이라고 생각할 거야. 그는 진실보다는 차라리 어떤 걸, 즉 자신은 빌어먹을 바보이고 내가 스스로를 돌볼줄 아는 사람이라는 걸 생각할 거야. [그는 과장된 자기 인정으로 큰 의자에 스스로를 되던진다]. 엘리 양, 이제 당신은 날 어떻게 생각하지?

ELLIE	[*dropping her hands*] How strange! that my mother, who knew nothing at all about business, should have been quite right about you! She always said — not before papa, of course, but to us children — that you were just that sort of man.
MANGAN	[*sitting up, much hurt*] Oh! did she? And yet she'd have let you marry me.
ELLIE	Well, you see, Mr Mangan, my mother married a very good man — for whatever you may think of my father as a man of business, he is the soul of goodness — and she is not at all keen on my doing the same.
MANGAN	Anyhow, you dont want to marry me now, do you?
ELLIE	[*very calmly*] Oh, I think so. Why not?
MANGAN	[*rising aghast*] Why not!
ELLIE	I dont see why we shouldnt get on very well together.
MANGAN	Well, but look here, you know — [*he stops, quite at a loss*].
ELLIE	[*patiently*] Well?
MANGAN	Well, I thought you were rather particular about people's characters.
ELLIE	If we women were particular about men's characters, we should never get married at all, Mr Mangan.
MANGAN	A child like you talking of "we women"! What next! Youre not in earnest?

엘리 [그녀의 두 손을 떨어드리며] 정말 이상하군요! 사업에 대해선 도대체 아무것도 모르셨던 제 어머니께서 당신에 대해 아주 정확하셨음에 틀림없다는 게 말예요. 어머니께서는 항상 — 물론 아버지 앞에서는 아니지만, 자식들에게 — 당신이 바로 그런 종류의 사람이라고 말씀하셨어요.

망간 [감정이 많이 상해 바로 앉으며] 오! 그러셨소? 그런데도 당신이 나와 결혼하도록 하려는 거요.

엘리 글쎄요, 아시다시피, 망간 씨, 어머니께서는 아주 선한 분과 — 당신이 사업가로서 제 아버지에 대해 어떻게 생각하든지 간에, 아버지는 선량함의 화신이니까요 — 결혼하셨고 제가 똑같은 걸 하는 것을 결코 좋아하시지 않으셔요.

망간 어쨌든 지금 당신은 나와 결혼하길 원하지 않지, 그렇지?

엘리 [아주 침착하게] 오, 난 원한다고 생각해요. 왜 안 되죠?

망간 [소스라치게 놀라서 일어나며] 어째서 안 되냐구!

엘리 왜 우리가 함께 아주 잘 살아서는 안 되는지 이유를 모르겠어요.

망간 그런데, 하지만 이봐, 당신이 알다시피 — [그는 매우 난처해서 멈춘다].

엘리 [참을성 있게] 그래서요?

망간 이런, 난 당신이 사람들의 품성에 대해 다소 까다롭다고 생각했소.

엘리 만약 우리 여자들이 남자들의 품성에 대해 까다롭다면, 우린 결코 결혼하지 못할 거예요, 망간 씨.

망간 당신 같은 아이가 "우리 여자들"이라 말하다니! 다음은 어떻게 나올 건지! 당신 진심은 아니지?

ELLIE   Yes, I am. Arent you?

MANGAN   You mean to hold me to it?

ELLIE   Do you wish to back out of it?

MANGAN   Oh, no. Not exactly back out of it.

ELLIE   Well?

He has nothing to say. With a long whispered whistle, he drops into the wicker chair and stares before him like a beggared gambler. But a cunning look soon comes into his face. He leans over towards her on his right elbow, and speaks in a low steady voice.

MANGAN   Suppose I told you I was in love with another woman!

ELLIE   [*echoing him*] Suppose I told you I was in love with another man!

MANGAN   [*bouncing angrily out of his chair*] I'm not joking.

ELLIE   Who told you I was?

MANGAN   I tell you I'm serious. Youre too young to be serious; but youll have to believe me. I want to be near your friend Mrs Hushabye. I'm in love with her. Now the murder's out.

ELLIE   I want to be near your friend Mr Hushabye. I'm in love with him. [*She rises and adds with a frank air*] Now we are in one another's confidence, we shall be real friends. Thank you for telling me.

MANGAN   [*almost beside himself*][60] Do you think I'll be made a convenience of like this?

엘리   아뇨 진심이에요. 당신은 아닌가요?

망간   당신은 내가 그걸 고수하도록 할 작정이요?

엘리   당신은 손을 떼고 싶으신가요?

망간   당치 않소. 정확히 거기서 손을 떼는 건 아니요.

엘리   그런데요?

그는 할 말이 아무것도 없었다. 작은 소리를 내는 긴 휘파람을 불며 그는 고리버들세공 의자에 푹 쓰러져 알거지가 된 도박꾼처럼 그의 앞을 응시한다. 하지만 교활한 표정이 그의 얼굴에 다시 나타난다. 그는 오른 손 팔꿈치로 그녀 쪽으로 몸을 구부리고는 낮고 확고한 목소리로 말한다.

망간   내가 당신에게 또 다른 여자를 사랑한다는 말을 했다고 가정해 보라구!

엘리   [*그를 그대로 흉내 내며*] 제가 또 다른 남자를 사랑한다는 말을 했다고 가정해 보라구요!

망간   [*화가 나서 의자에서 뛰어나오며*] 농담하는 게 아니요.

엘리   누가 당신에게 제가 농담했다고 했죠?

망간   정말이지 난 진지해. 당신은 진지하기엔 너무 젊지만 당신은 내 말을 믿어야만 할 거야. 난 당신 친구인 허셔바이 부인 가까이 있기를 원해. 그녀를 사랑하고 있어. 이제 수수께끼는 풀린 거라구.

엘리   전 당신 친구인 허셔바이 씨 가까이 있기를 원해요. 그를 사랑하고 있어요. [*그녀는 일어나서 솔직한 태도로 덧붙인다*] 이제 우린 서로의 비밀을 털어 놓았으니 진짜 친구가 될 거예요. 제게 말해주어 고마워요.

망간   [*거의 이성을 잃고*] 내가 이처럼 이용당하리라 생각하나?60)

---

60) beside oneself: (격정 흥분 등으로) 이성을 잃고, 어찌할 바를 모르고

ELLIE	Come, Mr Mangan! you made a business convenience of my father. Well, a woman's business is marriage. Why shouldnt I make a domestic convenience of you?
MANGAN	Because I dont choose, see? Because I'm not a silly gull like your father. Thats why.
ELLIE	[with serene contempt] You are not good enough to clean my father's boots, Mr Mangan; and I am paying you a great compliment in condescending to make a convenience of you, as you call it. Of course you are free to throw over our engagement if you like; but, if you do, youll never enter Hesione's house again: I will take care of that.
MANGAN	[gasping] You little devil, youve done me. [On the point of collapsing into the big chair again he recovers himself] Wait a bit, though: youre not so cute as you think. You cant beat Boss Mangan as easy as that. Suppose I go straight to Mrs Hushabye and tell her that youre in love with her husband.
ELLIE	She knows it.
MANGAN	You told her!!!
ELLIE	She told me.
MANGAN	[clutching at his bursting temples] Oh, this is a crazy house. Or else I'm going clean off my chump. Is she making a swop with you—she to have your husband and you to have hers?

엘리   이봐요, 망간 씨! 당신은 내 아버지를 사업상 편의로 이용했어요.
      그런데, 여자의 사업은 결혼이에요. 왜 내가 당신을 가정의 편의
      로 이용해서는 안 되죠?

망간   왜냐하면 내가 선택하지 않았거든, 알겠소? 왜냐하면 난 당신 아
      버지처럼 어리석게 잘 속는 사람이 아니거든. 그게 이유요.

엘리   [침착한 경멸로] 당신은 제 아버지의 장화를 닦기에도 족하지 못해
      요, 망간 씨, 그리고 난 당신이 그렇게 부르듯 당신을 이용하려고
      날 낮춤으로써 당신을 엄청 칭찬하고 있는 거예요. 물론 원한다
      면 우리 약혼을 파기하는 건 당신 자유예요. 하지만 만약 그렇게
      한다면 당신은 결코 다시는 헤시온 집에 들어오지 못할 거예요.
      내가 그 집을 돌볼 거니까 말예요.

망간   [놀라 숨이 막혀] 넌 작은 악마야, 날 속였어. [막 큰 의자에 맥없이 쓰
      러지려는 순간에 그는 제정신을 차린다] 그래도, 잠시 기다려, 넌 네가
      생각하는 것만큼 그렇게 영리하지 않아. 넌 그렇게 쉽게 보스 망
      간을 이길 수 없어. 내가 바로 허셔바이 부인에게 가서 네가 그
      녀의 남편을 사랑한다 말한다고 가정해봐.

엘리   그녀는 그걸 알고 있어요.

망간   네가 그녀에게 말했어!!!

엘리   그녀가 제게 말했어요.

망간   [그의 터질 것 같은 관자놀이를 꽉 잡고서] 오, 이건 정신병원이야. 그
      렇지 않으면 내 머리가 완전히 돌겠어. 그녀가 당신과 스와프를
      한 거야―그녀가 당신 남편을 갖고 당신이 그녀 남편을 갖기로
      말이야?

ELLIE	Well, you dont want us both, do you?
MANGAN	[*throwing himself into the chair distractedly*] My brain wont stand it. My head's going to split. Help! Help me to hold it. Quick: hold it: squeeze it. Save me. [*Ellie comes behind his chair; clasps his head hard for a moment; then begins to draw her hands from his forehead back to his ears*]. Thank you. [*Drowsily*] Thats very refreshing. [*Waking a little*] Dont you hypnotize me, though. Ive seen men made fools of by hypnotism.
ELLIE	[*steadily*] Be quiet. Ive seen men made fools of without hypnotism.
MANGAN	[*humbly*] You dont dislike touching me, I hope. You never touched me before, I noticed.
ELLIE	Not since you fell in love naturally with a grown-up nice woman, who will never expect you to make love to her. And I will never expect him to make love to me.
MANGAN	He may, though.
ELLIE	[*making her passes rhythmically*] Hush. Go to sleep. Do you hear? You are to go to sleep, go to sleep, go to sleep; be quiet, deeply deeply quiet; sleep, sleep, sleep, sleep, sleep.

He falls asleep. Ellie steals away; turns the light out; and goes into the garden.

Nurse Guinness opens the door and is seen in the light which comes in from the hall.

엘리   원 이런, 당신은 우리 둘 다를 원하지 않나요, 그래요?

망간   [괴로운 듯이 의자에 몸을 던지며] 내 머리가 견디질 못 할 거야. 머리가 쪼개질 것 같아. 도와줘! 내가 머리를 지키게 도와줘. 빨리, 잡아, 꽉 쥐어. 날 구해줘. [엘리가 그의 의자 뒤로 가서 잠시 동안 그의 머리를 단단히 꽉 쥔다. 그리고 나서 두 손을 그의 이마로부터 귀 뒤로 끌어당기기 시작한다]. 고맙소. [졸린 듯이] 아주 상쾌하군. [약간 깨면서] 그래도, 내게 최면술을 걸지 마시오. 난 최면술로 바보가 된 남자들을 보아 왔소.

엘리   [한결같이] 조용히 해요. 난 최면술 없이도 바보가 된 남자들을 보아왔어요.

망간   [겸허히] 당신이 날 만지는 걸 싫어하지 않기를 바라오. 당신이 전에 결코 날 만진 적이 없다는 걸 깨달았소.

엘리   당신이 자연스럽게 멋진 성인 여성에게 반한 이후로는 아니에요, 그녀는 당신이 그녀를 사랑하리라는 걸 결코 기대하지 않을 거예요. 그리고 나도 그가 날 사랑하리라는 걸 결코 기대하지 않아요.

망간   그래도, 그는 그럴지 몰라.

엘리   [리드미컬하게 손을 움직여 최면술을 걸며] 입 다물어요. 잠들어요. 들려요? 당신은 잠이 들 거예요, 잠이 들어요, 잠이 들어요, 조용히 해요, 깊이 깊이 깊이 조용히, 잠든다, 잠든다, 잠든다, 잠든다, 잠든다.

그는 잠이 든다. 엘리는 몰래 가서 전등을 끄고 정원으로 들어간다.

유모 기니스가 문을 열어서 홀로부터 들어오는 불빛 속에 있는 것이 보인다.

GUINNESS [*speaking to someone outside*] Mr Mangan's not here, ducky: theres no one here. It's all dark.

MRS HUSHABYE [*without*] Try the garden. Mr Dunn and I will be in my boudoir. Shew him the way.

GUINNESS Yes, ducky. [*She makes for the garden door in the dark; stumbles over the sleeping Mangan and screams*]. Ahoo! O Lord, sir! I beg your pardon, I'm sure: I didnt see you in the dark. Who is it? [*She goes back to the door and turns on the light*]. Oh, Mr Mangan, sir, I hope I havent hurt you plumping into your lap like that. [*Coming to him*] I was looking for you, sir. Mrs Hushabye says will you please — [*Noticing that he remains quite insensible*] Oh, my good Lord, I hope I havent killed him. Sir! Mr Mangan! Sir! [*She shakes him; and he is rolling inertly off the chair on the floor when she holds him up and props him against the cushion*]. Miss Hessy! Miss Hessy! Quick, doty darling. Miss Hessy! [*Mrs Hushabye comes in from the hall, followed by Mazzini Dunn*]. Oh, Miss Hessy, Ive been and killed him.

Mazzini runs round the back of the chair to Mangan's right hand, and sees that the nurse's words are apparently only too true.

MAZZINI What tempted you to commit such a crime, woman?

MRS HUSHABYE [*trying not to laugh*] Do you mean, you did it on purpose?

기니스   [밖에 있는 누군가에게 말하며] 망간 씨는 여기 없어요, 아가씨, 이곳
엔 아무도 없어요. 완전히 캄캄해요.

허셔바이 부인   [밖에서] 정원을 조사해봐. 던 씨와 난 내실에 있을게. 그 분을 안
내해드려.

기니스   알았어요, 아가씨. *[그녀는 어둠 속에서 정원 문을 향해 나아가다 잠들어
있는 망간에 걸려 넘어져 소리 지른다].* 아우! 오 맙소사! 정말 죄송해
요, 어둠 속에서 당신을 못 봤어요. 누구세요? *[그녀는 문으로 돌아
가서 전등을 켠다].* 오, 망간 씨, 나리, 제가 나리 무릎에 그처럼 털
썩 주저앉아 나리를 다치지 않게 했기를 바래요. *[그에게 가면서]*
전 나리를 찾고 있었어요, 나리. 허셔바이 부인이 말하길 제발―
[그가 완전히 의식불명인 채 남아 있는 걸 알아차리고는] 오, 하나님 맙소
사, 내가 그를 죽이지 않았길. 나리! 망간 씨! 나리! *[그녀가 그를 흔
들자 그는 둔하게 의자에서 마루로 굴러 떨어지고 그 때 그녀가 그를 세워 쿠
션에 기대놓는다].* 헤시 아가씨! 헤시 아가씨! 빨리요, 애기씨. 헤시
아가씨! *[허셔바이 부인이 홀로부터 들어오고 마찌니 던이 뒤따라온다].*
오, 헤시 아가씨, 제가 죽였어요.

*마찌니는 의자 뒤를 돌아 망간의 오른 편으로 가 유모의 말이 분명히 유감이
지만 정말 사실이라는 걸 깨닫는다.*

마찌니   여인이여, 무엇이 그대가 그런 죄를 범하도록 유혹했는가?

허셔바이 부인   [웃지 않으려고 애쓰며] 유모가 그걸 고의로 했다는 의미예요?

GUINNESS   Now is it likely I'd kill any man on purpose? I fell over him in the dark; and I'm a pretty tidy weight. He never spoke nor moved until I shook him; and then he would have dropped dead on the floor. Isnt it tiresome?

MRS HUSHABYE [*going past the nurse to Mangan's side, and inspecting him less credulously than Mazzini*] Nonsense! he is not dead: he is only asleep. I can see him breathing.

GUINNESS   But why wont he wake?

MAZZINI   [*speaking very politely into Mangan's ear*] Mangan! My dear Mangan! [*He blows into Mangan's ear*].

MRS HUSHABYE Thats no good [*She shakes him vigorously*]. Mr Mangan, wake up. Do you hear? [*He begins to roll over*]. Oh! Nurse, nurse: he's falling: help me.

     Nurse Guinness rushes to the rescue. With Mazzini's assistance, Mangan is propped safely up again.

GUINNESS   [*behind the chair; bending over to test the case with her nose*] Would he be drunk, do you think, pet?

MRS HUSHABYE Had he any of papa's rum?

MAZZINI   It cant be that: he is most abstemious. I am afraid he drank too much formerly, and has to drink too little now. You know, Mrs Hushabye, I really think he has been hypnotized.

GUINNESS   Hip no what, sir?

기니스	지금 제가 어떤 사람을 고의로 살해할 것 같나요? 어둠 속에게 그에게 부딪혀 고꾸라졌고 전 꽤 상당한 체중이 나가잖아요. 제가 흔들 때까지 그는 결코 말하지도 움직이지도 않았고 그리고 나서 그는 바닥에 급사했을 거예요. 이건 골치 아픈 거 아닌가요?
허셔바이 부인	[유모를 지나 망간 옆으로 가 마찌니보다 덜 어수룩하게 그를 살펴보며] 허튼 소리! 그는 죽지 않았어, 단지 잠든 것뿐이야. 난 그가 숨 쉬는 걸 알 수 있어.
기니스	하지만 왜 깨지 않죠?
마찌니	[망간의 귀에 아주 공손하게 말을 하며] 망간! 이봐요 망간! [그는 망간의 귀에 입김을 내뿜는다].
허셔바이 부인	아무 소용없어요. [그녀는 그를 강력하게 흔든다]. 망간 씨, 일어나요. 제 말 들려요? [그는 구르기 시작한다]. 오! 유모, 유모, 그가 떨어지고 있어, 날 도와줘.
	유모 기니스는 구조하려고 돌진한다. 마찌니의 도움으로 망간은 다시 안전하게 지탱된다.
기니스	[의자 뒤에서 그녀의 코로 사건의 진위를 판단하려고 몸을 구부리고] 그가 취했다고 생각해요, 애기씨?
허셔바이 부인	그가 아버지의 럼주 중 어떤 걸 마셨나요?
마찌니	그건 있을 수가 없어요. 그는 가장 절제하거든요. 유감스럽게도 그가 예전에는 지나치게 많이 마셔서 지금은 아주 적게 마셔야만 한다고 생각해요. 아시겠지만, 허셔바이 부인, 난 정말로 그가 최면술에 걸렸다고 생각해요.
기니스	최면 뭐라고요, 나리?

MAZZINI   One evening at home, after we had seen a
           hypnotizing performance, the children began
           playing at it; and Ellie stroked my head. I assure
           you I went off dead asleep; and they had to send for
           a professional to wake me up after I had slept
           eighteen hours. They had to carry me upstairs; and
           as the poor children were not very strong, they let
           me slip; and I rolled right down the whole flight and
           never woke up. [*Mrs Hushabye splutters*].[61] Oh, you may
           laugh, Mrs Hushabye; but I might have been killed.

MRS HUSHABYE I couldnt have helped laughing even if you had
           been, Mr Dunn. So Ellie has hypnotized him. What
           fun!

MAZZINI   Oh no, no, no. It was such a terrible lesson to her:
           nothing would induce her to try such a thing again.

MRS HUSHABYE Then who did it? I didnt.

MAZZINI   I thought perhaps the Captain might have done it
           unintentionally. He is so fearfully magnetic: I feel
           vibrations[62] whenever he comes close to me.

GUINNESS   The Captain will get him out of it anyhow, sir: I'll
           back him for that. I'll go fetch him. [*she makes for the
           pantry*].

마찌니   우리가 최면술 공연을 보고온 뒤 어느 날 저녁 집에서 아이들이
최면술놀이를 하기 시작했죠. 그리고 엘리가 내 머리를 쓰다듬었
어요. 장담컨대 난 갑자기 정신없이 잠들기 시작했어요. 그래서
그들은 내가 18시간 잠을 잔 후에 날 깨우기 위해 전문가를 부르
러 보내야만 했어요. 그들은 날 이 층으로 옮겨야만 했고 그 가
여운 아이들은 아주 강건하지 않았기 때문에 내가 미끄러져 넘어
지도록 해서 난 온 계단을 바로 굴러 내려 왔지만 결코 깨지 않
았어요. [허셔바이 부인은 푸 소리를 낸다]. 오, 당신은 웃을지 몰라요,
허셔바이 부인, 하지만 난 죽었을 런지도 몰라요.

허셔바이 부인   심지어 당신이 그랬다 하더라도 난 웃지 않을 수 없을 거예요.
그래서 엘리가 그에게 최면술을 걸었군요. 얼마나 재미있는 지!

마찌니   오, 당치도 않아요, 아녜요, 아니라구요. 그건 그 아이에게 그렇
게 끔찍한 교훈이었죠. 그러니 어떤 것도 그 아이가 다시 그런
걸 하도록 유도하지는 못할 거예요.

허셔바이 부인   그렇다면 누가 그걸 했죠. 난 안했어요.

마찌니   아마도 선장님이 무심코 했을 지도 모른다고 생각해요. 그는 너
무나 두려울 정도로 자기를 띠어서 그가 내게 가까이 올 때마다
난 정신적 진동을 느껴요.

기니스   어쨌든 선장님께서 그가 거기서 벗어나게 할 거예요, 나리, 전 그
것에 대해 그 분을 지지할 거예요. 제가 가서 모셔올게요. [그녀가
찬방을 향해 나아간다].

---

61) splutter: sputter. '입자나 불꽃 등이 튀기며 푸푸, 지글지글, 탁탁 같은 소리를 내다'란 의미다. 여기
서는 마찌니의 말을 들은 허셔바이 부인이 황당하다는 듯이 '푸'하고 소리를 내는 걸 나타낸다.
62) vibration: 여기선 '진자의 진동'을 의미함

MRS HUSHABYE Wait a bit. [*To Mazzini*] You say he is all right for eighteen hours?

MAZZINI Well, I was asleep for eighteen hours.

MRS HUSHABYE Were you any the worse for it?

MAZZINI I dont quite remember. They had poured brandy down my throat, you see: and —

MRS HUSHABYE Quite. Anyhow, you survived. Nurse, darling: go and ask Miss Dunn to come to us here. Say I want to speak to her particularly. You will find her with Mr Hushabye probably.

GUINNESS I think not, ducky: Miss Addy is with him. But I'll find her and send her to you. [*She goes out into the garden*].

MRS HUSHABYE [*calling Mazzini's attention to the figure on the chair*] Now, Mr Dunn, look. Just look. Look hard. Do you still intend to sacrifice your daughter to that thing?

MAZZINI [*troubled*] You have completely upset me, Mrs Hushabye, by all you have said to me. That anyone could imagine that I—I, a consecrated soldier of freedom, if I may say so—could sacrifice Ellie to anybody or anyone, or that I should ever have dreamed of forcing her inclinations in any way, is a most painful blow to my—well, I suppose you would say to my good opinion of myself.

MRS HUSHABYE [*rather stolidly*] Sorry.

허셔바이 부인	잠시 기다려. [마찌니에게] 당신은 그가 18시간 동안 괜찮다고 말하는 거예요?
마찌니	글쎄요, 전 18시간동안 잠들어 있었죠.
허셔바이 부인	당신은 그것 때문에 얼마간 더 나빠졌나요?
마찌니	난 완전히 기억하지 못해요. 알다시피, 그들은 내가 브랜디를 마시게 했고─
허셔바이 부인	됐어요. 어쨌든 당신은 살아남았어요. 이봐요, 유모, 가서 던 양에게 여기 우리에게로 오라고 해줘. 내가 특별히 그녀와 이야기하길 원한다고 해줘. 유모는 아마도 허셔바이 씨와 함께 있는 그녀를 만날 거야.
기니스	아가씨, 전 그렇게 생각하지 않아요, 에디 아가씨가 서방님과 함께 있어요. 하지만 그녀를 찾아 아가씨에게 보낼게요. [그녀는 정원으로 나간다].
허셔바이 부인	[의자에 있는 인물에게 마찌니의 주의를 환기시키며] 자, 던 씨, 봐요. 바로 봐요. 단단히 보라고요. 당신은 여전히 당신 딸을 저런 자에게 제물로 바칠 작정인가요?
마찌니	[난처해서] 허셔바이 부인, 당신이 내게 말한 모든 것으로 인해 당신은 날 완전히 당황케 했어요. 내가─만약 내가 그렇게 말해도 된다면, 헌신적인 자유의 용사인 내가─엘리를 누군가에게 혹은 아무나에게 제물로 바칠 수 있다고 또는 내가 늘 그녀의 의향을 강탈하는 걸 꿈꾸었음에 틀림없다고 누군가가 상상할 수 있다는 것이 내게는 가장 고통스런 타격이요─그런데, 난 당신이 날 높이 평가한다고 말하리라 생각했소.
허셔바이 부인	[다소 둔감하게] 유감이군요.

MAZZINI [*looking forlornly at the body*] What is your objection to poor Mangan, Mrs Hushabye? He looks all right to me. But then I am so accustomed to him.

MRS HUSHABYE Have you no heart? Have you no sense? Look at the brute! Think of poor weak innocent Ellie in the clutches of this slavedriver, who spends his life making thousands of rough violent workmen bend to his will and sweat for him: a man accustomed to have great masses of iron beaten into shape for him by steam-hammers! to fight with women and girls over a halfpenny an hour ruthlessly! a captain of industry, I think you call him, dont you? Are you going to fling your delicate, sweet, helpless child into such a beast's claws just because he will keep her in an expensive house and make her wear diamonds to shew how rich he is?

MAZZINI [*staring at her in wide-eyed amazement*] Bless you, dear Mrs Hushabye, what romantic ideas of business you have! Poor dear Mangan isnt a bit like that.

MRS HUSHABYE [*scornfully*] Poor dear Mangan indeed!

MAZZINI But he doesnt know anything about machinery. He never goes near the men: he couldnt manage them: He is afraid of them. I never can get him to take the least interest in the works: he hardly knows more about them than you do. People are cruelly unjust to Mangan: they think he is all rugged strength just because his manners are bad.

마찌니   [쓸쓸히 그 몸을 바라보며] 허셔바이 부인, 가련한 망간에 대한 당신
            의 반대 이유는 뭐요? 그는 내게는 괜찮아 보여요. 그러나 난 그
            에게 너무나 익숙해 있어요.

허셔바이 부인   당신은 아무 감정도 없나요? 아무 의식도 없어요? 금수 같은 인
            간을 보라구! 거칠고 격렬한 노동자들을 그의 의지에 굴복시켜
            그를 위해 땀 흘리게 하는 이 무자비한 고용주, 말하자면 증기
            해머로 커다란 쇳덩어리를 두드려 모양을 만드는 데 익숙한 자의
            손아귀에 있는 약하고 순진무구한 불쌍한 엘리를 생각해 보라구!
            무자비하게 시간당 반 페니로 여성들 그리고 소녀들과 싸우는 자
            를! 난 당신이 그를 산업계의 거물이라 부른다고 생각해요, 그렇
            지 않나요? 그가 얼마나 부자인지를 보여주려고 단지 그녀를 값
            비싼 집에 가두고 그녀가 다이아몬드를 걸치도록 할 것이기에 당
            신은 당신의 가냘프고 힘없는 귀여운 자식을 그런 야수의 발톱으
            로 던질 건가요?

마찌니   [눈을 크게 뜨고 깜짝 놀라서 그녀를 응시하며] 저런, 친애하는 허셔바
            이 부인, 당신은 사업에 대해 너무 낭만적 생각을 갖고 있군요!
            가엾은 망간은 전혀 그렇지 않아요.

허셔바이 부인   [경멸하며] 정말 가엾은 망간이라니!

마찌니   헌데 그는 기계에 대해선 아무것도 몰라요. 그는 결코 사람들 가
            까이 가지 않아서 그들을 다룰 수 없어요. 그는 그들을 두려워하
            죠. 나는 결코 그가 공장에 최소한의 관심도 갖도록 할 수 없고,
            그들에 대해 당신이 그런 것보다 거의 더 알지 못해요. 사람들은
            망간에게 잔인하게 부당하고, 단지 그의 태도가 나쁘기 때문에
            그가 완전히 억센 힘의 소유자라 생각해요.

MRS HUSHABYE Do you mean to tell me he isnt strong enough to crush poor little Ellie?

MAZZINI Of course its very hard to say how any marriage will turn out; but speaking for myself, I should say that he wont have a dog's chance against Ellie. You know, Ellie has remarkable strength of character. I think it is because I taught her to like Shakespeare when she was very young.

MRS HUSHABYE [contemptuously] Shakespeare! The next thing you will tell me is that you could have made a great deal more money than Mangan. [She retires to the sofa, and sits down at the port end of it in the worst of humors].

MAZZINI [following her and taking the other end] No: I'm no good at making money. I dont care enough for it, somehow. I'm not ambitious! that must be it. Mangan is wonderful about money: he thinks of nothing else. He is so dreadfully afraid of being poor. I am always thinking of other things: even at the works I think of the things we are doing and not of what they cost. And the worst of it is, poor Mangan doesnt know what to do with his money when he gets it. He is such a baby that he doesnt know even what to eat and drink: he has ruined his liver eating and drinking the wrong things; and now he can hardly eat at all. Ellie will diet him splendidly. You will be surprised when you come to know him better: he is really the most helpless of mortals. You get quite a protective feeling towards him.

허셔바이 부인	당신은 내게 그가 가련한 작은 엘리를 짓밟을 정도로 충분히 강하지 않다고 말하는 건가요?
마찌니	물론 어떤 결혼이 결국 어떻게 될 건지를 말하기란 아주 어렵소, 하지만 내 의견을 말하자면 난 그가 도저히 엘리와 맞설 가망은 없을 것이라 해야만 하오. 아시다시피 엘리는 놀랄 만큼 강한 성격을 지녔소. 난 그것이 내가 그 아이가 아주 어렸을 때 셰익스피어를 좋아하도록 가르쳤기 때문이라 생각하오.
허셔바이 부인	[얕보듯이] 셰익스피어라구! 당신이 내게 말할 다음 건 당신이 망간보다 훨씬 더 많은 돈을 벌 수 있었을 거라는 거겠군. [그녀는 소파로 물러나 최악의 기분으로 왼쪽 끝에 앉는다].
마찌니	[그녀를 따라가 다른 쪽 끝에 앉는다] 그렇지 않소, 난 돈을 버는 데는 유능하지 않소. 여하튼, 난 거기에 대해선 충분히 마음 쓰지 않소. 난 야심이 없거든! 그건 틀림없소. 망간은 돈에 대해선 놀랍소, 그는 다른 아무것도 생각하지 않지. 그는 가난하게 되는 걸 너무나도 끔찍하게 두려워하오. 난 늘 다른 것들에 대해 생각하오, 심지어 공장에서도 난 비용이 얼마나 들지에 대해서가 아니라 우리가 하고 있는 것들에 대해 생각하오. 그리고 그 최악의 것은 가엾은 망간은 그가 그걸 갖게 될 때 그의 돈으로 뭘 해야 할 지 모른다는 거요. 그는 심지어 뭘 먹고 마셔야 할지조차도 모를 정도로 그렇게 아기 같아서 나쁜 것들을 먹고 마셔 간을 망쳐버렸소. 그래서 그는 지금 거의 결코 먹을 수조차 없소. 엘리가 그에게 멋지게 식이요법을 하도록 할 거요. 그를 더 잘 알게 될 때 당신은 놀랄 거요. 그는 정말로 사람들 중에서 가장 무력한 인간이요. 당신은 그에 대해 상당히 보호하는 감정을 가질 거요.

MRS HUSHABYE Then who manages his business, pray?

MAZZINI I do. And of course other people like me.[63]

MRS HUSHABYE Footling people, you mean.

MAZZINI I suppose youd think us so.[64]

MRS HUSHABYE And pray why dont you do without him if youre all so much cleverer?

MAZZINI Oh, we couldnt: we should ruin the business in a year. I've tried; and I know. We should spend too much on everything. We should improve the quality of the goods and make them too dear. We should be sentimental about the hard cases among the workpeople. But Mangan keeps us in order. He is down on us about every extra halfpenny. We could never do without him. You see, he will sit up all night thinking of how to save sixpence. Wont Ellie make him jump, though, when she takes his house in hand!

MRS HUSHABYE Then the creature is a fraud even as a captain of industry!

MAZZINI I am afraid all the captains of industry are what y o u call frauds, Mrs Hushabye. Of course there are some manufacturers who really do understand their own works; but they dont make as high a rate of profit as Mangan does. I assure you Mangan is quite a good fellow in his way. He means well.[65]

허셔바이 부인	바라건대, 그렇다면 누가 그의 사업을 경영하죠?
마찌니	내가 하오. 그리고 물론 나와 같은 다른 사람들이지.
허셔바이 부인	바보같은 사람들을 말하는 거죠.
마찌니	당신이 우리를 그렇게 생각하리라 기대했소.
허셔바이 부인	그런데 만약 당신들 모두가 그렇게 훨씬 더 똑똑하다면 왜 그가 없이는 해나갈 수 없는 거죠?
마찌니	오, 우리는 할 수 없을 거오, 필경 우리는 1년 안에 그 사업을 파산시킬 거요. 내가 시도해봤기에 난 알아요. 분명 우리는 모든 것에 너무나 많은 걸 쓸 거예요. 우린 물건의 질을 향상시키고 너무 비싼 값에 만들 것임에 틀림없어요. 우리는 필경 노동자들 가운데 어려운 경우에 대해 감상적이 될 것임에 틀림없어요. 하지만 망간은 우리의 질서를 바로잡아주죠. 그는 모든 여분의 반 페니에 대해 우리에게 호통 쳐요. 우리는 그가 없이는 결코 해나갈 수 없을 거예요. 알다시피, 그는 6펜스를 절약하는 방법에 대해 철야로 생각할 거예요. 그래도, 엘리가 그의 집을 인수할 때 그 아이는 그가 놀라 뛰어 오르도록 하지 않을 거요!
허셔바이 부인	그렇다면 그 애가 심지어 산업계의 거물과 마찬가지로 사기꾼이 잖아!
마찌니	허셔바이 부인, 유감스럽게도 모든 산업계의 거물들이 당신 이 사기꾼이라 부르는 이들이요. 물론 거기에는 정말로 그들 자신의 일을 이해하는 몇몇 제조업자들도 있지만 그들은 망간이 하듯이 그렇게 높은 비율의 이윤을 얻지는 못하오. 장담하건데 망간은 그 나름대로는 꽤 좋은 사람이오. 그는 좋은 뜻으로 한 거죠.

---

63) ... other people like me: 이 문장에서 'manage'를 나타내는 대동사 'do'가 생략되어 있고, 'like'는 '~과 같은'을 의미하는 전치사이다.

64) youd think: you would think

65) He means well: '그는 좋은 뜻으로 한 거죠' 내지 '그는 악의는 없어요' 정도로 번역하는 것이 무난하다.

MRS HUSHABYE He doesnt look well.[66] He is not in his first youth, is he?

MAZZINI After all, no husband is in his first youth for very long, Mrs Hushabye. And men cant afford to marry in their first youth nowadays.

MRS HUSHABYE Now if I said that, it would sound witty. Why can't y o u say it wittily? What on earth is the matter with you? Why dont you inspire everybody with confidence? with respect?

MAZZINI [humbly] I think that what is the matter with me is that I am poor. You dont know what that means at home. Mind: I dont say they have ever complained. Theyve all been wonderful: theyve been proud of my poverty. Theyve even joked about it quite often. But my wife has had a very poor time of it. She has been quite resigned —

MRS HUSHABYE [shuddering involuntarily]!!

MAZZINI There! You see, Mrs Hushabye. I dont want Ellie to live on resignation.

MRS HUSHABYE Do you want her to have to resign herself to living with a man she doesnt love?

MAZZINI [wistfully] Are you sure that would be worse than living with a man she did love, if he was a footling person?

허셔바이 부인	그는 좋아보이지는 않아요. 그가 최상의 청춘기에 있는 건 아니죠, 그렇죠?
마찌니	허셔바이 부인, 결국 어떤 남편도 아주 오랜 동안 최상의 청춘기에 있지는 않죠. 그리고 오늘날 남자들은 최상의 청춘기에 결혼할 수가 없어요.
허셔바이 부인	지금 만약 내가 그렇게 말했다면, 그건 재치 있게 들릴 거예요. 왜 당신은 재치 있게 말할 수 없죠? 도대체 당신에게 뭐가 문제인가요? 왜 당신은 모든 사람에게 확신을 불어넣지 못하죠? 존경을 불러일으키지 못하죠?
마찌니	[겸허하게] 내게 문제인 것은 내가 가난하다는 점이라 생각하오. 당신은 가정에서 그게 뭘 의미하는지 모르오. 내가 가족들이 늘 불평하고 있다고 말하는 게 아님을 유념하시오. 그들 모두는 훌륭하오, 그들 모두는 내 가난을 자랑으로 여겨왔소. 그들은 심지어 아주 빈번히 거기에 대해 농담까지 하오. 하지만 내 아내는 아주 빈곤한 시절을 보내고 있소. 그녀는 완전히 체념했지 ―
허셔바이 부인	[자기도 모르게 몸서리치며] !!
마찌니	어떻소! 아시겠소, 허셔바이 부인. 난 엘리가 체념으로 살기를 원하지 않소.
허셔바이 부인	당신은 그 아이가 자신이 사랑하지 않는 남자와 살아가는데 몸을 맡겨야만 하길 원하는 거요?
마찌니	[생각에 잠긴 듯이] 당신은 만약 그가 바보 같은 사람이라면, 그 아이가 사랑하는 남자와 사는 것보다 더 나쁠 거라고 확신하오?

---

66) He doesnt look well: 바로 앞에 마찌니가 한 대사 끝 부분 'He means well'을 받아 허셔바이 부인이 운을 맞춘 것으로 쇼 극의 대사에는 이렇듯 운을 맞추어 주고받는 식의 대사가 많다.

MRS HUSHABYE [*relaxing her contemptuous attitude, quite interested in Mazzini now*] You know, I really think you must love Ellie very much; for you become quite clever when you talk about her.

MAZZINI I didnt know I was so very stupid on other subjects.

MRS HUSHABYE You are, sometimes.

MAZZINI [*turning his head away; for his eyes are wet*] I have learnt a good deal about myself from you, Mrs Hushabye; and I'm afraid I shall not be the happier for your plain speaking. But if you thought I needed it to make me think of Ellie's happiness you were very much mistaken.

MRS HUSHABYE [*leaning towards him kindly*] Have I been a beast?

MAZZINI [*pulling himself together*] It doesnt matter about me, Mrs Hushabye. I think you like Ellie; and that is enough for me.

MRS HUSHABYE I'm beginning to like you a little. I perfectly loathed you at first. I thought you the most odious, self-satisfied, boresome elderly prig I ever met.

MAZZINI [*resigned, and now quite cheerful*] I daresay I am all that. I never have been a favorite with gorgeous women like you. They always frighten me.

MRS HUSHABYE [*pleased*] Am I a gorgeous woman, Mazzini? I shall fall in love with you presently.

허셔바이 부인 [이제 마찌니에게 완전히 흥미를 갖고 얕보는 듯한 태도를 누그러뜨리고] 아시겠지만, 난 정말로 당신이 엘리를 아주 많이 사랑함에 틀림없다고 생각해요, 왜냐하면 당신이 그 아이에 대해 말할 때 아주 똑똑하게 되기 때문이죠.

마찌니 내가 다른 주제들에 대해 그렇게 몹시 바보 같다는 걸 몰랐소.

허셔바이 부인 때때로 당신은 그래요.

마찌니 [그의 두 눈이 축축해졌기에 그의 머리를 돌리며] 난 당신으로부터 내 자신에 대해 많은 걸 배웠소, 허셔바이 부인. 그런데 난 유감스럽게도 당신의 솔직한 말 때문에 더 행복한 이가 되진 못할 거요. 하지만 만약 당신이 내가 엘리의 행복에 대해 생각하도록 하기 위해 그걸 필요로 했다고 생각한다면, 당신은 아주 많이 잘못 알았던 거요.

허셔바이 부인 [친절하게 그의 쪽으로 몸을 구부리고] 내가 비인간적 이었나요?

마찌니 [기운을 다시 차리며] 나에 대해선 아무 상관없어요, 허셔바이 부인. 난 당신이 엘리를 좋아한다고 생각하고, 내겐 그거면 족해요.

허셔바이 부인 당신을 약간 좋아하기 시작했어요. 처음에 난 당신을 완전히 혐오했어요. 당신이 내가 만난 가장 가증스럽고, 자기만족적이며 지루하고 늙은 젠체하는 사람이라 생각했어요.

마찌니 [체념하고 이제는 아주 쾌활하게] 아마도 난 그런 것 전부일거요. 결코 당신 같이 매력 있는 여인들에게 인기 있는 사람이었던 적은 없소. 그들은 항상 날 두렵게 하오.

허셔바이 부인 [기뻐하며] 마찌니, 내가 매력 있는 여인인가요? 곧 당신과 사랑에 빠질 것 같아요.

165

MAZZINI [*with placid gallantry*] No, you wont, Hesione. But you would be quite safe. Would you believe it that quite a lot of women have flirted with me because I am quite safe? But they get tired of me for the same reason.

MRS HUSHABYE [*mischievously*] Take care. You may not be so safe as you think.

MAZZINI Oh yes, quite safe. You see, I have been in love really: the sort of love that only happens once. [*Softly*] Thats why Ellie is such a lovely girl.

MRS HUSHABYE Well, really, you are coming out. Are you quite sure you wont let me tempt you into a second grand passion?

MAZZINI Quite. It wouldnt be natural. The fact is, you dont strike on my box,[67] Mrs Hushabye; and I certainly dont strike on yours.

MRS HUSHABYE I see. Your marriage was a safety match.

MAZZINI What a very witty application of the expression I used! I should never have thought of it.

Ellie comes in from the garden, looking anything but happy.

MRS HUSHABYE [*rising*] Oh! here is Ellie at last. [*She goes behind the sofa*].

ELLIE [*on the threshold of the starboard door*] Guinness said you wanted me: you and papa.

마찌니	[*차분한 정중함으로*] 아니 당신은 그러지 않을 거요, 헤시온. 하지만 당신은 아주 안전할거요. 내가 아주 안전하기 때문에 상당히 많은 여인들이 나와 연애유희를 했다면 믿겠소? 그러나 그들은 똑같은 이유로 날 싫증냈소.
허셔바이 부인	[*장난기 있게*] 조심해요. 당신은 생각하는 만큼 그렇게 안전하지 않을지도 몰라요.
마찌니	참말이야, 아주 안전하지. 알다시피 난 정말로 사랑을 하고 있지, 단지 한 번 일어나는 그런 종류의 사랑을 말야. [*부드럽게*] 그게 바로 엘리가 그렇게 사랑스런 아가씨인 이유야.
허셔바이 부인	원, 정말로, 당신이 드러나는 군요. 당신은 내가 당신을 굉장한 두 번째 열정으로 유혹하도록 하지 않으리라 완전히 확신하나요?
마찌니	그렇고말고. 그건 자연스럽지 않을 거요. 사실, 허셔바이 부인, 당신은 내 성냥통을 쳐서 불꽃을 내지는 않소, 그리고 난 분명히 당신걸 쳐서 불꽃을 내지 않고 있소.
허셔바이 부인	알겠어요. 당신의 결혼은 안전성냥이었군요.
마찌니	내가 사용한 표현을 정말 아주 재치 있게 응용하는 군요! 난 결코 그걸 생각하지 못했을 거요.

엘리가 전혀 행복해 보이지 않으면서 정원으로부터 들어온다.

허셔바이 부인	[*일어나면서*] 오! 마침내 여기 엘리가 왔군요. [*그녀는 소파 뒤로 간다*].
엘리	[*우현 문 입구에서*] 기니스가 두 분이 절 찾는다고 했어요, 당신과 아버지께서.

---

67) box: matchbox

MRS HUSHABYE You have kept us waiting so long that it almost came to—well, never mind. Your father is a very wonderful man [*she ruffles his hair affectionately*]: the only one I ever met who could resist me when I made myself really agreeable. [*She comes to the big chair, on Mangan's left*]. Come here. I have something to shew you. [*Ellie strolls listlessly to the other side of the chair*] Look.

ELLIE [*contemplating Mangan without interest*] I know. He is only asleep. We had a talk after dinner; and he fell asleep in the middle of it.

MRS HUSHABYE You did it, Ellie. You put him asleep.

MAZZINI [*rising quickly and coming to the back of the chair*] Oh, I hope not. Did you, Ellie?

ELLIE [*wearily*] He asked me to.

MAZZINI But it's dangerous. You know what happened to me.

ELLIE [*utterly indifferent*] Oh, I daresay I can wake him. If not, somebody else can.

MRS HUSHABYE It doesnt matter, anyhow, because I have at last persuaded your father that you dont want to marry him.

ELLIE [*suddenly coming out of her listlessness, much vexed*] But why did you do that, Hesione? I do want to marry him. I fully intend to marry him.

MAZZINI Are you quite sure, Ellie? Mrs Hushabye has made me feel that I may have been thoughtless and selfish about it.

허셔바이 부인	네가 우릴 너무나 오래 기다리게 해서 거의—원 이런, 개의치 마렴. 네 아버지는 아주 놀라운 분이셔. [그녀는 애정이 넘치게 그의 머리를 헝클어뜨린다]. 내 자신을 정말로 호감 있도록 할 때 내게 저항할 수 있는 내가 만난 유일한 사람이야. [그녀는 망간 왼 쪽에 있는 큰 의자로 간다]. 이리 오너라. 너에게 보여줄 뭔가가 있단다. [엘리는 멍하게 의자의 다른 쪽으로 어슬렁어슬렁 걸어간다]. 보렴!
엘리	[흥미 없이 망간을 찬찬이 보며] 알아요. 그는 단지 잠들어 있어요. 정찬 후에 우리는 담화를 했고, 그는 도중에 잠들었어요.
허셔바이 부인	네가 그랬지, 엘리. 네가 그를 잠들게 했어.
마찌니	[재빨리 일어나서 의자 뒤로 가며] 오, 난 그렇지 않기를 바래. 네가 했니, 엘리?
엘리	[지쳐서] 그가 제게 부탁했어요.
마찌니	하지만 그건 위험해. 내게 일어났던 일을 알잖아.
엘리	[완전히 무관심하게] 오, 아마도 제가 그를 깨울 수 있을 거예요. 만약 못하면, 다른 누군가가 할 수 있을 거예요.
허셔바이 부인	어쨌든 그건 중요하지 않아, 왜냐하면 마침내 네가 그와 결혼하길 원하지 않는다고 네 아버지를 설득하고 있기 때문이지.
엘리	[갑자기 그녀의 냉담함에서 벗어나 많이 화가 나서] 하지만 헤시온, 왜 당신이 그렇게 했죠? 난 그와 결혼하고 싶어요. 완전히 그와 결혼할 작정이에요.
마찌니	엘리야, 너 아주 확실하니? 허셔바이 부인은 내가 거기에 대해 생각이 없고 이기적일지 모른다고 느끼게 했거든.

ELLIE   [*very clearly and steadily*] Papa. When Mrs. Hushabye takes it on herself to explain to you what I think or dont think, shut your ears tight; and shut your eyes too. Hesione knows nothing about me: she hasnt the least notion of the sort of person I am, and never will. I promise you I wont do anything I dont want to do and mean to do for my own sake.

MAZZINI   You are quite, quite sure?

ELLIE   Quite, quite sure. Now you must go away and leave me to talk to Mrs Hushabye.

MAZZINI   But I should like to hear. Shall I be in the way?

ELLIE   [*inexorable*] I had rather talk to her alone.

MAZZINI   [*affectionately*] Oh, well, I know what a nuisance parents are, dear. I will be good and go. [*He goes to the garden door*]. By the way, do you remember the address of that professional who woke me up? Dont you think I had better telegraph to him?

MRS HUSHABYE   [*moving towards the sofa*] It's too late to telegraph tonight.

MAZZINI   I suppose so. I do hope he'll wake up in the course of the night. [*He goes out into the garden*].

ELLIE   [*turning vigorously on Hesione the moment her father is out of the room*] Hesione: what the devil do you mean by making mischief with my father about Mangan?

MRS HUSHABYE   [*promptly losing her temper*] Dont you dare speak to me like that, you little minx. Remember that you are in my house.

엘리   [아주 분명하고 확고하게] 아버지. 허셔바이 부인이 제가 생각하는
       바나 혹은 생각하지 않는 바를 아버지께 자진해서 과감히 설명하
       려할 때 귀를 �ꋝ 막으시고 눈 또한 감으세요. 헤시온은 저에 대
       해 아무것도 몰라요, 그녀는 제가 어떤 종류의 사람인지에 대한
       최소한의 개념도 갖고 있지 않고 결코 갖지도 못할 거예요. 아버
       지께 제가 제 자신을 위해서 하기를 원하지 않고 할 의향이 없는
       어떤 걸 하지 않을 것임을 약속드려요.

마찌니   넌 정말, 정말 확실하니?

엘리   정말, 정말 확실해요. 이제 아버지께서는 자리를 비켜주시고 허
       셔바이 부인에게 제가 이야기를 하도록 남겨두셔야만 해요.

마찌니   하지만 듣고만 싶구나. 내가 방해가 될 것 같니?

엘리   [굽히지 않으며] 전 오히려 그녀에게만 이야기를 하겠어요.

마찌니   [애정이 넘쳐서] 오, 이거 참, 얘야, 부모가 얼마나 귀찮은 존재인지
       안단다. 난 너그러우니 갈 거야. [그는 정원 문으로 간다]. 그런데,
       넌 나를 깨웠던 그 전문가의 주소를 기억하니? 그에게 전보를 보
       내는 것이 더 낫다고 생각하지 않니?

허셔바이 부인   [소파를 향해 움직이며] 오늘 밤 전보를 보내기에는 너무 늦었어요.

마찌니   나도 그렇게 생각하오. 그가 밤 동안에 깨어나길 희망하오. [그는
       정원으로 나간다].

엘리   [그녀의 아버지가 그 방을 나가는 그 순간 단호히 헤시온에게 대들며] 헤시
       온, 망간에 대해 제 아버지께 장난을 침으로써 도대체 당신이 꾀
       하는 게 뭐죠?

허셔바이 부인   [바로 화를 내며] 이 어린 말괄량이야, 감히 내게 그렇게 말하지 마.
       네가 내 집에 있다는 걸 기억해.

ELLIE   Stuff! Why dont you mind your own business? What is it to you whether I choose to marry Mangan or not?

MRS HUSHABYE Do you suppose you can bully me, you miserable little matrimonial adventurer?

ELLIE   Every woman who hasnt any money is a matrimonial adventurer. It's easy for you to talk: you have never known what it is to want money; and you can pick up men as if they were daisies. I am poor and respectable —

MRS HUSHABYE [interrupting] Ho! respectable! How did you pick up Mangan? How did you pick up my husband? You have the audacity to tell me that I am a—a—a—

ELLIE   A siren. So you are. You were born to lead men by the nose: if you werent, Marcus would have waited for me, perhaps.

MRS HUSHABYE [suddenly melting and half laughing] Oh, my poor Ellie, my pettikins, my unhappy darling! I am so sorry about Hector. But what can I do? It's not my fault: I'd give him to you if I could.

ELLIE   I dont blame you for that.

MRS HUSHABYE What a brute I was to quarrel with you and call you names! Do kiss me and say youre not angry with me.

엘리	어처구니없군요! 당신 자신의 일이나 신경 쓰지 그래요? 내가 망간과 결혼하려고 선택하든 그렇지 않던 간에 그게 당신과 무슨 상관이에요?
허셔바이 부인	이 초라하고 작은 결혼 투기꾼아, 날 위협할 수 있을 거라고 생각해?
엘리	아무 돈도 갖지 못한 모든 여성은 결혼 투기꾼이에요. 당신이 말하는 건 쉽죠. 당신은 돈을 필요로 한다는 게 뭔지 결코 안적이 없어요. 그래서 당신은 마치 그들이 데이지 꽃인 양 남자들을 골라 올 수 있어요. 난 가난한데 품위 있어서—
허셔바이 부인	*[가로막으며]* 호! 품위 있다구! 네가 어떻게 망간을 골라잡았지? 네가 어떻게 내 남편을 골라잡았니? 넌 뻔뻔하게도 내게 말하고 있어 내가 뭐-뭐-뭐—
엘리	마녀. 그렇고말고. 당신은 남자들을 마음대로 움직이도록 태어났어. 만약 그렇지 않다면, 마르쿠스는 아마도 날 기다리고 있었을 거야.
허셔바이 부인	*[갑자기 누그러져서 반쯤 웃으며]* 오, 내 가련한 엘리, 내 아가, 나의 불행한 아기! 헥토에 대해선 너무 유감이구나. 하지만 내가 무엇을 할 수 있겠니? 그건 내 잘못이 아니야. 만약 내가 할 수 있다면, 난 그를 네게 줄 거야.
엘리	난 그것 때문에 당신을 비난하지 않아요.
허셔바이 부인	내가 너와 다투고 널 욕하다니 얼마나 금수 같은지! 내게 키스하고 내게 화나지 않았다고 말하렴.

ELLIE   [*fiercely*] Oh, dont slop and gush and be sentimental. Dont you see that unless I can be hard — as hard as nails — I shall go mad? I dont care a damn about your calling me names: do you think a woman in my situation can feel a few hard words?

MRS HUSHABYE Poor little woman! Poor little situation!

ELLIE   I suppose you think youre being sympathetic. You are just foolish and stupid and selfish. You see me getting a smasher right in the face[68] that kills a whole part of my life: the best part that can never come again; and you think you can help me over it by a little coaxing and kissing. When I want all the strength I can get to lean on: something iron, something stony, I dont care how cruel it is, you go all mushy and want to slobber over me. I'm not angry; I'm not unfriendly; but for God's sake do pull yourself together; and dont think that because youre on velvet and always have been, women who are in hell can take it as easily as you.

MRS HUSHABYE [*shrugging her shoulders*] Very well. [*She sits down on the sofa in her old place*]. But I warn you that when I am neither coaxing and kissing nor laughing, I am just wondering how much longer I can stand living in this cruel, damnable world. You object to the siren: well, I drop the siren. You want to rest your wounded bosom against a grindstone. Well [*folding her arms*][69] here is the grindstone.

엘리	[맹렬히] 오, 감정이 넘쳐흘러 쏟아져 나와 감상적이 되지 말아요. 당신은 내가 굳셀 수—냉혹할 수—없다면 미칠 거라는 걸 몰라요. 당신이 날 욕하는 건 조금도 개의치 않아요. 당신은 나와 같은 처지의 여자가 욕 몇 마디에 타격을 받을 수 있다고 생각해요?
허셔바이 부인	가엾은 어린 여인이군! 불행한 하찮은 상황이야!
엘리	난 당신이 자기가 동정심이 있다고 여긴다 생각해요. 당신은 단지 어리석고 아둔하며 이기적이에요. 당신은 내 삶의 전부를, 결코 다시 오지 않을 최고의 부분을 없애는 기가 막히게 멋진 사람을 내가 바로 내 면전에 부르는 걸 봤죠. 그런데 당신은 약간의 감언으로 달래고 키스함으로써 그것에 대해 날 도울 수 있다고 생각하죠. 내가 위협을 하기 위해 얻을 수 있는 모든 힘을, 강철 같은 어떤 걸, 돌과 같은 어떤 걸 원할 때 난 그것이 얼마나 잔인한 지 개의치 않아요. 헌데 당신은 온통 감성적이 되어 내게 넋두리를 늘어놓고 싶어 하죠. 난 화를 내는 게 아녜요, 적의가 있는 게 아녜요. 하지만 아무쪼록 정신 차리고 당신이 유리한 지위에 있고 늘 그럴 것이기 때문에 지옥 같은 고통 속에 있는 여자들이 그걸 당신만큼 쉽게 받아들이리라 생각하지 말아요.
허셔바이 부인	[어깨를 으쓱하며] 좋아. [그녀의 원래 자리에 있는 소파에 앉는다]. 하지만 네게 내가 감언으로 달래고 키스하지도 않고 또 웃지도 않을 때 난 단지 내가 이 잔인한, 가증스런 세상에서 사는 걸 얼마나 더 오랫동안 견딜 수 있는 지 의아해 하고 있는 거라고 경고하는 거야. 넌 마녀에게 반감을 갖는군, 원 이런, 난 마녀 노릇을 그만두겠어. 넌 둥근 숫돌에 네 상처 입은 마음을 기대게 하고 싶은 게야. 그런데, [팔짱을 끼며] 여기 둥근 숫돌이 있어.

---

68) get a smasher right in the face: 기가 막히게 멋진 사람을 바로 내 면전에 부르다.
69) fold one's arms: 팔짱을 끼다

ELLIE   [*sitting down beside her, appeased*] Thats better: you really have the trick of falling in with everyone's mood; but you dont understand, because you are not the sort of woman for whom there is only one man and only one chance.

MRS HUSHABYE I certainly dont understand how your marrying that object [*indicating Mangan*] will console you for not being able to marry Hector.

ELLIE   Perhaps you dont understand why I was quite a nice girl this morning, and am now neither a girl nor particularly nice.

MRS HUSHABYE Oh, yes, I do. It's because you have made up your mind to do something despicable and wicked.

ELLIE   I dont think so, Hesione. I must make the best of[70] my ruined house.

MRS HUSHABYE Pooh! Youll get over it. Your house isnt ruined.

ELLIE   Of course I shall get over it. You dont suppose I'm going to sit down and die of a broken heart, I hope, or be an old maid living on a pittance from the Sick and Indigent Room-keepers' Association. But my heart i s broken, all the same. What I mean by that is that I know that what has happened to me with Marcus will not happen to me ever again. In the world for me there is Marcus and a lot of other men of whom one is just the same as another. Well, if I cant have love, thats no reason why I should have poverty. If Mangan has nothing else, he has money.

엘리   [마음이 달래져서 그녀 옆에 앉으며] 더 나아요, 당신은 정말 다른 사람의 기분에 부합하는 재주를 가졌어요. 하지만 당신이 단지 한 남자와 단지 한 번의 기회가 있는 그런 종류의 여자가 아니기 때문에 당신은 이해 못해요.

허셔바이 부인   난 분명히 어떻게 네가 저 물건과 [망간을 가리키며] 결혼하는 것이 네가 헥토와 결혼할 수 없다는 것에 대해 위로가 될 수 있는지 이해 못한다.

엘리   아마도 당신은 왜 내가 오늘 아침에 아주 멋진 소녀였는데 지금은 소녀도 아니고 특별히 멋지지도 않은지 이해하지 못할 거예요.

허셔바이 부인   오, 이해하고말고. 그건 네가 비열하고 사악한 어떤 걸 하려고 결심했기 때문이지.

엘리   헤시온, 난 그렇게 생각하지 않아요. 난 내 파산한 집안을 어떻게든 극복해야만 해요.

허셔바이 부인   넌 이겨낼 거야. 네 집은 파산하지 않았어.

엘리   물론 난 그걸 이겨낼 거예요. 당신은 내가 앉아서 비탄한 마음으로 죽거나 혹은 병들고 가난한 방지기 연합으로부터의 약간의 수당으로 살아가는 노처녀가 되리라 생각하지 않기를 희망해요. 하지만 그래도 내 마음은 비탄에 잠겨 있 어 요. 내가 의미하는 건 마르쿠스와 내게 일어났던 것이 결코 다시는 내게 일어나지 않을 거라는 걸 안다는 거예요. 내겐 세상에는 마르쿠스와 그들 중 하나가 다른 이와 바로 똑같은 많은 다른 남자들이 있다는 거예요. 글쎄, 만약 내가 사랑을 할 수 없다면 내가 가난해야만 하는 이유가 없어요. 만약 망간이 다른 어떤 걸 갖고 있지 않아도 그는 돈을 갖고 있어요.

---

70) make the best of ~: ~을 최대한 이용하다, (역경, 불리한 조건 따위를) 어떻게든 극복하다

MRS HUSHABYE And are there no y o u n g men with money?

ELLIE Not within my reach. Besides, a young man would have the right to expect love from me, and would perhaps leave me when he found I could not give it to him. Rich young men can get rid of their wives, you know, pretty cheaply. But this object, as you call him, can expect nothing more from me than I am prepared to give him.

MRS HUSHABYE He will be your owner, remember. If he buys you, he will make the bargain pay him and not you. Ask your father.

ELLIE [rising and strolling to the chair to contemplate their subject] You need not trouble on that score, Hesione. I have more to give Boss Mangan than he has to give me: it is I who am buying him, and at a pretty good price too, I think. Women are better at that sort of bargain than men. I have taken the Boss's measure; and ten Boss Mangans shall not prevent me doing far more as I please as his wife than I have ever been able to do as a poor girl. [Stooping to the recumbent figure] Shall they, Boss? I think not. [She passes on to the drawing-table, and leans against the end of it, facing the windows]. I shall not have to spend most of my time wondering how long my gloves will last, anyhow.

허셔바이 부인	그런데 돈이 있는 어떤 젊 은 남자가 없니?
엘리	내 힘이 미치는 내에는 없어요. 게다가, 젊은 남자는 내게 사랑을 기대할 권리를 갖고 있지 않을 거고 내가 그에게 그걸 줄 수 없다는 걸 알게 될 때 아마도 날 떠날 거예요. 알다시피, 부유한 젊은 남자는 상당히 값싸게 그들의 아내를 제거할 수 있어요. 하지만 당신이 그렇게 부르듯이 이 물건은 내가 그에게 주려고 준비한 이상을 나로부터 기대할 수 없어요.
허셔바이 부인	기억해, 그가 네 주인이 될 거야. 만약 그가 널 구매한다면, 그는 그 거래가 네가 아닌 그에게 이익을 주도록 만들 거야. 네 아버지에게 여쭈어보렴.
엘리	[그들의 주제를 숙고하기 위해 일어나 의자로 어슬렁어슬렁 가며] 당신은 그 점에 관해선 걱정할 필요가 없어요, 헤시온. 난 그가 네게 주어야만 하는 것보다 보스 망간에게 줄 걸 더 많이 가지고 있어요, 그를 구매하는 건 바로 나고, 또한 꽤 상당한 가격이라고 생각해요. 여자들이 그런 종류의 거래에선 남자들 보다 더 나아요. 난 보스의 사람됨을 알고 있어요, 10명의 보스 망간도 내가 가난한 소녀로서 할 수 있는 것보다 그의 아내로서 내가 원하는 대로 훨씬 더 많은 걸 하는 걸 막지 못할 거예요. [그 가로누운 인물에게 몸을 숙이고] 그들이 막을 수 있을까요, 보스? 난 그렇게 생각하지 않아요. [그녀는 제도용 테이블로 가서 창들을 향하며 그 끝에 기댄다]. 여하튼, 내 장갑이 얼마나 오래 갈 것인지를 생각하며 내 시간의 대부분을 보내지는 않을 거예요.

MRS HUSHABYE [*rising superbly*] Ellie: you are a wicked, sordid little beast. And to think that I actually condescended to fascinate that creature there to save you from him! Well, let me tell you this: if you make this disgusting match, you will never see Hector again if I can help it.[71]

ELLIE [*unmoved*] I nailed Mangan by telling him that if he did not marry me he should never see you again [*she lifts herself on her wrists and seats herself on the end of the table*].

MRS HUSHABYE [*recoiling*] Oh!

ELLIE So you see I am not unprepared for your playing that trump against me. Well, you just try it: thats all. I should have made a man of Marcus, not a household pet.

MRS HUSHABYE [*flaming*] You dare!

ELLIE [*looking almost dangerous*] Set him thinking about me if y o u dare.

MRS HUSHABYE Well, of all the impudent little fiends I ever met! Hector says there is a certain point at which the only answer you can give to a man who breaks all the rules is to knock him down. What would you say if I were to box your ears?

ELLIE [*calmly*] I should pull your hair.

MRS HUSHABYE [*mischievously*] That wouldnt hurt me. Perhaps it comes off at night.

허셔바이 부인	[당당하게 일어나며] 엘리, 넌 사악하고 야비한 작은 짐승이야. 그리고 내가 그로부터 널 구하기 위해 저기 저 자를 매혹시키려고 자신을 낮추었다고 생각하니! 원 이런, 너에게 이건 말해두지, 만약 네가 이 혐오스런 결합을 한다면, 내가 그걸 막을 수만 있다면 넌 결코 헥토를 다신 만나지 못할 거야.
엘리	[움직이지 않으며] 난 그에게 만약 나와 결혼하지 않으면 다시는 당신을 보지 못할 거라고 말함으로써 망간을 꼼짝 못하게 했어요. [그녀는 그녀의 손목 힘으로 스스로를 들어 그 테이블 끝에 앉는다].
허셔바이 부인	[움찔하며] 오!
엘리	그래서 당신은 내가 당신이 나에게 저 으뜸 패를 내놓을 것에 대해 준비되지 않은 게 아님을 알겠죠. 글쎄요, 당신은 다만 그걸 시도하고, 그게 다 예요. 난 필경 마르쿠스를 집안의 애완동물이 아니라 훌륭한 남자로 만들 거예요.
허셔바이 부인	[이글거리며] 네가 감히!
엘리	[거의 위협스럽게 보이며] 만약 당 신 이 감히 할 수 있다면 그가 나에 대해 생각에 잠기게 해봐요.
허셔바이 부인	원 이런, 하필이면 난 뻔뻔스런 작은 악마를 만났군! 헥토가 모든 규칙을 깨는 사람에게 줄 수 있는 유일한 대답이 그를 때려눕히는 것이어야 하는 어떤 순간이 있다고 말했지. 만약 내가 따귀를 때린다면 넌 무슨 말을 할 거니?
엘리	[침착히] 난 필경 당신 머리를 잡아당길 거야.
허셔바이 부인	[장난치듯이] 그건 날 아프게 하지 않을 걸. 아마 내 머린 밤에 벗겨질 걸.

---

71) ~ if I can help it: 여기서 'help'는 어떤 일은 받아들이지 않고 '반대하다', '막다', '피하다' 등의 의미로 쓰였다.

ELLIE   [*so taken aback that she drops off the table and runs to her*]
Oh, you dont mean to say, Hesione, that your
beautiful black hair is false?

MRS HUSHABYE [*patting it*] Dont tell Hector. He believes in it.

ELLIE   [*groaning*] Oh! Even the hair that ensnared him false!
Everything false!

MRS HUSHABYE Pull it and try. Other women can snare men in
their hair; but I can swing a baby on mine. Aha!
you cant do that, Goldylocks.[72]

ELLIE   [*heartbroken*] No. You have stolen m y babies.

MRS HUSHABYE Pettikins: dont make me cry. You know, what you
said about my making a household pet of him is a
little true. Perhaps he ought to have waited for you.
Would any other woman on earth forgive you?

ELLIE   Oh, what right had you to take him all for yourself!
[*Pulling herself together*] There! You couldnt help it:
neither of us could help it. He couldnt help it. No:
dont say anything more: I cant bear it. Let us wake
the object. [*She begins stroking Mangan's head, reversing the
movement with which she put him to sleep*]. Wake up, do
you hear? You are to wake up at once. Wake up,
wake up, wake –

엘리	[너무나 놀라 테이블에서 떨어져 그녀에게 달려간다] 오, 헤시온, 당신의 아름다운 검은 머리가 가짜라고 말하는 건 아니죠?
허셔바이 부인	[머리를 가볍게 치며] 헥토엔 말하지 마. 그는 그걸 믿고 있거든.
엘리	[신음소리를 내며] 오! 심지어 그를 유혹했던 그 머리조차 가짜라니! 모든 것이 가짜야!
허셔바이 부인	머릴 당겨 시험해봐. 다른 여자들은 그들의 머리로 남자들을 유혹할 수 있지만 난 내 머리로 아기를 흔들 수 있어. 아하! 넌 그걸 할 수 없을 걸, 금발 처녀야.
엘리	[비탄에 잠겨] 못하죠. 당신이 나의 아기들을 훔쳐갔어요.
허셔바이 부인	아가, 날 울게 하지 마. 알겠지만, 내가 그이를 집안의 애완동물로 만들고 있다고 하는 것에 대해 네가 말했던 건 어느 정도는 사실이야. 아마도 남편은 널 기다렸음에 틀림없어. 도대체 어떤 다른 여자가 널 용서하겠니?
엘리	오, 대체 무슨 권리로 당신 혼자서 그를 다 차지했어야만 하는 거죠! [기운을 다시 차리고] 자! 당신은 피할 수 없었을 거예요, 우리 중 누구도 피할 수 없었을 거예요. 그는 피할 수 없었을 거예요. 아니, 더 이상 어떤 말도 말아요, 난 견딜 수가 없어요. 이 물건을 깨우죠. [그녀는 그를 재웠던 동작을 거꾸로 하면서 망간의 머리를 쓰다듬기 시작한다]. 일어나요, 들려요? 당신은 즉시 일어날 거예요. 일어나요, 일어나요, 일어나—

---

72) Goldylocks: '금발의 처녀' 정도로 번역하면 된다.

MANGAN [*bouncing out of the chair in a fury and turning on them*] Wake up! So you think Ive been asleep, do you? [*He kicks the chair violently back out of his way,*[73] *and gets between them*]. You throw me into a trance so that I cant move hand or foot —I might have been buried alive! it's a mercy I wasnt —and then you think I was only asleep. If youd let me drop the two times you rolled me about, my nose would have been flattened for life against the floor. But Ive found you all out, anyhow. I know the sort of people I'm among now. Ive heard every word youve said, you and your precious father, and [*to Mrs Hushabye*] you too. So I'm an object, am I? I'm a thing, am I? I'm a fool that hasnt sense enough to feed myself properly, am I? I'm afraid of the men that would starve if it werent for the wages I give them, am I? I'm nothing but a disgusting old skinflint to be made a convenience of by designing women and fool managers of my works, am I? I'm —

MRS HUSHABYE [*with the most elegant aplomb*] Sh-sh-sh-sh-sh! Mr Mangan: you are bound in honor to obliterate from your mind all you heard while you were pretending to be asleep. It was not meant for you to hear.

MANGAN Pretending to be asleep! Do you think if I was only pretending that I'd have sprawled there helpless, and listened to such unfairness, such lies, such injustice and plotting and backbiting and slandering of me, if I could have up and told you what I thought of you! I wonder I didnt burst.

망간 [*분노하여 의자에서 뛰어나와 그들에게 달려들며*] 일어나라니! 정말 당신은 내가 잠들었다고 생각해, 그런 거야? [*그는 일부러 의자를 격렬하게 돼 차고 그들 사이에 이른다*]. 당신이 날 혼수상태에 빠뜨려서 손이나 발을 움직일 수가 없었어—난 산채로 묻혔을 런지도 몰라! 내가 그렇게 되지 않은 게 다행이지—그리고 나서 당신은 내가 단지 잠들었다고 생각했어. 만약 당신이 날 떨어뜨려 두 번 굴렸다면, 내 코는 그 바닥에 대고 평생 납작하게 있었겠지. 하지만 여하튼 난 당신 정체를 전부 알았어. 난 지금 내가 어떤 종류의 사람들 가운데 있는 지 알아. 당신이 한 모든 말을, 당신과 당신의 소중한 아버지가 한 모든 말을 들었어, 그리고 [*허셔바이 부인에게*] 당신 말도. 그래 내가 물건이야, 그런가? 내가 사물이야, 그래? 내가 스스로 적절히 먹을 정도의 분별력도 갖지 못한 바본가, 그래? 내가 그들에게 주는 임금이 아니라면 굶어 죽을 사람들을 두려워 해, 그런가? 난 단지 속셈 있는 여자들과 내 공장의 얼간이 매니저들에 의해 이용당하는 혐오스런 늙은 구두쇠, 그렇지? 나는—

허셔바이 부인 [*가장 우아한 침착함으로*] 쉬-쉬-쉬-쉬-쉬! 망간 씨, 당신은 명예를 걸고 잠들어 있는 척하는 동안 들었던 모든 걸 당신 마음에서 지워야 해요. 당신이 그걸 듣도록 작정된 건 아니었어요.73)

망간 잠들어 있는 척 하다니! 당신은 만약 내가 당신에게 대꾸하고 당신에 대해 생각하는 걸 말할 수 있었다면, 내가 단지 저기에 무력하게 큰대자로 드러누워 그런 부당함, 그런 거짓말, 그런 불의 그리고 나에 대한 음모와 중상 그리고 비방을 듣고 있는 척 했으리라 생각하는 거야! 내가 폭발하지 않은 게 의아하다구.

---

73) out of one's way: 여기서는 '일부러' 내지 '번거로움을 무릅쓰고'의 의미다

MRS HUSHABYE [*sweetly*] You dreamt it all, Mr Mangan. We were only saying how beautifully peaceful you looked in your sleep. That was all, wasnt it, Ellie? Believe me, Mr Mangan, all those unpleasant things came into your mind in the last half second before you woke. Ellie rubbed your hair the wrong way; and the disagreeable sensation suggested a disagreeable dream.

MANGAN [*doggedly*] I believe in dreams.

MRS HUSHABYE So do I. But they go by contraries, dont they?

MANGAN [*depths of emotion suddenly welling up in him*] I shant forget, to my dying day, that when you gave me the glad eye that time in the garden, you were making a fool of me. That was a dirty low mean thing to do. You had no right to let me come near you if I disgusted you. It isnt my fault if I'm old and havent a moustache like a bronze candlestick as your husband has. There are things no decent woman would do to a man—like a man hitting a woman in the breast.

Hesione, utterly shamed, sits down on the sofa and covers her face with her hands. Mangan sits down also on his chair and begins to cry like a child. Ellie stares at them. Mrs Hushabye, at the distressing sound he makes, takes down her hands and looks at him. She rises and runs to him.

MRS HUSHABYE Dont cry: I cant bear it. Have I broken your heart? I didnt know you had one. How could I?

MANGAN I'm a man, aint I?

허셔바이 부인 [*상냥하게*] 망간 씨, 당신은 그 모든 걸 꿈꾸었어요. 우리는 단지 자고 있는 당신이 얼마나 아름답게 평화로워 보이는 지를 말했어요. 그게 전부예요, 그렇지 않아 엘리? 날 믿으세요, 망간 씨, 모든 불쾌한 것들은 당신이 깨어나기 전에 마지막 0.5초 동안 당신 마음에 떠올랐어요. 엘리가 잘못된 방식으로 당신 머리를 문질렀죠. 그래서 불쾌한 기분이 불쾌한 꿈을 나타나게 했어요.

망간 [*완강하게*] 나는 꿈을 믿소.

허셔바이 부인 나도 그래요. 하지만 꿈은 실제와 정반대죠, 그렇지 않나요?

망간 [*갑자기 깊은 감정이 그의 안에서 분출하여*] 내가 죽는 날까지 정원에서 당신이 내게 추파를 던졌을 때 당신이 날 바보취급 했다는 걸 잊지 않을 거요. 그렇게 하는 건 더럽고 저급하며 비열한 것이요. 만약 내가 당신을 구역질나게 한다면 당신은 내가 당신에게 가까이 가도록 할 어떤 권리도 없소. 내가 늙었고 당신 남편이 가진 동 촛대 같은 콧수염을 갖지 못한 건 내 잘못이 아니오. 어떤 얌전한 여인도 남자에게 하지 않을 것들이 있소—남자가 여자 가슴을 치는 것과 같은 것 말이요.

완전히 부끄러워진 헤시온은 소파에 앉아 두 손으로 얼굴을 가린다. 망간 또한 의자에 앉아 어린 아이처럼 울기 시작한다. 엘리는 그들을 응시한 그가 내는 괴로운 소리에 허셔바이 부인은 손을 내리고 그를 쳐다본다. 그녀는 일어나 그에게 뛰어간다.

허셔바이 부인 울지 말아요, 난 견딜 수가 없어요. 내가 당신 마음이 비탄에 잠기게 했나요? 당신이 그런 마음을 지녔는지 몰랐어요. 내가 어떻게 알 수 있죠?

망간 난 남자요, 그렇지 않소?

MRS HUSHABYE [*half coaxing, half rallying, altogether tenderly*] Oh no: not what I call a man. Only a Boss: just that and nothing else. What business has a Boss with a heart?

MANGAN Then youre not a bit sorry for what you did, nor ashamed?

MRS HUSHABYE I was ashamed for the first time in my life when you said that about hitting a woman in the breast, and I found out what I'd done. My very bones blushed red. Youve had your revenge, Boss. Arnt you satisfied?

MANGAN Serve you right! Do you hear? Serve you right! Youre just cruel. Cruel.

MRS HUSHABYE Yes: cruelty would be delicious if one could only find some sort of cruelty that didnt really hurt. By the way [*sitting down beside him on the arm of the chair*], whats your name? It's not really Boss, is it?

MANGAN [*shortly*] If you want to know, my name's Alfred.

MRS HUSHABYE [*springs up*] Alfred!! Ellie: he was christened after Tennyson!!![74)

MANGAN [*rising*] I was christened after my uncle, and never had a penny from him, damn him! What of it?

MRS HUSHABYE It comes to me suddenly that you are a real person: that you had a mother, like anyone else. [*Putting her hands on his shoulders and surveying him*] Little Alf!

MANGAN Well, you have a nerve.

허셔바이 부인	[전체적으로 부드럽게, 반은 달래고 반은 놀리며] 오, 아니에요. 내가 남자라 부르는 바는 아니죠. 단지 보스에요, 바로 그거고 다른 어떤 건 아니죠. 보스가 마음과 무슨 용건이 있죠?
망간	그렇다면 당신은 당신이 한 바에 대해 조금도 미안하거나 부끄럽지 않단 말이요?
허셔바이 부인	여자 가슴을 치는 것에 대해 말했을 때 내 삶에서 처음으로 부끄러웠고 내가 한 바를 깨달았어요. 바로 뼈까지 새빨개졌죠. 당신은 복수 했어요. 만족하지 않나요?
망간	고소하군! 들었소? 고소하다고! 당신은 단지 잔인해. 잔인해.
허셔바이 부인	그래요, 만약 누군가 실제로 상처를 주지 않는 어떤 종류의 잔인함을 발견할 수만 있다면, 잔인함은 유쾌할 거예요. 그건 그렇고 [그의 옆 의자 팔걸이에 앉으며] 당신 이름이 뭐죠? 정말 보스는 아니죠, 그렇죠?
망간	[퉁명스럽게] 당신이 알고 싶다면, 내 이름은 알프레드요.
허셔바이 부인	[뛰어 일어나며] 알프레드!! 엘리, 그가 테니슨을 따라 세례명을 받았다구!!!
망간	[일어나며] 난 내 삼촌을 따라 세례명을 받았는데 결코 그로부터 한 푼도 받지 못했어, 빌어먹을 것 같으니! 그게 어쨌단 말이오?
허셔바이 부인	내게 갑자기 당신이 진짜 사람이라는, 어떤 다른 이들처럼 어머니를 갖고 있다는 생각이 떠오르네요. [손을 그의 어깨에 대고 그를 바라다본다] 리틀 엘프!
망간	원 이런 당신은 뻔뻔스러움을 지녔군.

---

74) Tennyson: 빅토리아 시대 영국의 계관 시인 Alfred Lord Tennyson(1809–92)

MRS HUSHABYE And you have a heart, Alfy, a whimpering little heart, but a real one. [*Releasing him suddenly*] Now run and make it up with Ellie. She has had time to think what to say to you, which is more than I had [*she goes out quickly into the garden by the port door*].

MANGAN That woman has a pair of hands that go right through you.

ELLIE Still in love with her, in spite of all we said about you?

MANGAN Are all women like you two? Do they never think of anything about a man except what they can get out of him? Y o u werent even thinking that about me. You were only thinking whether your gloves would last.

ELLIE I shall not have to think about that when we are married.

MANGAN And you think I am going to marry you after what I heard there!

ELLIE You heard nothing from me that I did not tell you before.

MANGAN Perhaps you think I cant do without you.

ELLIE I think you would feel lonely without us all, now, after coming to know us so well.

MANGAN [*with something like a yell of despair*] Am I never to have the last word?[75]

허셔바이 부인	그리고 당신은 마음을 가졌군요, 알피, 훌쩍이는 작은 마음이지만 진짜 마음을 말에요. [그를 갑자기 놓아주며] 자 뛰어가 엘리와 화해해요. 그녀는 내가 가진 것 이상으로 당신에게 말할 걸 생각할 시간을 가졌어요. [그녀는 좌현 문으로 재빨리 정원으로 나간다].
망간	저 여인은 바로 당신을 관통하는 한 쌍의 손을 지녔군.
엘리	우리가 당신에 대해 말했던 모든 것에도 불구하고 여전히 그녀를 사랑하나요?
망간	모든 여자들이 당신들 두 사람 같소? 그들이 남자로부터 얻어낼 수 있는 걸 제외하곤 결코 남자에 대해 생각하지 않는 거요? 당 신 은 심지어 나에 대해 생각조차 하지 않았소. 단지 당신 장갑이 오래 갈 건지 아닌지만 생각하고 있었소.
엘리	우리가 결혼했을 땐 난 장갑에 대해 생각할 필요가 없을 거예요.
망간	그런데 내가 저기서 들은 바가 있은 후에도 당신과 결혼하리라 생각하다니!
엘리	당신은 내게서 내가 이전에 당신에게 말하지 않았던 것은 아무것도 듣지 않았어요.
망간	아마도 당신은 내가 당신 없이는 지낼 수 없다고 생각하는 것 같군.
엘리	난 당신이 우리를 그렇게 잘 알게 된 이후에 지금 우리 모두가 없이는 외롭다고 느끼리라 생각해요.
망간	[절망의 외침 소리 같은 어떤 것으로] 내가 결코 결정적 말을 하지 못하는가?

---

75) have the last word: 결정적인 발언[말]을 하다. 여기서는 결정적인 최후 발언으로 상대방이 더 이상 말을 못하게 입을 봉한다는 의미로 쓰였다.

CAPTAIN SHOTOVER [*appearing at the starboard garden door*] There is a soul in torment here. What is the matter?

MANGAN This girl doesnt want to spend her life wondering how long her gloves will last.

CAPTAIN SHOTOVER [*passing through*] Dont wear any. I never do. [*he goes into the pantry*].

LADY UTTERWORD [*appearing at the port garden door, in a handsome dinner dress*] Is anything the matter?

ELLIE This gentleman wants to know is he never to have the last word?

LADY UTTERWORD [*coming forward to the sofa*] I should let him have it, my dear. The important thing is not to have the last word, but to have your own way.

MANGAN She wants both.

LADY UTTERWORD She wont get them, Mr Mangan. Providence always has the last word.

MANGAN [*desperately*] Now y o u are going to come religion over me.[76] In this house a man's mind might as well be a football. I'm going. [*He makes for the hall, but is stopped by a hail from the Captain, who has just emerged from his pantry*].

CAPTAIN SHOTOVER Whither away, Boss Mangan?

MANGAN To hell out of this house: let that be enough for you and all here.

CAPTAIN SHOTOVER You were welcome to come: you are free to go. The wide earth, the high seas, the spacious skies are waiting for you outside.

소토버 선장	[*우현의 정원 문에 나타나*] 여기 고통 받는 영혼이 있군. 무슨 일이요?
망간	이 아가씨는 장갑이 얼마나 오래 갈 건지를 생각하면서 자기 삶을 보내길 원하지 않아요.
소토버 선장	[*지나가며*] 어떤 것도 끼지 마시오. 난 결코 끼지 않소. [*그는 찬방으로 들어간다*].
귀부인 어터우드	[*멋진 약식 야회복을 입고 좌현의 정원 문에 나타나*] 어떤 게 문제인가요?
엘리	이 신사분이 결정적 말을 하지 못하는지 알기를 원해요.
귀부인 어터우드	[*소파로 나서며*] 난 필경 그가 그렇게 하도록 하겠어, 아가. 중요한 건 결정적인 말을 하는 게 아니라 마음대로 하는 거야.
망간	그녀는 둘 다를 원하오.
귀부인 어터우드	망간 씨, 그녀는 그 둘을 손에 넣지는 못할 거예요. 신의 섭리가 항상 결정적인 최후 발언을 하죠.
망간	[*자포자기하여*] 지금 당 신 은 종교를 내세워 날 골리려 하는 군요. 이 집에서 남자의 마음은 축구공이 되는 게 좋겠소. 난 가오. [*그는 홀을 향해 나아가지만 찬방으로부터 막 나오는 선장이 부르는 큰 소리 때문에 멈춘다*].
소토버 선장	보스 망간, 어디로 가시오?
망간	빌어먹을 이 집서 나가려고요, 그건 당신과 여기 있는 모두에게 족하게 될 거요.
소토버 선장	당신은 와서 환영받았고 가는 건 자유요. 광대한 대지, 큰 파도, 넓은 하늘이 밖에서 당신을 기다리고 있소.

---

76) come religion over me: 종교를 내세워 나를 골리다

LADY UTTERWORD   But your things, Mr Mangan. Your bag, your comb and brushes, your pyjamas —

HECTOR   [who has just appeared in the port doorway in a handsome Arab costume] Why should the escaping slave take his chains with him?

MANGAN   Thats right, Hushabye. Keep the pyjamas, my lady; and much good may they do you.

HECTOR   [advancing to Lady Utterword's left hand] Let us all go out into the night and leave everything behind us.

MANGAN   You stay where you are, the lot of you. I want no company, especially female company.

ELLIE   Let him go. He is unhappy here. He is angry with us.

CAPTAIN SHOTOVER   Go, Boss Mangan; and when you have found the land where there is happiness and where there are no women, send me its latitude and longitude; and I will join you there.

LADY UTTERWORD   You will certainly not be comfortable without your luggage, Mr Mangan.

ELLIE   [impatient] Go, go: why dont you go? It is a heavenly night: you can sleep on the heath. Take my waterproof to lie on: it is hanging up in the hall.

HECTOR   Breakfast at nine, unless you prefer to breakfast with the Captain at six.

ELLIE   Good night, Alfred.

HECTOR   Alfred! [He runs back to the door and calls into the garden] Randall: Mangan's Christian name is Alfred.

귀부인 어터우드	하지만 망간 씨, 당신 물건들은. 당신 가방, 당신 빗과 솔, 당신 의 파자마—
헥토	[막 멋진 아랍 의상을 입고 좌현 출입구에 등장한다] 왜 달아나는 노예가 그의 사슬을 함께 가져가야 하지?
망간	바로 그렇소, 허셔바이. 부인, 파자마를 간직하시오, 그러면 그건 당신에게 많은 도움이 될지도 모르오.
헥토	[귀부인 어터우드 왼편으로 가며] 모두 어둠 속으로 나가서 모든 걸 놓아둔 채 잊고 갑시다.
망간	당신은 당신 운명에, 즉 당신이 있는 곳에 머무시오. 난 어떤 동 무를, 특히 여성 동무를 원치 않소.
엘리	그를 가게 해요. 그는 이곳에서 불행해요. 우리에게 화가 났어요.
소토버 선장	가시오, 보스 망간, 그리고 당신이 행복은 있고 어떤 여자도 없는 땅을 발견하면, 내게 그 위도와 경도를 보내시오, 그러면 난 거기 서 당신과 합류할 것이오.
귀부인 어터우드	망간 씨, 당신은 분명 여행가방 없이는 불편할 거예요.
엘리	[참을 수 없어서] 가세요, 가, 왜 당신은 가지 않죠? 쾌적한 밤이어 서 당신은 히스에서 잘 수 있어요. 늦게 내 레인코트를 가져가요, 그건 홀에 걸려 있어요.
헥토	만약 당신이 6시에 선장님과 아침 먹는 걸 선호하지 않는다면, 9 시에 아침을 들어요.
엘리	안녕, 알프레드.
헥토	알프레드! [그는 문으로 뛰어 돌아가 정원에다 소리쳐 부른다] 랜덜, 망 간의 세례명이 알프레드야.

RANDALL [*appearing in the starboard doorway in evening dress*] Then Hesione wins her bet.

Mrs Hushabye appears in the port doorway. She throws her left arm round Hector's neck; draws him with her to the back of the sofa; and throws her right arm round Lady Utterword's neck.

MRS HUSHABYE They wouldnt believe me, Alf.

They contemplate him.

MANGAN Is there any more of you coming in to look at me, as if I was the latest thing in a menagerie?

MRS HUSHABYE You a r e the latest thing in this menagerie.

Before Mangan can retort, a fall of furniture is heard from upstairs; then a pistol shot, and a yell of pain. The staring group breaks up in consternation.

MAZZINI'S VOICE[*from above*] Help! A burglar! Help!

HECTOR [*his eyes blazing*] A burglar!!!

MRS HUSHABYE No, Hector: youll be shot. [*but it is too late: he has dashed out past Mangan, who hastily moves towards the bookshelves out of his way*].

CAPTAIN SHOTOVER [*blowing his whistle*] All hands aloft! [*He strides out after Hector*].

LADY UTTERWORD My diamonds! [*She follows the Captain*].

RANDALL [*rushing after her*] No. Ariadne. Let me.

ELLIE Oh, is papa shot? [*She runs out*].

MRS HUSHABYE Are you frightened, Alf?

MANGAN No. It aint my house, thank God.

랜덜	[야회복을 입고 우현의 출입구에 나타난다] 그렇다면 헤시온이 내기에 이겼군.
	허셔바이 부인이 좌현 출입구에 나타난다. 그녀는 왼팔로 헥토의 목을 부둥켜 안고 그를 소파 뒤로 끌고 간다. 그리고 오른팔로 귀부인 어터우드의 목을 부 둥켜안는다.
허셔바이 부인	그들은 날 믿지 않을 거예요, 엘프.
	그들은 그를 찬찬히 본다.
망간	마치 내가 동물원에 있는 가장 최신 동물인양 날 구경하러 오는 이가 당신 들 중 얼마나 더 있는 거요?
허셔바이 부인	당신은 이 동물원에 있는 가장 최신 동물이 에 요.
	망간이 응수하기 전에 위층으로부터 가구 떨어지는 소리가 들리고, 그러고 나서 권총 총성과 고통스런 외침이 들린다. 응시하는 그 무리는 깜짝 놀라 흩어진다.
마찌니의 목소리	[위로부터] 도와줘! 강도야! 도와줘!
헥토	[두 눈이 불타서] 강도라구!!!
허셔바이 부인	안 돼요, 헥토, 총에 맞을 거예요. [하지만 그건 너무 늦었다, 그는 망간 을 지나 뛰어나갔고, 망간은 일부러 급하게 서가 쪽으로 간다].
소토버 선장	[호루라기를 불며] 모두 손을 위로! [그는 헥토를 따라 성큼성큼 걷는다].
귀부인 어터우드	내 다이아몬드! [그녀는 선장을 따라간다].
랜덜	[그녀를 따라 돌진하며] 안 돼, 애리애드니. 내가 갈게.
엘리	오, 아버지께서 총에 맞으셨나요? [그녀가 뛰어 나간다].
허셔바이 부인	놀랐어요, 엘프?
망간	아니요, 고맙게도 여긴 내 집이 아니오.

MRS HUSHABYE If they catch a burglar, shall we have to go into court as witnesses, and be asked all sorts of questions about our private lives?

MANGAN You wont be believed if you tell the truth.

Mazzini, terribly upset, with a duelling pistol in his hand, comes from the hall, and makes his way to the drawing-table.

MAZZINI Oh, my dear Mrs Hushabye, I might have killed him. [*He throws the pistol on the table and staggers round to the chair*]. I hope you wont believe I really intended to.

Hector comes in, marching an old and villainous looking man before him by the collar. He plants him in the middle of the room and releases him.

Ellie follows, and immediately runs across to the back of her father's chair and pats his shoulders.

RANDALL [*entering with a poker*] Keep your eye on this door, Mangan. I'll look after the other [*he goes to the starboard door and stands on guard there*].

Lady Utterword comes in after Randall, and goes between Mrs Hushabye and Mangan.

Nurse Guinness brings up the rear, and waits near the door, on Mangan's left.

MRS HUSHABYE What has happened?

MAZZINI Your housekeeper told me there was somebody upstairs, and gave me a pistol that Mr Hushabye had been practising with. I thought it would frighten him; but it went off at a touch.[77]

허셔바이 부인	만약 그들이 강도를 잡는다면, 우리가 증인으로 법정에 가서 우리 사생활에 대한 모든 종류의 질문을 받아야만 할까요?
망간	만약 진실을 말한다면, 당신은 신뢰받지 못할 거요.

엄청나게 당황한 마찌니가 손에 결투용 권총을 들고 홀로부터 와서 제도용 테이블로 나아간다.

마찌니	오, 이봐요 허셔바이 부인, 내가 그를 죽일지도 몰라요. [그는 권총을 테이블에 던지고 의자로 비틀거리며 간다]. 당신이 내가 정말로 그럴 작정이라는 걸 믿지 않기를 바래요.

헥토가 들어오고, 그의 앞에 늙고 사악해 보이는 남자가 목덜미가 잡혀 행군한다. 헥토는 그는 그 남자를 방 중앙에 세우고 그를 풀어준다.

엘리가 뒤따라 들어와 곧장 그녀 아버지의 의자 뒤로 건너 뛰어가 그의 어깨를 두드린다.

랜덜	[부지깽이를 가지고 들어오며] 이 문을 감시하시오, 망간. 난 다른 쪽을 지켜보겠소. [그는 우현 문으로 가서 거기서 보초를 선다].

귀부인 어터우드가 랜덜 다음에 들어와 허셔바이 부인와 망간 사이로 간다.

유모 기니스가 맨 뒤에 와서 문 가까이 망간 외편에서 기다린다.

허셔바이 부인	무슨 일이 일어났나요?
마찌니	당신 가정부가 위층에 누군가가 있다고 내게 말하고 나서 허셔바이 씨가 연습하던 권총을 내게 주었소. 난 그 총이 그를 놀라게 할 거라고 생각했소. 하지만 그 총은 약간 닿기만 해도 발사되었소.

---

77) at a touch: 약간 닿기만 해도

THE BURGLAR   Yes, and took the skin off my ear.[78] Precious near[79] took the top off my head. Why dont you have a proper revolver instead of a thing like that, that goes off if you as much as blow on it?[80]

HECTOR   One of my duelling pistols. Sorry.

MAZZINI   He put his hands up and said it was a fair cop.[81]

THE BURGLAR   So it was. Send for the police.

HECTOR   No, by thunder! It was not a fair cop. We were four to one.

MRS HUSHABYE   What will they do to him?

THE BURGLAR   Ten years.[82] Beginning with solitary.[83] Ten years off my life. I shant serve it all: I'm too old. It will see me out.[84]

LADY UTTERWORD   You should have thought of that before you stole my diamonds.

THE BURGLAR   Well, youve got them back, lady, havnt you? Can you give me back the years of my life you are going to take from me?

MRS HUSHABYE   Oh, we cant bury a man alive for ten years for a few diamonds.

강도	그렇소, 그리고 내 귀 가죽이 까졌소. 거의 내 머리 위가 까졌다구. 그런 것 대신에 입으로 불기만 해도 발사되는 정식 연발 권총을 갖는 게 어때?
헥토	내 결투용 권총 중 한 자루요. 유감이군.
마찌니	그는 두 손을 들고 잘못한 거 인정한다 했소.
강도	그랬소. 경찰을 데리러 보내시오.
헥토	아니오, 빌어먹을! 그건 합법적인 체포가 아니오. 우린 4 대 1이었소.
허셔바이 부인	그들이 그에게 뭘 할 건가요?
강도	10년 형이지. 독방감금으로 시작하지. 내 생에서 10년은 없군. 난 10년 형기를 다 채우진 못 할걸, 너무 늙었거든. 형기를 다 채우지 못하고 내 생명이 꺼질 걸.
귀부인 어터우드	당신은 내 다이아몬드를 훔치기 전에 그걸 생각했어야만 했어.
강도	글쎄, 부인, 당신은 그걸 되찾았잖소, 그렇지 않소? 당신이 내게서 앗아가려고 하는 내 삶의 세월을 돌려줄 수 있겠소?
허셔바이 부인	우리는 다이아몬드 몇 개 때문에 10년 동안 사람을 산채로 매장할 순 없어.

---

78) take the skin off my ear: 귀 가죽이 까지다

79) precious near: very nearly

80) if you as much as blow on it: 입으로 불기만 하여도

81) it was a fair cop: 'a fair cop'은 '합법적인 체포'이며, 흔히 'It's a fair cop'은 잘못된 짓을 하다가 들킨 사람이 하는 말로 '잘못한 거 인정한다' 정도로 번역하면 된다.

82) ten years: 여기선 '10년형'이란 의미다

83) solitary: solitary confinement로 독방감금을 말한다. 인간이 사회적 동물이란 측면에서 본다면 가장 가혹한 형벌이라고 할 수 있다.

84) It will see me out: 10년 형기를 다 채우지 못하고 나의 생명은 꺼질 거라는 의미이다.

THE BURGLAR   Ten little shining diamonds! Ten long black years!

LADY UTTERWORD   Think of what it is for us to be dragged through the horrors of a criminal court, and have all our family affairs in the papers! If you were a native, and Hastings could order you a good beating and send you away, I shouldnt mind; but here in England there is no real protection for any respectable person.

THE BURGLAR   I'm too old to be giv a hiding,[85] lady. Send for the police and have done with it. It's only just and right you should.

RANDALL   [who has relaxed his vigilance on seeing the burglar so pacifically disposed, and comes forward swinging the poker between his fingers like a well folded umbrella] It is neither just nor right that we should be put to a lot of inconvenience to gratify your moral enthusiasm, my friend. You had better get out, while you have the chance.

THE BURGLAR   [inexorably] No. I must work my sin off my conscience.[86] This has come as a sort of call to me. Let me spend the rest of my life repenting in a cell. I shall have my reward above.

MANGAN   [exasperated] The very burglars cant behave naturally in this house.

HECTOR   My good sir: you must work out your salvation at somebody else's expense. Nobody here is going to charge you.

THE BURGLAR   Oh, you wont charge me, wont you?

강도	10개의 반짝이는 작은 다이아몬드! 10년이란 긴 암담한 세월!
귀부인 어터우드	도대체 우리가 형사법원의 공포를 겨우 끝내고 신문에 우리 가족사가 실리게 되는 것이 어떤 건지 생각해보라구! 만약 당신이 원주민이고 헤스팅스가 당신에게 호된 매질을 명령하고 내쫓는다면, 난 개의치 않을 거요. 하지만 여기 영국에선 어떤 점잖은 사람을 위한 아무런 참된 보호도 없단 말이오.
강도	난 호되게 매질 당하기에는 너무 늙었소, 부인. 경찰을 부르러 보내서 끝내시오. 당신이 그래야만 하는 건 단지 정당하고 옳소.
랜덜	[그는 강도가 그렇게 온화한 기질이라는 걸 알고는 경계를 늦추고 손가락 사이 부지깽이가 마치 잘 접혀진 우산인양 흔들면서 앞으로 나선다] 이봐, 네 도덕적 열의를 만족시키려고 우리가 많은 불편함을 당해야만 하는 건 정당하지도 옳지도 않아. 넌 기회가 있는 동안 도망치는 게 낫겠어.
강도	[굽히지 않으며] 싫소. 난 노력하여 죄를 씻어 양심을 깨끗이 해야만 하오. 이것이 내겐 일종의 소명 같이 되어 있소. 내가 감옥에서 참회하면서 여생을 보내도록 해줘요. 난 하늘나라에서 내 보상을 받을 거요.
망간	[격분해서] 바로 강도들도 이 집에서는 자연스럽게 행동할 수 없군.
헥토	이봐, 당신은 다른 누군가를 희생하여 당신 구원을 성취해야만 할 것임에 틀림없어. 여기 어느 누구도 당신을 고발하지 않을 거요.
강도	오 날 고발하지 않을 건가요, 그래요?

---

85) too old to be giv a hiding: too old to be given a hiding
86) work my sin off my conscience: 노력하여 죄를 씻어 양심을 깨끗이 하다

HECTOR   No. I'm sorry to be inhospitable; but will you kindly leave the house?

THE BURGLAR   Right. I'll go to the police station and give myself up. [*He turns resolutely to the door: but Hector stops him*].

HECTOR   Oh, no. You mustnt do that.

RANDALL   No no. Clear out,[87] man, cant you; dont be a fool.

MRS. HUSHABYE   Dont be so silly. Cant you repent at home?

LADY UTTERWORD   You will have to do as you are told.

THE BURGLAR   It's compounding a felony, you know.

MRS HUSHABYE   This is utterly ridiculous. Are we to be forced to prosecute this man when we dont want to?

THE BURGLAR   Am I to be robbed of my salvation to save you the trouble of spending a day at the sessions? Is that justice? Is it right? Is it fair to me?

MAZZINI   [*rising and leaning across the table persuasively as if it were a pulpit desk or a shop counter*] Come, come! let me shew you how you can turn your very crimes to account. Why not set up as a locksmith? You must know more about locks than most honest men?

THE BURGLAR   That's true, sir. But I couldnt set up as a locksmith under twenty pounds.

RANDALL   Well, you can easily steal twenty pounds. You will find it in the nearest bank.

헥토	그렇소. 대접이 나빠서 미안하지만 기꺼이 이 집을 떠나주겠소?
강도	좋소. 경찰서로 가서 자수하겠소. [그는 단호히 문으로 향한다. 하지만 헥토가 그를 막는다].

헥토	당치도 않아. 당신은 그렇게 해선 안 돼.
랜덜	아니, 안 돼. 이봐, 깨끗이 빠져나가, 그럴 수 있지, 그러니 바보같이 굴지 마.
허셔바이 부인	그렇게 바보 같은 소리 마. 당신은 집에서 참회할 수 있잖아.

귀부인 어터우드 　당신이 들은 대로 해야만 할 거야.

강도 　알다시피 그건 중죄를 합의하는 거요.

허셔바이 부인 　이건 완전히 우스꽝스럽군요. 우리가 원하지 않을 때 이 사람을 기소하도록 강요받아야 하나요?

강도 　당신들이 재판소에서 하루 보내는 수고를 덜도록 하기 위해 내 구원을 강탈당해야 하나요? 그게 정의인가요? 그게 옳은 건가요? 그게 내게 공정한 건가요?

마찌니 　[일어나 마치 그것이 설교단이나 가게 계산대 인양 설득 잘하게 테이블을 가로질러 기대고는] 자, 자! 당신이 어떻게 당신의 바로 그 범죄를 이용할 수 있는 지를 보여주도록 해주게. 왜 자물쇠 제조업자로 개업하지 않는 거요? 당신은 대부분의 정직한 사람들보다 자물쇠에 대해 더 많이 알고 있음에 틀림없소.

강도 　나리, 그건 사실이죠. 하지만 전 20파운드 미만으로는 자물쇠 제조업자로 개업할 수가 없을 겁니다.

랜덜 　원 이런, 당신은 20파운드를 쉽게 훔칠 수 있어. 가장 가까운 은행에서 그걸 발견할 걸.

---

87) clear out: 깨끗하게 빠져나가다

THE BURGLAR [*horrified*] Oh, what a thing for a gentleman to put into the head of a poor criminal scrambling out of the bottomless pit as it were! Oh, shame on you, sir! Oh, God forgive you! [*He throws himself into the big chair and covers his face as if in prayer*].

LADY UTTERWORD Really, Randall!

HECTOR It seems to me that we shall have to take up a collection for this inopportunely contrite sinner.

LADY UTTERWORD But twenty pounds is ridiculous.

THE BURGLAR [*looking up quickly*] I shall have to buy a lot of tools, lady.

LADY UTTERWORD Nonsense: you have your burgling kit.

THE BURGLAR Whats a jimmy and a centrebit and an acetylene welding plant and a bunch of skeleton keys? I shall want a forge, and a smithy, and a shop, and fittings. I cant hardly do it for twenty.

HECTOR My worthy friend, we havent got twenty pounds.

THE BURGLAR [*now master of the situation*] You can raise it among you, cant you?

MRS HUSHABYE Give him a sovereign, Hector, and get rid of him.

HECTOR [*giving him a pound*] There! Off with you.

THE BURGLAR [*rising and taking the money very ungratefully*] I wont promise nothing. You have more on you than a quid: all the lot of you, I mean.

LADY UTTERWORD [*vigorously*] Oh, let us prosecute him and have done with it. I have a conscience too, I hope; and I do not feel at all sure that we have any right to let him go, especially if he is going to be greedy and impertinent.

강도	[무서워 떨며] 오 도대체 신사가 말하자면 바닥없는 구멍에서 기어 나오려는 가련한 범죄자의 머리에 뭘 집어넣으려는 거지! 오, 나리, 부끄럽지 않나요! 오, 하느님이 용서하시길! [그는 큰 의자에 몸을 던지고 마치 기도를 하는 양 얼굴을 감싼다].
귀부인 어터우드	정말, 랜덜!
헥토	내 생각엔 우리가 형편이 나쁜 깊이 뉘우치는 이 죄인을 위해 모금을 해야만 할 것 같군.
귀부인 어터우드	하지만 20파운드는 우스꽝스러워요.
강도	[재빨리 쳐다보며] 부인, 전 많은 도구를 구매해야만 할 겁니다.
귀부인 어터우드	허튼 소리. 당신은 강도용 도구를 갖고 있잖소.
강도	정말이지 쇠지렛대와 드릴 그리고 아세틸렌 용접장치와 걸쇠 한 묶음 말입니까? 전 대장간과 대장장이 그리고 작업장과 부속기구류를 필요로 할 겁니다. 20파운드로는 그걸 거의 할 수가 없을 겁니다.
헥토	내 훌륭한 친구여, 우린 20파운드가 없다네.
강도	[이제 형세에 잘 대처해 가며] 여러분 가운데서 그걸 모을 수 있죠, 그렇지 않은가요?
허셔바이 부인	헥토, 그에게 금화 1파운드를 주고 그를 처리해요.
헥토	[그에게 1파운드를 주며] 자! 꺼져 버려.
강도	[일어나서 그 돈을 아주 불쾌하게 받으며] 전 아무것도 약속드리지 않을 겁니다. 여러분들은 금화 1파운드 이상을 갖고 있습니다. 여러분들 전부를 말하는 겁니다.
귀부인 어터우드	[격렬하게] 오, 그를 기소하고 끝내요. 나 역시 양심이 있기를 바래요. 그래서 특히 그가 탐욕스럽고 뻔뻔하게 되려 한다면 우리가 그를 놓아줄 어떤 권리가 있는지 결코 확신하지 못하겠어요.

THE BURGLAR [*quickly*] All right, lady, all right. Ive no wish to be anything but agreeable. Good evening, ladies and gentlemen; and thank you kindly.

He is hurrying out when he is confronted in the doorway by Captain Shotover.

CAPTAIN SHOTOVER [*fixing the burglar with a piercing regard*] Whats this? Are there two of you?

THE BURGLAR [*falling on his knees before the Captain in abject terror*] Oh, my good Lord, what have I done? Dont tell me its y o u r house I've broken into, Captain Shotover.

The Captain seizes him by the collar; drags him to his feet; and leads him to the middle of the group, Hector falling back beside his wife to make way for them.

CAPTAIN SHOTOVER [*turning him towards Ellie*] Is that your daughter? [*He releases him*].

THE BURGLAR Well, how do I know, Captain? You know the sort of life you and me has led. Any young lady of that age might be my daughter anywhere in the wide world, as you might say.

CAPTAIN SHOTOVER [*to Mazzini*] You are not Billy Dunn. This is Billy Dunn. Why have you imposed on me?

THE BURGLAR [*indignantly to Mazzini*] Have you been giving yourself out to be me? You, that nigh blew my head off! Shooting y o u r s e l f, in a manner of speaking![88)

강도 　　[*재빨리*] 좋습니다, 부인, 좋습니다. 전 기꺼이 동의하는 것을 제외하곤 아무것도 바라지 않습니다. 안녕히 계십시오, 신사 숙녀 여러분, 그리고 대단히 감사합니다.

그가 현관에서 소토버 선장과 대면했을 때 그는 서둘러 나가는 중이었다.

소토버 선장 　[*날카로운 시선으로 강도를 응시하며*] 이 자는 뭐지? 거기 너희 둘이 있는 건가?

강도 　　[*절망적인 공포로 선장 앞에서 무릎을 꿇고 탄원하며*] 오, 맙소사, 내가 무슨 짓을 한 거야? 소토버 선장, 내가 침입한 집이 당 신 집이라고 말하지 말아요.

선장은 그의 목덜미를 잡고서 일어선 상태로 그를 끌고 무리의 가운데로 데려가고, 헥토는 그들에게 길을 비켜주려고 아내 곁으로 물러난다.

소토버 선장 　[*그를 엘리 쪽으로 향하게 하며*] 자네 딸인가? [*그를 풀어준다*].

강도 　　원 이런, 선장, 내가 어떻게 알겠소? 당신과 내가 어떤 종류의 삶을 영위했는지 알지 않소. 그리고 아마 당신이 말했듯이 넓은 세상 어디선가 저 나이의 어떤 젊은 아가씨가 내 딸일지도 모르오.

소토버 선장 　[*마찌니에게*] 당신은 빌리 던이 아니야. 이 자가 빌리 던이지. 왜 당신은 날 속였지?

강도 　　[*분개해서 마찌니에게*] 당신이 나라고 자칭했소? 당신이, 내 머릴 거의 날려버리게 하는군. 어떤 의미에서는 자 신 을 쏘아 자살하는 거라구!

---

88) in a manner of speaking: 어떤 의미에서는, 어떤 면으로 보면

MAZZINI My dear Captain Shotover, ever since I came into this house I have done hardly anything else but assure you that I am not Mr William Dunn, but Mazzini Dunn, a very different person.

THE BURGLAR He dont belong to my branch, Captain. Theres two sets in the family: the thinking Dunns and the drinking Dunns, each going their own ways.[89] I'm a drinking Dunn: he's a thinking Dunn. But that didnt give him any right to shoot me.

CAPTAIN SHOTOVER So youve turned burglar, have you?

THE BURGLAR No, Captain: I wouldnt disgrace our old sea calling by such a thing. I am no burglar.

LADY UTTERWORD What were you doing with my diamonds?

GUINNESS What did you break into the house for if youre no burglar?

RANDALL Mistook the house for your own[90] and came in by the wrong window, eh?

THE BURGLAR Well, it's no use my telling you a lie: I can take in most captains, but not Captain Shotover, because he sold himself to the devil in Zanzibar, and can divine water, spot gold, explode a cartridge in your pocket with a glance of his eye, and see the truth hidden in the heart of man. But I'm no burglar.

CAPTAIN SHOTOVER Are you an honest man?

마찌니	친애하는 소토버 선장님, 난 이 집에 온 이래로 내가 윌리엄 던 씨가 아니라 아주 다른 사람인 마찌니 던이라고 확신시키는 걸 제외하곤 거의 다른 어떤 건 하지 않았소.
강도	선장, 그는 내 교회 소속이 아니오. 가문에 두 개의 파가 있소. 각기 자기 길을 가는 생각하는 던 집안과 음주하는 던 집안이요. 난 음주하는 던이고 그는 생각하는 던이오. 하지만 그게 그에게 날 쏠 어떤 권리를 주지는 않소.
소토버 선장	그래서 자넨 강도가 되었나, 그런 건가?
강도	아니오, 선장. 난 그러한 것에 의해 오랜 우리 바다의 소명을 망신시키지는 않을 거요. 난 강도가 아니오.
귀부인 어터우드	당신은 내 다이아몬드로 뭘 한 거였죠?
기니스	만약 당신이 강도가 아니라면 뭣 때문에 집으로 침입했죠?
랜덜	당신 집으로 잘못 알고 엉뚱한 창문으로 들어 온 거요, 그렇소?
강도	글쎄, 내가 당신에게 거짓말 하는 건 아무 소용이 없지, 난 대부분의 선장들은 속일 수 있지만 소토버 선장은 안 돼. 왜냐하면 그는 잔지바르에서 악마에게 자신을 팔아서 눈으로 흘끗 봐도 물을 발견할 수 있고, 황금을 탐지할 수 있고, 당신 호주머니에 있는 탄약을 폭발시킬 수 있지, 그리고 사람의 마음속에 숨겨진 진실을 알 수 있다구. 하지만 난 강도가 아니오.
소토버 선장	자넨 정직한 사람인가?

---

89) go one's own way: 자기 길을 가다, 자기 생각대로 하다
90) mistake A for B: A를 B로 오인하다[혼동하다]

THE BURGLAR   I dont set up to be better than my fellow-creatures, and never did, as you well know, Captain. But what I do is innocent and pious. I enquire about for houses where the right sort of people live. I work it on them same as I worked it here. I break into the house; put a few spoons or diamonds in my pocket; make a noise; get caught; and take up a collection. And you wouldnt believe how hard it is to get caught when youre actually trying to. I have knocked over all the chairs in a room without a soul paying any attention to me. In the end I have had to walk out[91] and leave the job.

RANDALL   When that happens, do you put back the spoons and diamonds?

THE BURGLAR   Well, I dont fly in the face of Providence, if thats what you want to know.

CAPTAIN SHOTOVER   Guinness: you remember this man?

GUINNESS   I should think I do, seeing I was married to him, the blackguard!

| HESIONE | ⎫ | [exclaiming | ⎰ | Married to him! |
| LADY UTTERWORD | ⎭ | together] | ⎱ | Guinness!! |

THE BURGLAR   It wasnt legal. Ive been married to no end of women.[92] No use coming that over me.[93]

강도   전 제 동료 인간들보다 더 낫다고 자처하지 않고, 선장님, 잘 아
          시다시피, 전 결코 그렇지 않았습니다. 하지만 제가 하는 바는 결
          백하고 경건합니다. 전 올바른 종류의 사람들이 살고 있는 집들
          을 찾았습죠. 제가 이곳에서 작업했던 것과 똑같이 거기서 했죠.
          그 집에 침입해 들어가 내 주머니에 몇 개의 숟가락이나 다이아
          몬드를 넣고 소리를 내서 붙잡혔죠, 그리곤 모금을 했어요. 그런
          데 당신들은 실제로 시도하려 했을 때 붙잡히는 것이 얼마나 힘
          든지 믿으려 하질 않을 거예요. 내게 주의를 기우리는 사람이 없
          는 방에서 모든 의자에 부딪쳤다고요. 마침내 난 작업을 중단하
          고 일을 그만두어야만 했죠.

랜덜   그것이 일어났을 때 당신은 그 숟가락들과 다이아몬드들을 제자
          리에 되돌렸나요?

강도   원 이런, 만약 그게 나리가 알고 싶어 하는 거라면, 전 하느님의
          섭리에 반항하지 않습니다.

소토버 선장   기니스, 당신 이 사람을 기억하오?

기니스   제가 그와, 저 불한당과 결혼했으므로 그렇다고 생각해야만 하겠
          지요.

헤시온   ⎱   [함께   ⎰ 그와 결혼했다구!
귀부인 어터우드 ⎰   고함치며]   ⎱ 기니스!!

강도   그건 합법적이지 않았죠. 전 무수한 여인들과 결혼했어요. 이점
          을 이용해 절 불리하게 만드는 건 소용없어요.

---

91) walk out: 작업을 중단하다, 파업하다, 그만두다

92) no end of women: 무수한 여인들

93) no use coming that over me: 이점을 이용해 나를 불리하게 만드는 것은 소용없다. 여기서 that은
    앞 문장을 받는 대명사이다.

CAPTAIN SHOTOVER Take him to the forecastle [*he flings him to the door with a strength beyond his years*].

GUINNESS I suppose you mean the kitchen. They wont have him there. Do you expect servants to keep company with thieves and all sorts?

CAPTAIN SHOTOVER Land-thieves and water-thieves are the same flesh and blood. I'll have no boatswain on my quarter-deck.[94] Off with you both.

THE BURGLAR Yes, Captain. [*He goes out humbly*].

MAZZINI Will it be safe to have him in the house like that?

GUINNESS Why didnt you shoot him, sir? If I'd known who he was, I'd have shot him myself. [*She goes out*].

MRS HUSHABYE Do sit down, everybody. [*She sits down on the sofa*]

They all move except Ellie. Mazzini resumes his seat. Randall sits down in the window seat near the starboard door, again making a pendulum of his poker, and studying it as Galileo might have done. Hector sits on his left, in the middle. Mangan, forgotten, sits in the port corner. Lady Utterword takes the big chair. Captain Shotover goes into the pantry in deep abstraction. They all look after him: and Lady Utterword coughs consciously.

MRS HUSHABYE So Billy Dunn was poor nurse's little romance. I knew there had been somebody.

RANDALL They will fight their battles over again and enjoy themselves immensely.

LADY UTTERWORD [*irritably*] You are not married; and you know nothing about it, Randall. Hold your tongue.

소토버 선장	그를 앞 갑판으로 데리고 가 [선장은 자기 연령을 넘어선 힘으로 그를 문으로 내던진다].
기니스	전 선장님께서 부엌을 의미하신다고 생각해요. 그들이 그를 그곳에 남겨두려 하지 않을 거예요. 하인들이 도둑들이나 그 밖의 모든 그런 부류와 다정히 지내리라 기대하시나요?
소토버 선장	육상도둑과 해상도둑은 같은 혈육이지. 난 내 후갑판에 어떤 갑판장도 두질 않을 거야. 너희 둘 다 꺼져.
강도	네, 선장님. [그는 공손하게 나간다].
마찌니	그를 저렇게 집안에 두는 게 안전할까요?
기니스	나리, 왜 그를 쏘지 않으셨나요? 만약 그가 누군지 알았다면, 제가 스스로 그를 쏘았을 거예요. [그녀는 나간다].
허셔바이 부인	여러분 앉아요. [그녀는 소파에 앉는다] *엘리를 제외하곤 그들 모두가 움직였다. 마찌니는 자기 자리에 다시 앉는다. 랜덜은 우현 문 근처 창쪽 좌석에 앉아 다시 그의 부지깽이로 진자운동을 하며 아마도 갈릴레오가 그랬었을 것처럼 그것을 관찰하고 있다. 헥토는 중앙에서 그의 왼 쪽에 앉는다. 잊혀진 망간은 좌현 코너에 앉는다. 귀부인 어터우드는 큰 의자를 차지한다. 소토버 선장은 심히 넋을 잃고 찬방으로 들어간다. 모두 그의 뒤를 지켜보고 귀부인 어터우드는 의식적으로 기침을 한다.*
허셔바이 부인	그러니 빌리 던이 불쌍한 유모의 작은 로맨스였군. 난 누군가가 있었다는 건 알고 있었어.
랜덜	그들은 옛날 경력담을 얘기하며 굉장히 즐거운 시간을 보낼 거야.
귀부인 어터우드	[짜증내며] 당신은 미혼이잖아요. 그러니 거기에 대해 아무것도 몰라요, 랜덜. 잠자코 있어요.

---

94) I'll have no boatswain on my quarter-deck: 'quarter-deck'은 배 뒤 후갑판으로 영국 배에서는 선장이나 고위 장교를 위한 곳으로 지위가 낮은 선원은 머무는 것이 허락되지 않는다.

RANDALL   Tyrant!

MRS HUSHABYE Well, we have had a very exciting evening. Everything will be an anticlimax after it. We'd better all go to bed.

RANDALL   Another burglar may turn up.

MAZZINI   Oh, impossible! I hope not.

RANDALL   Why not? There is more than one burglar in England.

MRS HUSHABYE What do you say, Alf?

MANGAN   [huffily] Oh, I dont matter. I'm forgotten. The burglar has put my nose out of joint.[95] Shove me into a corner and have done with me.

MRS HUSHABYE [jumping up mischievously, and going to him] Would you like a walk on the heath, Alfred? With me?

ELLIE   Go, Mr Mangan. It will do you good. Hesione will soothe you.

MRS HUSHABYE [slipping her arm under his and pulling him upright] Come, Alfred. There is a moon: it's like the night in Tristan and Isolde.[96] [She caresses his arm and draws him to the port garden door].

MANGAN   [writhing but yielding] How you can have the face—the heart— [He breaks down and is heard sobbing as she takes him out].

랜덜	폭군이군!
허셔바이 부인	원 이런, 우린 아주 흥분된 저녁을 보내고 있어요. 그 이후엔 모든 게 앤티 클라이막스가 될 거예요. 모두 잠자리에 드는 게 낫겠어요.
랜덜	또 다른 강도가 나타날 지도 몰라요.
마찌니	오, 불가능해! 난 바라지 않아.
랜덜	왜 안 되죠? 영국에는 한 명 이상의 강도가 있어요.
허셔바이 부인	엘프, 당신은 어때요?
망간	[퉁명스럽게] 오, 난 상관없소. 난 잊혀졌소. 그 강도가 내 내 콧대를 꺾었소. 날 코너로 밀어 넣고 해치웠소.
허셔바이 부인	[장난기 있게 벌떡 일어서 그에게 가며] 히스 황야에서 산책할래요? 나랑 말예요?
엘리	가세요, 망간 씨. 그게 당신에게 이로울 거예요. 헤시온이 당신을 위로할 거예요.
허셔바이 부인	[그녀의 팔을 그의 팔 아래에 끼우고 그를 똑바로 세워 끌어 올리며] 자, 알프레드. 달이 있어요, 트리스탄과 이졸데의 밤과 같아요. [그녀는 그의 팔을 어루만지고 그를 좌현 정원 문으로 잡아끈다].
망간	[몸부림치지만 굴복하며] 어떻게 당신은 그렇게 뻔뻔스러울 수 있지 —그런 용기가— [그는 울며 주저앉고 그녀가 그를 데리고 나갈 때 흐느껴 우는 소리가 들린다].

---

95) put one's nose out of joint: (구어) 콧대를 꺾다, 코를 납작하게 하다

96) Tristan and Isolde: 가장 유명한 중세 로망스 중 하나인 *Tristan and Isolde*의 남녀 주인공. 이 로망스는 켈트인의 옛 전설을 소재로 하고 있으며, 남녀 주인공의 사랑과 죽음이 갖는 강렬함과 아름다움 때문에 이후 수세기에 걸쳐 많은 문인, 예술가, 음악가 등에게 영감을 준 서구 연애문학의 전형이 되었다. 두 주인공 트리스탄과 이졸데는 사랑에 빠지나 잘못된 사랑의 묘약으로 결코 그 사랑을 이루지 못하고 죽음에 이르는 비극적 사랑을 상징하는 존재로 인용된다.

LADY UTTERWORD   What an extraordinary way to behave! What is the matter with the man?

ELLIE   [*in a strangely calm voice, staring into an imaginary distance*] His heart is breaking: that is all. [*The Captain appears at the pantry door, listening*]. It is a curious sensation: the sort of pain that goes mercifully beyond our powers of feeling. When your heart is broken, your boats are burned: nothing matters any more. It is the end of happiness and the beginning of peace.

LADY UTTERWORD   [*suddenly rising in a rage, to the astonishment of the rest*] How dare you?

HECTOR   Good heavens! Whats the matter?

RANDALL   [*in a warning whisper*] Tch—tch-tch! Steady.

ELLIE   [*surprised and haughty*] I was not addressing you particularly, Lady Utterword. And I am not accustomed to being asked how dare I.

LADY UTTERWORD   Of course not. Anyone can see how badly you have been brought up.

MAZZINI   Oh, I hope not, Lady Utterword. Really!

LADY UTTERWORD   I know very well what you meant. The impudence!

ELLIE   What on earth do you mean?

CAPTAIN SHOTOVER   [*advancing to the table*] She means that her heart will not break. She has been longing all her life for someone to break it. At last she has become afraid she has none to break.

귀부인 어터우드 정말 괴상한 행동 방식이군! 저 사람에게 무슨 문제가 있는 거지?

엘리 [가상의 먼 곳을 응시하며 이상하게 차분한 목소리로] 그의 마음이 비탄에 잠겨있어요. 그게 다예요. [선장이 찬방 문에 나타나 귀를 기울이고 있다]. 그건 묘한 기분이에요. 다행히도 우리 감정의 능력으로는 어쩔 수 없는 종류의 고통이죠. 당신 마음이 비탄에 잠길 때 당신 배는 불타고 더 이상 아무것도 문제 되지 않아요. 그건 행복의 끝이자 평화의 시작이에요.

귀부인 어터우드 [나머지 사람들이 놀랄 정도로 갑자기 화를 벌컥 내어 일어나며] 어떻게 감히 네가?

헥토 맙소사! 무슨 일이요?

랜덜 [경고하는 낮은 목소리로] 쯔ㅡ쯔ㅡ찍! 조심해요.

엘리 [놀라면서도 도도하게] 귀부인 어터우드, 난 특별히 당신에게 말을 거는 게 아니에요. 그리고 난 어떻게 감히 내가 그러냐고 질문 받는데 익숙하지 않아요.

귀부인 어터우드 물론 그렇지 않겠지. 누구든 네가 얼마나 잘못 자랐는지 알 수 있어.

마찌니 오, 귀부인 어터우드, 난 그러지 않길 바라오. 정말이오!

귀부인 어터우드 난 네가 의미하는 걸 아주 잘 알아. 경망함이란!

엘리 도대체 당신은 무슨 뜻으로 말하는 건가요?

소토버 선장 [테이블로 나아가며] 저 아인 자기 마음이 비탄에 잠기지 않을 거라고 말하는 거요. 저 아인 자기 삶 내내 누군가가 자기 마음을 비탄에 빠뜨리길 갈망해 왔소. 마침내 저 아인 비탄에 잠길 아무것도 없다는 걸 두려워하게 되었소.

LADY UTTERWORD   [*flinging herself on her knees and throwing her arms round him*] Papa: dont say you think Ive no heart.

CAPTAIN SHOTOVER   [*raising her with grim tenderness*] If you had no heart how could you want to have it broken, child?

HECTOR   [*rising with a bound*] Lady Utterword: you are not to be trusted. You have made a scene [*he runs out into the garden through the starboard door*].

LADY UTTERWORD   Oh! Hector, Hector! [*she runs out after him*].

RANDALL   Only nerves, I assure you. [*He rises and follows her, waving the poker in his agitation*]. Ariadne! Ariadne! For God's sake, be careful. You will— [*he is gone*].

MAZZINI   [*rising*] How distressing! Can I do anything, I wonder?

CAPTAIN SHOTOVER   [*promptly taking his chair and setting to work at the drawing-board*] No. Go to bed. Goodnight.

MAZZINI   [*bewildered*] Oh! Perhaps you are right.

ELLIE   Goodnight, dearest. [*She kisses him*].

MAZZINI   Goodnight, love. [*He makes for the door, but turns aside to the bookshelves*] I'll just take a book [*he takes one*]. Goodnight. [*He goes out, leaving Ellie alone with the Captain*]. *The Captain is intent on his drawing. Ellie, standing sentry over his chair, contemplates him for a moment.*

ELLIE   Does nothing ever disturb you, Captain Shotover?

CAPTAIN SHOTOVER   Ive stood on the bridge[97] for eighteen hours in a typhoon. Life here is stormier; but I can stand it.

귀부인 어터우드   [털썩 무릎을 꿇고 두 팔로 그를 껴안으며] 아버지, 제가 어떤 마음도 없다고 생각한다 말씀하시지 마세요.

소토버 선장   [단호한 애정으로 그녀를 들어 올리며] 얘야, 네가 어떤 마음도 가지지 않았다면, 어떻게 그것이 비탄에 잠기길 원할 수 있겠니?

헥토   [단숨에 일어나며] 귀부인 어터우드, 처제는 신뢰받지 못해. 야단법석을 떨고 있는 거라구 [그는 우현 문을 통해 정원으로 뛰어나간다].

귀부인 어터우드   오! 헥토 형부, 헥토 형부! [그녀는 그를 따라 뛰어나간다].

랜덜   확신컨대 단지 신경과민이오. [그는 일어나 흥분하여 부지깽이를 흔들며 그녀를 뒤따른다]. 애리애드니 형수! 애리애드니 형수! 제발, 조심해요. 형수는 아마— [그가 사라진다].

마찌니   [일어나며] 얼마나 괴로운지! 내가 어떤 걸 할 수 있을까 의아하오?

소토버 선장   [즉시 그의 의자를 차지하고 제도판에서 일을 하기 시작하면서] 없소. 잠자리에 드시오. 굿나잇.

마찌니   [당황해서] 오! 아마 당신이 옳을 거요.

엘리   굿나잇, 사랑하는 아빠. [그녀는 그에게 키스한다].

마찌니   굿나잇, 사랑하는 딸. [그는 문을 향해 나아가다 서가 쪽으로 돌아선다]. 다만 책을 한 권 가져가리다. [그는 하나를 잡는다] 굿나잇. [그는 엘리를 선장과 내버려두고 나간다].

   선장은 제도에 몰두하고 있다. 그의 의자를 파수 보며 서있는 엘리가 잠시 동안 그를 관찰한다.

엘리   소토버 선장님, 도대체 어떤 것도 당신을 방해하지 않나요?

소토버 선장   난 태풍 속에서 18시간 동안 망대에 서있었던 적이 있소. 이곳에서의 삶이 더 험악하오, 하지만 난 견딜 수 있소.

---

97) bridge: 갑판 위에 자리 잡은 망대로 이곳은 흔히 선장이 사용한다.

ELLIE   Do you think I ought to marry Mr Mangan?

CAPTAIN SHOTOVER [*never looking up*] One rock is as good as another
        to be wrecked on.

ELLIE   I am not in love with him.

CAPTAIN SHOTOVER Who said you were?

ELLIE   You are not surprised?

CAPTAIN SHOTOVER Surprised! At my age!

ELLIE   It seems to me quite fair. He wants me for one
        thing: I want him for another.

CAPTAIN SHOTOVER Money?

ELLIE   Yes.

CAPTAIN SHOTOVER Well, one turns the cheek: the other kisses it.
        One provides the cash: the other spends it.

ELLIE   Who will have the best of[98] the bargain, I wonder?

CAPTAIN SHOTOVER You. These fellows live in an office all day. You
        will have to put up with him from dinner to
        breakfast; but you will both be asleep most of that
        time. All day you will be quit of him; and you will
        be shopping with his money. If that is too much for
        you, marry a seafaring man: you will be bothered
        with him only three weeks in the year, perhaps.

ELLIE   That would be best of all, I suppose.

CAPTAIN SHOTOVER It's a dangerous thing to be married right up to
        the hilt,[99] like my daughter's husband. The man is
        at home all day, like a damned soul in hell.

엘리	제가 망간 씨와 결혼해야만 하다고 생각하시나요?
소토버 선장	[전혀 쳐다보지 않으며] 걸려 난파되기엔 하나의 암초는 또 다른 것과 매한가지지.
엘리	전 그를 사랑하지 않아요.
소토버 선장	누가 당신이 그렇다고 했소?
엘리	놀라지 않으시나요?
소토버 선장	놀라다니! 내 나이에!
엘리	그건 제게 아주 공평한 것 같아요. 그는 내게 하나를 원하고, 전 그에게 또 다른 걸 원하죠.
소토버 선장	돈을?
엘리	그래요.
소토버 선장	글쎄, 한 사람이 뺨을 돌리고, 다른 이가 거기에 키스하는 거군. 한 사람이 현찰을 제공하고, 다른 이가 그걸 쓰는 거군.
엘리	누가 그 거래에서 가장 이득을 볼 건지 의아하네요?
소토버 선장	당신이지. 이런 자들은 온 종일 사무실에서 살아. 당신은 저녁부터 아침까지 그를 견디어야만 할 거야, 하지만 둘은 그 시간 대부분 잠을 잘걸. 하루 종일 당신은 그를 벗어나 있을 것이고, 그의 돈으로 쇼핑을 할 거야. 만약 그게 당신에게 너무 심하다면, 뱃사람과 결혼해, 그러면 아마도 당신은 1년에 단지 3주 만 그로 인해 성가실 거요.
엘리	그게 모든 것 중 가장 나을 거라고 생각되는군요.
소토버 선장	내 딸의 남편처럼 철저히 결혼하는 건 위험한 것이오. 사내가 지옥에 있는 저주 받은 영혼처럼 종일 집에 있다오.

---

98) have the best of ~: ~을 가장 잘 이용하다, ~에서 가장 득[이득]을 보다
99) up to the hilt: 가능한대로 최대한, 철저히, 완전히

ELLIE   I never thought of that before.

CAPTAIN SHOTOVER If youre marrying for business, you cant be too businesslike.

ELLIE   Why do women always want other women's husbands?

CAPTAIN SHOTOVER Why do horse-thieves prefer a horse that is broken-in[100] to one that is wild?

ELLIE   [with a short laugh] I suppose so. What a vile world it is!

CAPTAIN SHOTOVER It doesnt concern me. I'm nearly out of it.

ELLIE   And I'm only just beginning.

CAPTAIN SHOTOVER Yes; so look ahead.

ELLIE   Well, I think I am being very prudent.

CAPTAIN SHOTOVER I didnt say prudent. I said look ahead.

ELLIE   Whats the difference?

CAPTAIN SHOTOVER It's prudent to gain the whole world and lose your own soul. But dont forget that your soul sticks to you if you stick to it; but the world has a way of slipping through your fingers.[101]

ELLIE   [wearily, leaving him and beginning to wander restlessly about the room] I'm sorry, Captain Shotover; but it's no use talking like that to me. Old-fashioned people are no use to me. Old-fashioned people think you can have a soul without money. They think the less money you have, the more soul you have. Young people nowadays know better. A soul is a very expensive thing to keep: much more so than a motor car.

엘리	이전에 전 결코 거기에 대해 생각해본 적이 없어요.
소토버 선장	만약 당신이 비즈니스를 위해 결혼하려 한다면, 당신은 너무나 비즈니스적일 수는 없을 거요.
엘리	왜 여자들은 언제나 다른 여자들의 남편들을 원하는 거죠?
소토버 선장	왜 말 도둑들이 야생의 것보다 누군가에게 길들여진 말들을 더 좋아하지?
엘리	[갑자기 웃으며] 저도 그렇게 생각해요. 세상이 정말 얼마나 타락했는지!
소토버 선장	그건 나와 관계가 없소. 난 거의 거기서 떠났소.
엘리	그런데 전 단지 막 시작하고 있어요.
소토버 선장	맞소, 그러니 앞을 보시오.
엘리	글쎄요, 전 제가 아주 신중하다고 생각해요.
소토버 선장	난 신중하라고 말하진 않았소. 앞을 보라고 말했소.
엘리	차이가 뭔가요?
소토버 선장	온 세상을 얻고 당신 자신의 영혼을 잃는 건 신중한 것이요. 하지만 만약 당신이 그것에 충실하다면, 당신 영혼이 당신에게 충실할 것임을 잊지 마시오, 그러나 세상은 당신 손에서 스스로 빠져나가는 버릇이 있소.
엘리	[지쳐서 그를 떠나 안절부절 못하고 방을 돌아다니기 시작하며] 소토버 선장님, 죄송해요, 하지만 제게 그렇게 말씀하시는 건 아무 소용이 없어요. 구식 사람들은 제게 아무 소용이 없어요. 구식인 사람들은 돈 없이도 영혼을 가질 수 있다고 생각하죠. 그들은 돈을 적게 가지면 가질수록 영혼을 더욱 더 지닌다고 생각하죠. 오늘날 젊은 사람들이 더 잘 알죠. 영혼은 지키기에 아주 값비싼 것임을 말예요, 자동차보다 훨씬 더 그렇다는 걸 말예요.

---

100) broken-in: 길들여진

101) slip through one's fingers: 손가락 사이로 스르르 빠져나가다, ~을 손에서 놓치다, ~을 떨어뜨리다

225

CAPTAIN SHOTOVER Is it? How much does your soul eat?

ELLIE Oh, a lot. It eats music and pictures and books and mountains and lakes and beautiful things to wear and nice people to be with. In this country you cant have them without lots of money: that is why our souls are so horribly starved.

CAPTAIN SHOTOVER Mangan's soul lives on pigs' food.

ELLIE Yes: money is thrown away on him. I suppose his soul was starved when he was young. But it will not be thrown away on me. It is just because I want to save my soul that I am marrying for money. All the women who are not fools do.

CAPTAIN SHOTOVER There are other ways of getting money. Why dont you steal it?

ELLIE Because I dont want to go to prison.

CAPTAIN SHOTOVER Is that the only reason? Are you quite sure honesty has nothing to do with it?

ELLIE Oh, you are very very old-fashioned, Captain. Does any modern girl believe that the legal and illegal ways of getting money are the honest and dishonest ways? Mangan robbed my father and my father's friends. I should rob all the money back from Mangan if the police would let me. As they wont, I must get it back by marrying him.

소토버 선장 그렇소? 당신의 영혼은 얼마나 많이 먹었소?

엘리 오, 꽤요. 그건 음악과 그림 그리고 산과 호수 그리고 입을 아름다운 것들과 함께 할 멋진 사람들을 먹었죠. 이 나라에서 당신은 많은 돈 없이는 그런 것들을 가질 수 없어요, 그게 바로 우리들의 영혼이 그렇게 끔찍하게 굶주리는 이유예요.

소토버 선장 망간의 영혼은 돼지 먹이를 주식으로 하는군.

엘리 맞아요, 돈이 그에게 낭비되고 있어요. 전 그가 젊었을 때 영혼은 굶주렸다고 생각해요. 제가 돈을 위해 결혼하는 건 바로 제가 제 영혼을 구하고 싶기 때문이에요. 바보가 아닌 모든 여자들은 그렇게 해요.

소토버 선장 돈을 얻는 다른 방법들이 있소. 왜 그걸 훔치지 않소?

엘리 감옥에 가고 싶지 않기 때문이죠.

소토버 선장 그게 유일한 이유요? 당신은 정직함이 그것과 아무런 관련이 없다고 확신하오?

엘리 오, 당신은 아주 아주 구식이에요, 선장님. 어느 현대여성이 돈을 얻는 합법적인 방법과 불법적인 방법이 정직한 것과 부정직한 것이라고 믿나요? 망간이 아버지와 아버지의 친구들을 강탈했어요. 만약 경찰이 제가 그렇게 하도록 한다면, 전 망간으로부터 모든 돈을 다시 강탈할 거예요. 그들이 그렇게 하지 않을 것이기에 전 그와 결혼함으로써 그걸 되찾아야만 해요.

CAPTAIN SHOTOVER I cant argue: I'm too old: my mind is made up and finished. All I can tell you is that, old-fashioned or new-fashioned, if you sell yourself, you deal your soul a blow that all the books and pictures and concerts and scenery in the world wont heal. [*he gets up suddenly and makes for the pantry*].

ELLIE [*running after him and seizing him by the sleeve*] Then why did you sell yourself to the devil in Zanzibar?

CAPTAIN SHOTOVER [*stopping, startled*] What?

ELLIE You shall not run away before you answer. I have found out that trick of yours. If you sold yourself, why shouldnt I?

CAPTAIN SHOTOVER I had to deal with men so degraded that they wouldnt obey me unless I swore at them and kicked them and beat them with my fists. Foolish people took young thieves off the streets; flung them into a training ship where they were taught to fear the cane instead of fearing God; and thought theyd made men and sailors of them by private subscription. I tricked these thieves into believing I'd sold myself to the devil. It saved my soul from the kicking and swearing that was damning me by inches.

ELLIE [*releasing him*] I shall pretend to sell myself to Boss Mangan to save my soul from the poverty that is damning me by inches.

CAPTAIN SHOTOVER Riches will damn you ten times deeper. Riches wont save even your body.

소토버 선장	난 논쟁을 할 수 없소. 너무 늙었고, 내 생각은 만들어져 완성되었소. 내가 당신에게 말할 수 있는 모든 건 구식이건 신식이건 만약 당신이 자신을 판다면, 당신 영혼에 세상 모든 책과 그림 그리고 콘서트와 경치가 치유 못 할 일격을 가하는 것이라는 거요. [그는 갑자기 일어나서 찬방을 향해 나아간다].
엘리	[그를 따라 뛰어가 소매를 불잡으며] 그런데 왜 당신은 잔지바르에서 악마에게 자신을 팔았죠?
소토버 선장	[깜짝 놀라 멈추며] 뭐라고?
엘리	대답하기 전에 도망가선 안 돼요. 전 당신 책략을 알아내야만 해요. 만약 당신이 자신을 팔았다면, 왜 제가 그래선 안 되죠?
소토버 선장	난 내가 그들에게 욕을 하고 발길질 하고 주먹으로 때리지 않는다면 내게 복종하지 않을 정도로 그렇게 타락한 사람들을 다루어야만 했소. 어리석은 사람들은 젊은 도둑들을 거리로 데리고 가서 그들이 하느님을 두려워하는 대신 회초리를 두려워하는 연습선에 집어넣었소. 그리고 개인 기부금으로 그들을 인간이자 선원으로 만든다고 생각했소. 난 이 도둑들이 내 자신을 악마에게 팔았다고 믿도록 속였소. 그것이 차츰 나를 파멸시켜가고 있던 발길질과 욕설로부터 내 영혼을 구했소.
엘리	[그를 놓아주며] 전 저를 차츰 파멸시켜가는 가난으로부터 제 영혼을 구하기 위해 제 자신을 보스 망간에게 판 척 할 거예요.
소토버 선장	부가 당신을 열 배는 더 심하게 파멸시킬 거요. 부는 심지어 당신 육신도 구하지 못할 거요.

ELLIE   Old-fashioned again. We know now that the soul is the body, and the body the soul. They tell us they are different because they want to persuade us that we can keep our souls if we let them make slaves of our bodies. I am afraid you are no use to me, Captain.

CAPTAIN SHOTOVER   What did you expect? A Savior, eh? Are you old-fashioned enough to believe in that?

ELLIE   No. But I thought you were very wise, and might help me. Now I have found you out.[102] You pretend to be busy, and think of fine things to say, and run in and out to surprise people by saying them, and get away before they can answer you.

CAPTAIN SHOTOVER   It confuses me to be answered. It discourages me. I cannot bear men and women. I h a v e to run away. I must run away now [*he tries to*].

ELLIE   [*again seizing his arm*] You shall not run away from me. I can hypnotize you. You are the only person in the house I can say what I like to. I know you are fond of me. Sit down. [*She draws him to the sofa*].

CAPTAIN SHOTOVER   [*yielding*] Take care: I am in my dotage. Old men are dangerous: it doesnt matter to them what is going to happen to the world.

They sit side by side on the sofa. She leans affectionately against him with her head on his shoulder and her eyes half closed.

엘리	또 구식이네요. 지금 우리는 영혼이 육신이고 육신이 영혼이라는 걸 알아요. 사람들은 만약 우리 영혼을 우리 육신의 노예로 만들도록 한다면 영혼을 지킬 수 있다고 우릴 설득하고자 원하기 때문에 그것들이 다르다고 우리에게 말하는 거예요. 당신이 제게 아무 소용없는 게 유감이군요, 선장님.
소토버 선장	당신은 뭘 기대하는 거요? 뭐라고, 구세주 같은 건가? 당신은 그걸 믿을 정도로 충분히 구식인가?
엘리	아뇨. 하지만 전 당신이 아주 현명하고 절 도울 수 있을 지도 모른다고 생각했어요. 이제 당신 정체를 파악했어요. 당신은 바쁜 척 하고, 말할 멋진 것들을 생각하며, 그들에게 말함으로써 사람들을 놀라게 하려고 들락날락 뛰어다니고, 그들이 당신에게 대답을 할 수 있기 전에 달아나죠.
소토버 선장	대답을 듣는 게 날 혼란시키오. 그게 날 낙담시키오. 난 남자들과 여자들을 견딜 수가 없소. 난 달아나야 만 하오. 난 지금 달아나야만 하오. [그는 그렇게 하려 한다].
엘리	[다시 그의 팔을 잡으며] 당신은 제게서 달아나지 못해요. 전 당신에게 최면을 걸 수 있어요. 당신은 이 집에서 제가 하고 싶은 바를 말할 수 있는 유일한 사람이에요. 당신이 절 좋아한다는 걸 알아요. 앉아요. [그녀는 그를 소파로 데리고 간다].
소토버 선장	[복종하며] 주의해요, 난 노망나 있소. 노인들은 위험하오, 세상에 뭐가 일어날 건지는 그들에게 문제가 되지 않소.

그들은 소파에 나란히 앉는다. 그녀는 머리를 그의 어깨에 대고 눈을 반쯤 감고서 애정 어리게 그에게 기댄다.

---

102) find (a person) out: 정체를 파악하다

ELLIE   *[dreamily]* I should have thought nothing else mattered to old men. They cant be very interested in what is going to happen to themselves.

CAPTAIN SHOTOVER   A man's interest in the world is only the overflow from his interest in himself. When you are a child your vessel is not yet full; so you care for nothing but your own affairs. When you grow up, your vessel overflows; and you are a politician, a philosopher, or an explorer and adventurer. In old age the vessel dries up: there is no overflow: you are a child again. I can give you the memories of my ancient wisdom: mere scraps and leavings; but I no longer really care for anything but my own little wants and hobbies. I sit here working out my old ideas as a means of destroying my fellow-creatures. I see my daughters and their men living foolish lives of romance and sentiment and snobbery. I see you, the younger generation, turning from their romance and sentiment and snobbery to money and comfort and hard common sense. I was ten times happier on the bridge in the typhoon, or frozen into Arctic ice for months in darkness, than you or they have ever been. You are looking for a rich husband. At your age I looked for hardship, danger, horror, and death, that I might feel the life in me more intensely. I did not let the fear of death govern my life; and my reward was, I had my life. You are going to let the fear of poverty govern your life; and your reward will be that you will eat, but you will not live.

엘리   [꿈꾸듯이] 전 노인들에게 문제가 되는 것 외에는 아무것도 생각해서는 안 돼요. 노인들은 자신들에게 일어날 바에 대해 매우 관심을 가질 순 없어요.

소토버 선장   세상에 대한 인간의 관심은 단지 자신에 대한 관심으로부터 넘쳐흐르는 거요. 어린 아이였을 때 그릇은 아직 가득 차지 않았소, 그래서 자신의 문제를 제외한곤 아무것도 돌보지 않소. 성장할 때 그릇은 넘치고, 그래서 그 사람은 정치가, 철학자 또는 탐험가이자 모험가요. 노년에 그 그릇은 바싹 마르고 어떤 넘침도 없고 인간은 다시 어린 아이요. 난 당신에게 내 오래된 지혜의 기억들을, 단지 조각들과 찌꺼기들을 줄 수 있소, 그러나 난 더 이상 내 자신의 작은 필수품과 취미들을 제외하곤 정말로 어떤 것도 돌볼 수 없소. 난 나의 낡은 사상들을 내 동료 인간들을 파괴하는 수단으로 이해하며 여기 앉아 있소. 내 딸들과 사위들이 로맨스와 감상 그리고 속물근성으로 이루어진 어리석은 삶을 살고 있는 걸 알지. 더 젊은 세대인 당신은 그들의 로맨스와 감상 그리고 속물근성으로부터 돈과 편안함 그리고 현실적인 상식으로 돌아섰다는 걸 알고 있소. 난 태풍 속 망대에서 또는 어둠 속에서 몇 달 동안 북극 얼음으로 얼어있으면서 당신이나 그들이 행복한 것보다 열 배나 더 행복했소. 당신은 부유한 남편을 찾고 있지. 난 당신 나이에 내가 삶을 더 강렬하게 느낄 지모를 고난, 위험, 공포, 그리고 죽음을 찾았소. 난 죽음에 대한 두려움이 내 삶을 지배하도록 하지 않았고, 보상은 내가 내 삶을 소유했다는 거였소. 당신은 가난에 대한 두려움이 당신 삶을 지배하도록 하려는 것이고 당신의 보상은 먹겠지만 살지는 못할 거라는 거요.

ELLIE   [*sitting up impatiently*] But what can I do? I am not a
         sea captain: I cant stand on bridges in typhoons, or
         go slaughtering seals and whales in Greenland's icy
         mountains. They wont let women be captains. Do
         you want me to be a stewardess?

CAPTAIN SHOTOVER There are worse lives. The stewardesses could
         come ashore if they liked; but they sail and sail and
         sail.

ELLIE   What could they do ashore but marry for money? I
         dont want to be a stewardess: I am too bad a sailor.
         Think of something else for me.

CAPTAIN SHOTOVER I cant think so long and continuously. I am too
         old. I must go in and out. [*He tries to rise*].

ELLIE   [*pulling him back*] You shall not. You are happy here,
         arnt you?

CAPTAIN SHOTOVER I tell you it's dangerous to keep me. I cant keep
         awake and alert.

ELLIE   What do you run away for? To sleep?

CAPTAIN SHOTOVER No. To get a glass of rum.

ELLIE   [*frightfully disillusioned*] Is t h a t it? How disgusting! Do
         you like being drunk?

CAPTAIN SHOTOVER No: I dread being drunk more than anything in
         the world. To be drunk means to have dreams; to
         go soft; to be easily pleased and deceived; to fall
         into the clutches of women. Drink does that for you

엘리	[성급하게 똑바로 앉으며] 하지만 제가 무엇을 할 수 있겠어요? 전 선장이 아니어서 태풍 속 망대에 서있을 수 없고, 또 그린란드 얼음산에 있는 바다표범과 고래를 살육하러 갈 수 없어요. 사람들은 여자가 선장이 되도록 하지 않을 거예요. 당신은 제가 여승무원이 되길 원하나요?
소토버 선장	더 나쁜 삶들이 있소. 만약 원한다면 여승무원들은 상륙할 수 있소, 하지만 그들은 항해하고 항해하고 항해하지.
엘리	돈을 위해 결혼하는 걸 제외한다면 육상에서 무엇을 할 수 있겠어요? 전 여승무원이 되고 싶진 않아요, 전 너무 나쁜 선원이에요. 저를 위해 다른 어떤 걸 생각해 보세요.
소토버 선장	그렇게 오래 동안 계속해서 생각할 수 없소. 난 너무 늙었소. 들락날락 해야만 하오. [그는 일어나려고 한다].
엘리	[그를 뒤로 잡아당기며] 그래선 안 돼요. 당신은 여기서 행복하죠, 그렇지 않나요?
소토버 선장	당신에게 말하건대 날 잡는 건 위험하오. 난 자지 않고 경계를 설 순 없소.
엘리	뭣 때문에 도망가는 거죠? 자려고요?
소토버 선장	아니오. 럼주 잔을 가지러요.
엘리	[지독히 환멸을 느끼며] 그 건 가 요? 정말 혐오스럽군요? 당신은 취하고 싶나요?
소토버 선장	아니오. 난 세상에 다른 어떤 것보다도 취하는 게 두렵소. 취하게 되는 건 꿈을 갖는 걸 의미하오, 부드럽게 되는 거지, 쉽게 만족하고 기만당하는 거고, 여자 손아귀에 떨어지는 거란 말이오.

when you are young. But when you are old: very very old, like me, the dreams come by themselves. You dont know how terrible that is: you are young: you sleep at night only, and sleep soundly. But later on you will sleep in the afternoon. Later still you will sleep even in the morning; and you will awake tired, tired of life. You will never be free from dozing and dreams: the dreams will steal upon your work every ten minutes unless you can awaken yourself with rum. I drink now to keep sober; but the dreams are conquering: rum is not what it was: I have had ten glasses since you came; and it might be so much water. Go get me another: Guinness knows where it is. You had better see for yourself the horror of an old man drinking.

ELLIE   You shall not drink. Dream. I like you to dream. You must never be in the real world when we talk together.

CAPTAIN SHOTOVER   I am too weary to resist, or too weak. I am in my second childhood. I do not see you as you really are. I cant remember what I really am. I feel nothing but the accursed happiness I have dreaded all my life long: the happiness that comes as life goes, the happiness of yielding and dreaming instead of resisting and doing, the sweetness of the fruit that is going rotten.

음주는 당신이 젊었을 때는 당신을 위해 그걸 하지. 하지만 당신이 늙을 때 나처럼 아주 아주 늙을 때 그 꿈들은 혼자서 나타나지. 당신은 그것이 얼마나 끔찍한지 몰라. 당신은 젊어서 단지 밤에만 자고 푹 자거든. 하지만 나중에 당신은 오후에 잘 거야. 한층 뒤에 당신은 심지어 아침에 잘 거고 싫증나 삶에 싫증나서 깰 거야. 당신은 결코 꾸벅꾸벅 조는 것과 꿈으로부터 벗어날 수가 없어, 즉 만약 당신이 럼주로 스스로를 깨울 수 없다면, 꿈은 매 10분마다 당신 일에 스며들 거야. 지금 난 맑은 정신을 지키려고 술을 마시오, 하지만 꿈이 승리를 얻고 럼주는 이전의 그것이 아니라오. 난 당신이 온 이래로 10잔을 마셨지만 그 만큼의 물일런지도 모르오. 가서 내게 또 다른 한 잔을 갖다 주오. 기니스가 그것이 있는 곳을 안다오. 당신 스스로 술 마시는 늙은이의 공포를 아는 게 낫소.

엘리   당신은 술을 마셔선 안 돼요. 꿈을 꿔요. 전 당신이 꿈꾸는 게 좋아요. 당신은 우리가 함께 이야기 할 때 결코 실제 세계에 있어서는 안 돼요.

소토버 선장   저항하기엔 난 너무나 지쳤거나 너무 약하오. 난 제 2의 유년기에 있소. 실제 그대로의 당신을 볼 수가 없소. 내가 실제 어떤 존재인지 기억할 수 없소. 내가 한평생 두려워해온 그 저주받은 행복을, 삶이 진행됨에 따라 나타나는 그 행복을, 즉 저항하고 행동하는 대신 썩어가는 과일의 달콤함처럼 포기하고 꿈꾸는 행복을 제외하곤 아무것도 느끼지 못하오.

ELLIE　You dread it almost as much as I used to dread losing my dreams and having to fight and do things. But that is all over for me: m y dreams are dashed to pieces. I should like to marry a very old, very rich man. I should like to marry you. I had much rather marry you than marry Mangan. Are you very rich?

CAPTAIN SHOTOVER　No. Living from hand to mouth.[103] And I have a wife somewhere in Jamaica: a black one. My first wife. Unless she's dead.

ELLIE　What a pity! I feel so happy with you. [*She takes his hand, almost unconsciously, and pats it*]. I thought I should never feel happy again.

CAPTAIN SHOTOVER　Why?

ELLIE　Dont you know?

CAPTAIN SHOTOVER　No.

ELLIE　Heartbreak.[104] I fell in love with Hector, and didnt know he was married.

CAPTAIN SHOTOVER　Heartbreak? Are you one of those who are so sufficient to themselves that they are only happy when they are stripped of everything, even of hope?

엘리	당신은 거의 제가 꿈을 잃고 싸우고 일들을 해만 하는 걸 두려워 하곤 했던 것만큼 두려워하는 군요. 하지만 그건 제겐 모두 끝났 어요, 저 의 꿈은 산산이 부수어졌어요. 저는 아주 늙고 아주 부 유한 남자와 결혼하고 싶어요. 당신과 결혼하고 싶어요. 망간과 결혼하기보다는 훨씬 더 당신과 결혼하고 싶어요. 당신은 아주 부자인가요?
소토버 선장	아니오. 하루 벌어 하루 먹고 살고 있소. 그리고 난 자메이카 어 딘가에 아내가 있소, 흑인이지. 첫 번째 아내요. 그녀가 죽지 않 았다면.
엘리	정말 유감이네요! 전 당신과 함께 너무나 행복하다고 느껴요. [그 녀는 거의 무의식적으로 그의 손을 잡고 그 손을 가볍게 두드린다]. 전 제가 결코 다시는 행복하다고 느끼지 못할 거라 생각했어요.
소토버 선장	어째서?
엘리	모르세요?
소토버 선장	모르오.
엘리	하트브레이크 때문이죠. 전 헥토와 사랑에 빠졌고 그가 결혼했다 는 걸 몰랐어요.
소토버 선장	하트브레이크 때문이라구? 당신은 자신에게 너무나 만족해서 모 든 걸 심지어 희망조차 빼앗겼을 때 단지 행복한 그러한 사람들 중 하나인가?

---

103) live from hand to mouth: 하루 벌어 하루 먹고 살다, 간신히 지내다, 하루살이 생활하다

104) heartbreak: 이 단어는 사전적으로 '비탄', '비통', '상심' 등의 의미를 내포하지만 이 극에서 쇼는 'heartbreak'를 단순히 개인이 겪는 순간적인 충격으로 인한 상심이나 비탄을 넘어서 전쟁을 앞 둔 위 기 상황에서도 현실을 제대로 파악하지 못하고 낭만적 유희와 안일함에 빠져있는 영국 중상류층의 만 성적인 병적 상태에 대한 메타포로 사용하고 있다. 따라서 번역문에서 문맥상 어색하지 않을 경우 '하 트브레이크'로 표기함으로써 가능한 한 작가의 메타포적 의미를 살리고자 했음을 밝혀둔다.

ELLIE [gripping the hand] It seems so; for I feel now as if there was nothing I could not do, because I want nothing.

CAPTAIN SHOTOVER Thats the only real strength. Thats genius. Thats better than rum.

ELLIE [throwing away his hand] Rum! Why did you spoil it?

Hector and Randall come in from the garden through the starboard door.

HECTOR I beg your pardon. We did not know there was anyone here.

ELLIE [rising] That means that you want to tell Mr Randall the story about the tiger. Come, Captain: I want to talk to my father; and you had better come with me.

CAPTAIN SHOTOVER [rising] Nonsense! the man is in bed.

ELLIE Aha! I've caught you. My real father has gone to bed; but the father you gave me is in the kitchen. You knew quite well all along. Come. [She draws him out into the garden with her through the port door].

HECTOR That's an extraordinary girl. She has the Ancient Mariner[105] on a string like a Pekinese dog.

RANDALL Now that they have gone, shall we have a friendly chat?

HECTOR You are in what is supposed to be my house. I am at your disposal.

Hector sits down in the draughtsman's chair, turning it to face Randall, who remains standing, leaning at his ease against the carpenter's bench.

240

엘리	[그 손을 꼭 쥐며] 그런 것 같아요, 왜냐하면 마치 제가 할 수 없는 게 아무것도 없는 것처럼 느끼고 있기 때문이죠, 제가 아무것도 원하지 않기 때문에 말예요.
소토버 선장	그것이 유일한 진짜 힘이오. 그것이 타고난 재능이오. 그게 럼주보다 더 낫소.
엘리	[그의 손을 내팽겨 치며] 럼주라뇨! 왜 당신이 그걸 망쳤나요?

헥토와 랜덜이 우현 문을 통해 정원으로부터 들어온다.

헥토	실례합니다. 우린 여기 누군가가 있는지 몰랐어요.
엘리	[일어서며] 그건 당신이 랜덜 씨에게 호랑이에 대한 이야기를 하고 싶어 한다는 의미죠. 자, 선장님, 전 아버지께 말씀드리고 싶어요, 그러니 당신이 저와 함께 가시는 게 더 낫겠어요.
소토버 선장	[일어서며] 허튼 소리. 그 사람은 잠자리에 들었소.
엘리	아하! 전 당신을 이해했어요. 제 진짜 아버지는 잠자리에 드셨지만 당신이 제게 준 아버지는 부엌에 있죠. 당신은 내내 아주 잘 알고 있었어요. 가요. [*그녀는 좌현 문을 통해 정원으로 그를 잡아끌어 나간다*].
헥토	대단한 아가씨야. 그녀는 노수부를 발발이 같이 조종하는군.
랜덜	그들이 사라졌으니 우린 다정히 잡담이나 나눌까요?
헥토	당신은 내 집에 있기로 되어 있소. 당신 뜻대로 하시오.

헥토는 제도가의 의자에 앉아 그것이 랜덜을 향하도록 하고, 랜덜은 목수의 작업대에 편하게 기대어 선채로 있다.

---

105) the Ancient Mariner: 영국의 낭만주의 시인 Samuel Taylor Coleridge(1772-1834)의 『노수부의 노래』(*The Rime of the Ancient Mariner*, 1798)에 나오는 노수부를 염두에 두고 한 말이다.

RANDALL	I take it[106] that we may be quite frank. I mean about Lady Utterword.
HECTOR	Y o u may. I have nothing to be frank about. I never met her until this afternoon.
RANDALL	[*straightening up*] What! But you are her sister's husband.
HECTOR	Well, if you come to that, you are her husband's brother.
RANDALL	But you seem to be on intimate terms with her.
HECTOR	So do you.
RANDALL	Yes: but I a m on intimate terms with her. I have known her for years.
HECTOR	It took her years to get to the same point with you that she got to with me in five minutes, it seems.
RANDALL	[*vexed*] Really, Ariadne is the limit.[107] [*he moves away huffishly towards the windows*].
HECTOR	[*coolly*] She is, as I remarked to Hesione, a very enterprising woman.
RANDALL	[*returning, much troubled*] You see, Hushabye, you are what women consider a good-looking man.
HECTOR	I cultivated that appearance in the days of my vanity; and Hesione insists on my keeping it up. She makes me wear these ridiculous things [*indicating his Arab costume*] because she thinks me absurd in evening dress.

랜덜	우리가 아마 아주 솔직할 거라고 생각하오. 귀부인 어터우드에 대해 의미하는 거요.
헥토	당신 은 그럴지 모르오. 난 거기에 대해 솔직할 게 아무것도 없소. 난 오늘 오후까지 그녀를 결코 만난 적이 없소.
랜덜	[똑바로 서며] 뭐라구요! 하지만 당신은 그녀 형부가 아니오.
헥토	원, 그런 식이면, 당신은 그녀의 시동생이 아니오.
랜덜	하지만 당신은 그녀와 절친한 사이인 것 같이 보이오.
헥토	당신도 그렇소.
랜덜	그렇소, 그러나 나 는 그녀와 절친한 사이요. 다년간 그녀를 알고 있소.
헥토	그녀가 오 분만에 나에게 이르게 되는 그 똑같은 상태가 당신에게 이르는 덴 여러 해가 걸렸던 것 같소.
랜덜	[성나서] 정말로, 애리애드니는 너무 짜증스럽소. [그는 골나서 창문 쪽으로 물러간다].
헥토	[냉정하게] 그녀는 내가 헤시온에게 말했듯이 아주 진취적인 여성이오.
랜덜	[몹시 괴로워 되돌아오며] 알다시피, 허셔바이, 당신은 여자들이 잘 생긴 남자라 여기는 존재요.
헥토	내가 허영심이 있던 시절에 외모를 가꾸었고, 헤시온은 내가 그 외모를 유지하길 고집하오. 그녀는 내가 야회용 예복을 입으면 우스꽝스럽다고 생각했기에 내가 이 우스운 것들을 [그의 아랍의상을 가리키며] 입도록 했소.

---

106) take it (that ~): (~ 라고) 상정[추정, 생각]하다
107) be the limit: 한도에 이르렀다, 너무 짜증스럽다

RANDALL	Still, you d o keep it up, old chap. Now, I assure you I have not an atom of jealousy in my disposition —
HECTOR	The question would seem to be rather whether your brother has any touch of that sort.
RANDALL	What! Hastings! Oh, dont trouble about Hastings. He has the gift of being able to work sixteen hours a day at the dullest detail, and actually likes it. That gets him to the top wherever he goes. As long as Ariadne takes care that he is fed regularly, he is only too thankful to anyone who will keep her in good humor for him.
HECTOR	And as she has all the Shotover fascination, there is plenty of competition for the job, eh?
RANDALL	[angrily] She encourages them. Her conduct is perfectly scandalous. I assure you, my dear fellow, I havent an atom of jealousy in my composition; but she makes herself the talk[108] of every place she goes to by her thoughtlessness. It's nothing more: she doesnt really care for the men she keeps hanging about her; but how is the world to know that? It's not fair to Hastings. It's not fair to me.
HECTOR	Her theory is that her conduct is so correct —

랜덜 이봐, 여전히 당신은 외모를 유지하고 있 군. 지금 정말이지 내 성향에 질투는 티끌만큼도 없소—

헥토 문제는 오히려 당신 형이 그런 종류의 어떤 기미를 가진 게 아닌 가하는 것처럼 보일 거라는 거요.

랜덜 뭐! 해스팅즈! 오 해스팅즈 형에 대해선 걱정하지 마시오. 형은 가장 지루한 세부사항으로 하루에 16시간 일을 할 수 있는 재능을 지녔고, 실제로 그걸 좋아하오. 그것이 어디를 가든 형을 정상에 이르게 하는 거요. 애리애드니 형수가 형이 규칙적으로 식사를 하도록 처리하는 한 형은 자기 대신 그녀를 기분이 좋도록 유지시켜 줄 누군가에게 너무나 감사할 뿐이오.

헥토 그리고 그녀는 모든 소토버 집안의 매력을 지니고 있기에 그 일에 많은 경쟁자가 있지, 그렇지 않소?

랜덜 [화가 나서] 형수가 그들을 조장하지. 그녀의 행동은 완벽하게 수치스럽소. 여보게 자네, 정말이지 내게 질투는 티끌만큼도 없소, 하지만 형수는 스스로를 생각 없이 가는 모든 곳의 이야깃거리로 만들지. 그건 그 이상 아무것도 아니오, 형수는 정말로 자기 주변에 계속 들러붙어 있는 남자들을 좋아하지 않소, 하지만 세상 사람들이 그걸 어찌 알겠소? 그건 해스팅즈 형에게 공정하지 않소. 그건 내게 공정하지 않소.

헥토 그녀의 지론은 자기 품행이 너무나 방정해서—

---

108) talk: 여기서는 '이야기(거리)', '소문' 등을 의미하는 명사

RANDALL	Correct! She does nothing but make scenes from morning till night. You be careful, old chap. She will get you into trouble:[109] that is, she would if she really cared for you.
HECTOR	Doesnt she?
RANDALL	Not a scrap. She may want your scalp to add to her collection; but her true affection has been engaged years ago. You had really better be careful.
HECTOR	Do you suffer much from this jealousy?
RANDALL	Jealousy! I jealous! My dear fellow, havent I told you that there is not an atom of—
HECTOR	Yes. And Lady Utterword told me she never made scenes. Well, dont waste your jealousy on my moustache. Never waste jealousy on a real man: it is the imaginary hero that supplants us all in the long run. Besides, jealousy does not belong to your easy man-of-the-world[110] pose, which you carry so well in other respects.
RANDALL	Really, Hushabye, I think a man may be allowed to be a gentleman without being accused of posing.
HECTOR	It is a pose like any other. In this house we know all the poses: our game is to find out the man under the pose. The man under your pose is apparently Ellie's favorite, Othello.

랜덜   품행이 방정하다구! 형수는 아침부터 밤까지 소란을 피우고만 있소. 이보시오, 조심하시오. 그녀는 당신을 곤경에 빠뜨릴 걸, 즉 만약 정말 당신을 좋아한다면, 그렇게 할 거요.

헥토   그녀가 그렇게 하지 않는다면?

랜덜   전혀 그렇지 않소. 형수는 당신의 머리 가죽을 그녀 컬렉션에 보태고 싶어 할지 모르오. 하지만 그녀의 참된 애정은 여러 해 전에 약혼했소. 당신은 정말 조심하는 게 낫소.

헥토   당신은 이런 질투로 인해 많은 고통을 겪는 거요?

랜덜   질투라구! 내가 질투한다구! 여보게 자네, 말했지 않았나 티끌만큼도 없다구ㅡ

헥토   맞아. 그리고 귀부인 어터우드는 내게 결코 소란을 피운 적이 없다고 말했소. 글쎄, 내 콧수염에 당신 질투를 낭비하지 마시오. 진짜 남자에 대해 결코 질투를 낭비하지 마오. 결국 우리 모두를 대체하는 건 바로 가상의 영웅이오. 게다가 질투는 당신의 손쉬운 상류사회 인사의 포즈에 속하지 않고, 당신은 다른 국면에서 그런 포즈를 너무나 잘 지니고 있소.

랜덜   정말로, 허셔바이, 난 남자란 포즈를 취한다고 비난받는 것 없이 신사로 인정될 거라 생각하오.

헥토   그것은 어떤 다른 것과 같은 포즈지요. 이 집에서 우리는 그 모든 포즈를 알고 있고, 우리 게임은 그런 포즈 밑에 있는 인간을 알아채는 거요. 당신 포즈 밑에 있는 인간은 분명히 엘리가 좋아하는 존재인 오셀로요.

---

109) get you into trouble: 곤경에 빠뜨리다, 폐를 끼치다
110) man-of-the-world: 여기서는 '상류사회에 속한 사람'을 말함

RANDALL   Some of your games in this house are damned annoying, let me tell you.

HECTOR   Yes: I have been their victim for many years. I used to writhe under them at first; but I became accustomed to them. At last I learned to play them.

RANDALL   If it's all the same to you, I had rather you didnt play them on me. You evidently dont quite understand my character, or my notions of good form.

HECTOR   Is it your notion of good form to give away Lady Utterword?

RANDALL   [a childishly plaintive note breaking into his huff] I have not said a word against Lady Utterword. This is just the conspiracy over again.

HECTOR   What conspiracy?

RANDALL   You know very well, sir. A conspiracy to make me out to be pettish and jealous and childish and everything I am not. Everyone knows I am just the opposite.

HECTOR   [rising] Something in the air of the house has upset you. It often does have that effect. [He goes to the garden door and calls Lady Utterword with commanding emphasis] Ariadne!

LADY UTTERWORD   [at some distance] Yes.

RANDALL   What are you calling her for? I want to speak—

LADY UTTERWORD   [arriving breathless] Yes. You really are a terribly commanding person. Whats the matter?

랜덜   정말이지 이 집에서 게임들 중 어떤 건 지독하게 귀찮소.

헥토   그렇소, 여러 해 동안 난 게임들의 제물이었소. 처음에 난 게임 중에 몸부림치며 괴로워하곤 했지만, 거기에 익숙하게 되었지. 마침내 난 게임하는 걸 배웠소.

랜덜   만약 당신에게 어느 쪽이든 상관이 없다면, 난 차라리 당신이 내게 게임을 못하도록 하겠소. 당신은 분명히 내 품성이나 좋은 양식 갖춘 내 생각을 전혀 이해하지 못하거든.

헥토   귀부인 어터우드를 저버리는 것이 좋은 양식을 갖춘 당신 생각이오?

랜덜   [갑자기 골을 내는 유치하게 애처로운 말투로] 난 귀부인 어터우드에 반하는 말은 하지 않았소. 이건 또 다시 그저 음모요.

헥토   무슨 음모 말이오?

랜덜   선생, 당신은 아주 잘 알고 있소. 내가 잘 토라지고 질투하고 유치하며, 내가 그렇지 않은 모든 것인 양 날 취급하려는 음모말이오. 모든 사람이 내가 바로 그 반대라는 걸 알고 있소.

헥토   [일어서며] 이 집 공기 속에 있는 무언 가가 당신을 혼란케 하고 있군요. 그건 종종 그런 효과를 갖고 있소. [그는 정원 문으로 가서 호령하며 힘주어 귀부인 어터우드를 부른다] 애리애드니 처제!

귀부인 어터우드   [약간 멀리서] 네.

랜덜   무엇 때문에 당신은 그녀를 부르지? 말하고 싶은 건—

귀부인 어터우드   [숨을 헐떡이며 도착해서] 네. 형부는 정말로 끔찍하게 호령하는 사람이군요. 무슨 일이죠?

HECTOR   I do not know how to manage your friend Randall. No doubt you do.

LADY UTTERWORD   Randall: have you been making yourself ridiculous, as usual? I can see it in your face. Really, you are the most pettish creature.

RANDALL   You know quite well, Ariadne, that I have not an ounce of pettishness in my disposition. I have made myself perfectly pleasant here. I have remained absolutely cool and imperturbable in the face of a burglar. Imperturbability is almost too strong a point of mine. But [*putting his foot down with a stamp, and walking angrily up and down the room*] I i n s i s t on being treated with a certain consideration. I will not allow Hushabye to take liberties with me.[111] I will not stand your encouraging people as you do.

HECTOR   The man has a rooted delusion that he is your husband.

LADY UTTERWORD   I know. He is jealous. As if he had any right to be! He compromises me everywhere. He makes scenes all over the place. Randall: I will not allow it. I simply will not allow it. You had no right to discuss me with Hector. I will not be discussed by men.

HECTOR   Be reasonable, Ariadne. Your fatal gift of beauty forces men to discuss you.

LADY UTTERWORD   Oh indeed! what about y o u r fatal gift of beauty?

헥토	난 처제 친구 랜덜을 다루는 법을 모르겠소. 분명 처제는 알거요.
귀부인 어터우드	랜덜, 당신은 여느 때처럼 스스로를 우스꽝스럽게 만들었나요? 당신 얼굴에서 알 수 있어요. 정말로 당신은 가장 잘 토라지는 사람이군요.
랜덜	애리애드니, 당신은 내겐 잘 토라지는 성향이 털끝만큼도 없다는 걸 아주 잘 알고 있소. 이곳에서 내 자신을 완벽하게 즐겁도록 하고 있소. 난 강도 면전에서 절대적으로 냉정하고 침착한 체 있었소. 침착함은 거의 너무나도 나의 강점이오. 하지만 [쾅쾅 구르며 *발을 꽉 디디고 서고 나서 화가 나 방을 여기저기 걸어 다니며*] 난 어느 정도 정중히 대우받기를 역 설 하 고 있소. 난 허셔바이가 내게 스스럼없이 대하는 걸 허용치 않을 거요. 난 당신이 그러하듯이 당신에게 힘을 주는 사람들을 견디지 않을 거요.
헥토	저 사람은 자신이 처제 남편이라는 뿌리 깊은 망상을 갖고 있소.
귀부인 어터우드	알아요. 그는 질투하는 거예요. 마치 그가 그럴 어떤 권리라도 있는 것처럼 말예요! 그는 어디서나 날 위태롭게 해요. 사방에서 소란을 피우죠. 랜덜, 난 허용하지 않을 거예요. 단지 허용하지 않을 거라구요. 당신은 헥토 형부와 함께 나에 대해 논할 어떤 권리도 갖고 있지 않아요. 난 남자들에 의해 논의되지 않을 거라구요.
헥토	분별 있게 구시오, 애리애드니 처제. 아름다움이란 당신의 운명적인 선물이 남자들로 하여금 당신에 대해 논하지 않을 수 없게 하오.
귀부인 어터우드	오 정말이요! 아름다움이란 당 신 의 운명적인 선물은 어떤 가요?

---

111) take liberties with a person: ~에게 스스럼없이 대하다[무례하게 대하다, 멋대로 대하다]

HECTOR   How can I help it?

LADY UTTERWORD   You could cut off your moustache: I cant cut off my nose. I get my whole life messed up with people falling in love with me. And then Randall says I run after men.

RANDALL   I—

LADY UTTERWORD   Yes you do: you said it just now. Why cant you think of something else than women? Napoleon was quite right when he said that women are the occupation of the idle man. Well, if ever there was an idle man on earth, his name is Randall Utterword.

RANDALL   Ariad—

LADY UTTERWORD   [overwhelming him with a torrent of words] Oh yes you are: it's no use denying it. What have you ever done? What good are you? You are as much trouble in the house as a child of three. You couldnt live without your valet.

RANDALL   This is—

LADY UTTERWORD   Laziness! You are laziness incarnate. You are selfishness itself. You are the most uninteresting man on earth. You cant even gossip about anything but yourself and your grievances and your ailments and the people who have offended you. [Turning to Hector] Do you know what they call him, Hector?

헥토	어떻게 내가 그걸 피할 수 있겠소?
귀부인 어터우드	형부는 콧수염을 자를 수 있지만 난 내 코를 벨 수는 없어요. 내게 반하는 사람들로 인해 나의 온 인생이 엉망진창이 되어버렸어요. 그런데도 랜덜은 내가 남자 뒤를 좇는다고 말하죠.
랜덜	난—
귀부인 어터우드	맞아요 당신은 그래요, 바로 지금 그렇게 말했잖아요. 왜 당신은 여자외의 다른 어떤 것에 대해선 생각할 수 없나요? 나폴레옹이 여자들은 게으른 남자들의 소일이라 말했을 때 아주 옳았어요. 그런데 만약 세상에 게으른 남자가 한 사람이라도 있다면, 그의 이름은 랜덜 어터우드일 거예요.
랜덜	애리애드—
귀부인 어터우드	[퍼붓는 말로 그를 압도하며] 오 당신은 그래요, 그걸 부인해도 아무 소용없어요. 대체 당신이 뭘 했죠? 당신이 무슨 쓸모가 있죠? 당신은 세 살짜리 아이처럼 집안의 골칫거리예요. 당신은 시종 없이는 살 수 없을 걸요.
랜덜	이건—
귀부인 어터우드	나태함! 당신은 나태함의 화신이에요. 당신은 이기주의 그 자체예요. 당신은 세상에서 가장 재미없는 사람이에요. 당신은 심지어 당신 자신과 당신의 불평거리 그리고 당신 병과 당신 감정을 상하게 한 사람들을 제외하곤 어떤 것에 대해서 잡담할 수조차 없어요. [헥토에게 돌아서며] 사람들이 그를 뭐라고 부르는 지 아시나요, 헥토형부?

HECTOR }   [*speaking*   { Please dont tell me.

RANDALL }   *together*]   { I'll not stand it —

LADY UTTERWORD   Randall the Rotter: that is his name in good society.[112]

RANDALL   [*shouting*] I'll not bear it, I tell you. Will you listen to me, you infernal —[*he chokes*].

LADY UTTERWORD   Well: go on. What were you going to call me? An infernal what? Which unpleasant animal is it to be this time?

RANDALL   [*foaming*] There is no animal in the world so hateful as a woman can be. You are a maddening devil. Hushabye: you will not believe me when I tell you that I have loved this demon all my life; but God knows I have paid for it [*he sits down in the draughtsman's chair, weeping*].

LADY UTTERWORD   [*standing over him with triumphant contempt*] Cry-baby!

HECTOR   [*gravely, coming to him*] My friend: the Shotover sisters have two strange powers over men. They can make them love; and they can make them cry. Thank your stars[113] that you are not married to one of them.

LADY UTTERWORD   [*haughtily*] And pray, Hector —

헥토 ⎫	[함께	⎧제발 내게 말하지 마시오.
랜덜 ⎭	말하며]	⎩난 그걸 견디지 못할 거야—

귀부인 어타우드 건달 랜덜, 상류 사교계에서 그의 이름 이예요.

랜덜 [소리치며] 정말이지, 참지 않을 거요. 내 말 좀 들어봐. 너 극악무도한— [그는 목이 멘다].

귀부인 어타우드 원 이런, 계속해요. 날 뭐라고 부를 건가요? 극악무도한 뭐죠? 이번엔 어떤 불쾌한 동물이 될 건가요?

랜덜 [거품을 물고] 세상에는 여자가 그럴 수 있는 것만큼 그렇게 가증스런 동물은 없다구. 당신은 미치게 하는 악마야. 허셔바이, 내가 평생 이 악귀를 사랑하고 있다고 말하면 날 믿지 않을 거요. 하지만 하느님께선 내가 벌을 받고 있다는 걸 아실 거요 [그는 울면서 제도가의 의자에 앉는다].

귀부인 어타우드 [의기양양한 경멸로 그를 옆에서 지켜보며] 울보!

헥토 [진지하게 그에게 가며] 이봐, 소토버 가의 자매들은 남자를 지배하는 기이한 두 가지 힘을 가졌어. 그들은 남자가 사랑하도록 할 수 있고, 울도록 할 수 있지. 당신이 그들 중 하나와 결혼하지 않았음을 복된 것이라 생각하라구.

귀부인 어타우드 [거만하게] 그리고 간청컨대, 헥토 형부—

---

112) good society: 상류사회, 상류사교계
113) thank your (lucky) stars: (정말) 운이 좋다고 생각하다, 다행이라고 생각하다

HECTOR   [*suddenly catching her round the shoulders: swinging her right round him and away from Randall; and gripping her throat with the other hand*] Ariadne, if you attempt to start on me, I'll choke you: do you hear? The cat-and-mouse game[114] with the other sex is a good game; but I can play your head off at it.[115] [*He throws her, not at all gently, into the big chair, and proceeds, less fiercely but firmly*] It is true that Napoleon said that woman is the occupation of the idle man. But he added that she is the relaxation of the warrior. Well, I am the warrior. So take care.

LADY UTTERWORD   [*not in the least put out, and rather pleased by his violence*] My dear Hector: I have only done what you asked me to do.

HECTOR   How do you make that out, pray?

LADY UTTERWORD   You called me in to manage Randall, didnt you? You said you couldnt manage him yourself.

HECTOR   Well, what if I did? I did not ask you to drive the man mad.

LADY UTTERWORD   He isnt mad. Thats the way to manage him. If you were a mother, youd understand.

HECTOR   Mother! What are you up to now?

헥토	[갑자기 그녀의 어깨를 붙잡고 그녀를 바로 그의 주위에서 흔들어 랜덜로 부

헥토　[갑자기 그녀의 어깨를 붙잡고 그녀를 바로 그의 주위에서 흔들어 랜덜로 부터 떨어뜨리고 다른 손으로는 그녀 목을 꽉 잡으며] 애리애드니, 만약 당신이 내게 싸움을 걸려고 시도한다면, 난 당신을 질식시킬 거요, 듣고 있소? 이성과의 쥐와 고양이 게임은 좋은 게임이요, 하지만 난 이 게임에서 당신 머리를 떼어버릴 수 있다구. [그는 결코 부드럽지 않게 큰 의자에 그녀를 던지고 덜 격렬하지만 단호히 나아간다] 나폴레옹이 여자는 게으른 남자의 소일이라 말했던 것은 사실이오. 하지만 그는 여자는 전사의 오락이라고 덧붙였소. 그런데 난 전사요. 그러니 조심하시오.

귀부인 어터우드　[그의 폭력으로 인해 전혀 성나지 않고 오히려 기뻐하며] 여보세요 헥토 형부, 형부가 제게 하라고 청했던 걸 단지 했을 뿐이에요.

헥토　글쎄, 어떻게 그걸 입증하겠소?

귀부인 어터우드　형부는 랜덜을 처리하라고 날 불러들였죠, 그렇지 않나요? 형부 스스로는 그를 처리할 수 없다고 말했어요.

헥토　원 이런, 내가 만약 그랬다면 어쩌겠소? 난 처제가 저 사람을 미칠 지경으로 하라고 부탁하진 않았어.

귀부인 어터우드　그는 미치지 않았어요. 이게 그를 다루는 방법이에요. 만약 형부가 어머니라면 이해하실 거예요.

헥토　어머니라니! 처제는 이제 어디까지 갈 건가?

---

114) the cat-and-mouse game: 쥐와 고양이 게임. 이것은 흔히 아이들이 하는 단체 게임으로 정해진 팀끼리 손을 잡고 원을 만든 뒤 팀원 중 2명을 정해 한 사람은 쥐, 다른 한 사람은 고양이가 되어 고양이가 쥐를 쫓는 게임이다. 여기서는 이 게임에 빗대어 고양이가 쥐를 가지고 마음대로 희롱하면서 괴롭히는 것처럼 어떤 사람이 상대방을 마음대로 조종하면서 가지고 노는 상태를 의미한다.

115) play one's head off at it: 이 게임에서 네 머리를 떼어버리다

LADY UTTERWORD   It's quite simple. When the children got nerves
and were naughty, I smacked them just enough to
give them a good cry and a healthy nervous shock.
They went to sleep and were quite good afterwards.
Well, I cant smack Randall: he is too big; so when
he gets nerves and is naughty, I just rag him till he
cries. He will be all right now. Look: he is half
asleep already [*which is quite true*].

RANDALL   [*waking up indignantly*] I'm not. You are most cruel,
Ariadne. [*Sentimentally*] But I suppose I must forgive
you, as usual [*he checks himself in the act of yawning*].

LADY UTTERWORD   [*to Hector*] Is the explanation satisfactory, dread
warrior?

HECTOR   Some day I shall kill you, if you go too far. I
thought you were a fool.

LADY UTTERWORD   [*laughing*] Everybody does, at first. But I am not
such a fool as I look. [*She rises complacently*]. Now,
Randall: go to bed. You will be a good boy in the
morning.

RANDALL   [*only very faintly rebellious*] I'll go to bed when I like. It
isnt ten yet.

LADY UTTERWORD   It is long past ten. See that he goes to bed at
once, Hector. [*She goes into the garden*].

HECTOR   Is there any slavery on earth viler than this slavery
of men to women?

귀부인 어타우드	그건 아주 단순해요. 아이들이 신경질을 부리고 못되게 굴었을 때, 난 단지 그들을 실컷 울게 하고 신경에 건강한 충격을 주기에 족할 정도로 찰싹 때리죠. 아이들은 잠이 들었고 나중에는 완전히 착해졌어요. 그런데, 랜덜을 찰싹 때릴 순 없어요. 너무 크거든요. 그래서 그가 신경질 부리고 못되게 굴 때, 단지 그가 울 때까지 그를 책망해요. 그는 이제 괜찮을 거예요. 봐요, 이미 반쯤 잠들었어요 [그것은 완전히 사실이다].
랜덜	[분개해 깨어나며] 그렇지 않아. 당신은 가장 잔인해, 애리애드니. [감상적으로] 하지만 난 여느 때와 마찬가지로 당신을 용서해야만 한다고 생각하오 [그는 하품을 하는 행동으로 스스로를 억제한다].
귀부인 어타우드	[헥토에게] 설명이 만족스러운가요, 대단히 무서운 전사양반?
헥토	만약 당신이 지나치다면, 언젠가 당신을 죽일 거요. 난 당신이 바보라고 생각했소.
귀부인 어타우드	[웃으며] 처음엔 모든 사람이 그래요. 하지만 전 보이는 것처럼 그렇게 바보는 아니에요. [그녀는 흡족해서 일어난다]. 자, 랜덜 잠자리에 들어요. 아침에 당신은 착한 소년이 될 거예요.
랜덜	[단지 아주 미약하게 반항하며] 단지 내가 원할 때 잠자리에 들 거요. 아직 10시도 안됐소.
귀부인 어타우드	10시가 지난 지 오래 됐어요. 헥토 형부, 그가 바로 잠자리에 드는지 살펴보세요. [그녀는 정원으로 간다].
헥토	도대체 여자들에 대한 남자들의 이런 굴종보다 더 수치스러운 어떤 굴종이 있을까?

RANDALL   [*rising resolutely*] I'll not speak to her tomorrow. I'll not speak to her for another week. I'll give her s u c h a lesson. I'll go straight to bed without bidding her goodnight. [*He makes for the door leading to the hall*].

HECTOR   You are under a spell, man. Old Shotover sold himself to the devil in Zanzibar. The devil gave him a black witch for a wife; and these two demon daughters are their mystical progeny. I am tied to Hesione's apron-string; but I'm her husband; and if I did go stark staring mad about her, at least we became man and wife. But why should y o u let yourself be dragged about and beaten by Ariadne as a toy donkey is dragged about and beaten by a child? What do you get by it? Are you her lover?

RANDALL   You must not misunderstand me. In a higher sense — in a Platonic sense —

HECTOR   Psha! Platonic sense! She makes you her servant; and when pay-day comes round, she bilks you: that is what you mean.

RANDALL   [*feebly*] Well, if I dont mind, I dont see what business it is of yours. Besides, I tell you I am going to punish her. You shall see: I know how to deal with women. I'm really very sleepy. Say goodnight to Mrs Hushabye for me, will you, like a good chap. Goodnight. [*He hurries out*].

랜덜   [*단호히 일어나며*] 내일 그녀와 말하지 않을 거요. 난 한 주일 더 그녀와 말하지 않을 거요. 그녀에게 그 러 한 훈계를 줄 거요. 그녀에게 굿나잇 인사 않고 곧장 잠자리에 들 거요. [*그는 홀로 통하는 문을 향해 나아간다*].

헥토   이봐, 당신은 주문에 걸렸어. 소토버 장인영감은 잔지바르에서 악마에게 자신을 팔았어. 악마가 장인에게 검은 마녀를 아내로 주었고, 이 두 악귀 딸들은 그들의 불가사의한 자손이지. 난 헤시온의 앞치마 끈에 묶여 있지만, 그녀 남편이요. 그래서 만약 내가 그녀에게 아주 미쳐버렸다 해도, 적어도 우린 남편과 아내가 되었소. 그러나 왜 당 신 은 장난감 당나귀가 어린 아이에 의해 질질 끌려 다니고 매질 당하듯이 스스로를 애리애드니에 의해 질질 끌려 다니고 매질당하도록 하는 거요? 당신이 그것으로 인해 무엇을 얻는 거요? 당신이 그녀 애인인가?

랜덜   필경 날 오해하고 있음에 틀림없군. 더 고귀한 의미에서―플라톤적인 의미에―

헥토   맙소사! 플라톤적인 의미라! 그녀는 당신을 종으로 만들었지, 그리고 봉급일이 돌아오면, 돈을 떼어 먹는 거야, 그게 바로 당신이 의미하는 바군.

랜덜   [*힘없이*] 글쎄, 만약 내가 개의치 않는다면, 그게 당신과 무슨 상관인지 모르겠소. 게다가, 정말이지 난 그녀를 벌할 거요. 보게 될 거요. 내가 여자 다루는 법을 안다는 말이오. 난 정말 너무 졸려. 허셔바이 부인에게 굿나잇 인사를 전해주시오, 좋은 친구처럼 그래주겠지. 굿나잇. [*그는 서둘러 나간다*].

HECTOR   Poor wretch! Oh women! women! women! [*He lifts his fists in invocation to heaven*]. Fall. Fall and crush. [*He goes out into the garden*].

END OF ACT II

헥토 가련한 자식! 오 여자들이란! 여자들! 여자들! [*그는 하늘에 대한 기원으로 두 주먹을 든다*]. 몰락하라. 몰락해 부수어지라. [*그는 정원으로 나간다*].

2막의 끝

ACT III

In the garden, Hector, as he comes out through the glass door of the poop, finds Lady Utterword lying voluptuously in the hammock on the east side of the flagstaff, in the circle of light cast by the electric arc,[116] which is like a moon in its opal globe. Beneath the head of the hammock, a campstool. On the other side of the flagstaff, on the long garden seat, Captain Shotover is asleep, with Ellie beside him, leaning affectionately against him on his right hand. On his left is a deck chair. Behind them in the gloom, Hesione is strolling about with Mangan. It is a fine still night, moonless.

LADY UTTERWORD   What a lovely night! It seems made for us.

HECTOR   The night takes no interest in us. What are we to the night? [*He sits down moodily in the deck chair*].

3막

헥토는 선미루 갑판의 유리문을 통해 등장하며 정원에 귀부인 어터우드가 오팔색 천체에 있는 달처럼 전기 아크에 의해 던져진 빛의 원주 안에서 깃대 동쪽의 그물침대에 요염하게 누워 있는 걸 발견한다. 그물침대 상단부 바로 밑에는 접이식 의자가 있다. 깃대 다른 쪽의 긴 정원 벤치에 소토버 선장이 잠들어 있고 그의 옆 오른 편에는 애정 어리게 기대고 있는 엘리가 있다. 그의 왼 편에 휴대용 갑판의자가 있다. 어둠 속에서 그들 뒤에는 헤시온이 망간과 함께 한가로이 거닐고 있다. 달이 없는 청명하고 조용한 밤이다.

귀부인 어터우드   정말 아름다운 밤이군요! 우릴 위해 마련된 것 같아요.

     헥토   밤은 우리에게 아무런 흥미를 갖고 있지 않소. 밤이 뭐 때문에 우리에게 관심을 갖겠소? [그는 침울하게 휴대용 갑판의자에 앉는다].

---

116) arc: 아크(두 개의 전극 간에 생기는 호 모양의 전광)

ELLIE   [*dreamily, nestling against the captain*] Its beauty soaks into my nerves. In the night there is peace for the old and hope for the young.

HECTOR   Is that remark your own?

ELLIE   No. Only the last thing the Captain said before he went to sleep.

CAPTAIN SHOTOVER   I'm not asleep.

HECTOR   Randall is. Also Mr Mazzini Dunn. Mangan, too, probably.

MANGAN   No.

HECTOR   Oh, you are there. I thought Hesione would have sent you to bed by this time.

MRS HUSHABYE   [*coming to the back of the garden seat, into the light, with Mangan*] I think I shall. He keeps telling me he has a presentiment that he is going to die. I never met a man so greedy for sympathy.

MANGAN   [*plaintively*] But I have a presentiment. I really have. And you wouldnt listen.

MRS HUSHABYE   I was listening for something else. There was a sort of splendid drumming in the sky. Did none of you hear it? It came from a distance and then died away.

MANGAN   I tell you it was a train.

MRS HUSHABYE   And I tell you, Alf, there is no train at this hour. The last is nine forty-five.

MANGAN   But a goods train.

266

엘리	[꿈꾸듯 선장에게 비벼대며] 밤의 아름다움이 제 신경에 스며드네요. 밤엔 노인들에게는 평화가 젊은이들에게는 희망이 있어요.
헥토	그게 당신 자신 말이오?
엘리	아니요. 단지 선장님께서 잠드시기 전에 하신 마지막 말씀 이었어요.
소토버 선장	난 잠들지 않았소.
헥토	랜덜은 자. 마찌니 던 씨도. 아마도 망간 역시.
망간	아니오.
헥토	오, 당신 거기 있군요. 헤시온이 이때쯤 당신을 잠자리로 보냈을 거라 생각했소.
허셔바이 부인	[망간과 함께 정원 벤치 뒤 밝은 곳에 나타나며] 내가 그럴 거라고 생각 해요. 그는 자신이 죽을 거라는 예감을 갖고 있다고 내게 계속 말하고 있어요. 그렇게 연민을 갈망하는 사람을 결코 만난 적이 없어요.
망간	[애처롭게] 하지만 난 예감을 갖고 있소. 정말로 그렇소. 그런데 당신은 들으려 하질 않았소.
허셔바이 부인	난 다른 어떤 걸 듣고 있었어요. 하늘에서 근사한 일종의 북소리 가 났어요. 당신들 중 아무도 그걸 듣지 못했나요? 멀리서 났다 가 그리고 나선 점점 약해졌어요.
망간	정말이지 그건 기차소리였소.
허셔바이 부인	그런데 정말이지, 엘프, 이 시간엔 어떤 기차도 없다구요. 마지막 이 9시 45분 기차라구요.
망간	하지만 화물 열차요.

MRS HUSHABYE Not on our little line. They tack a truck[117] on to the passenger train. What can it have been, Hector?

HECTOR Heaven's threatening growl of disgust at us useless futile creatures. [*Fiercely*] I tell you, one of two things must happen. Either out of that darkness some new creation will come to supplant us as we have supplanted the animals, or the heavens will fall in thunder and destroy us.

LADY UTTERWORD [*in a cool instructive manner, wallowing comfortably in her hammock*] We have not supplanted the animals, Hector. Why do you ask heaven to destroy this house, which could be made quite comfortable if Hesione had any notion of how to live? Dont you know what is wrong with it?

HECTOR We are wrong with it. There is no sense in us. We are useless, dangerous, and ought to be abolished.

LADY UTTERWORD Nonsense! Hastings told me the very first day he came here, nearly twentyfour years ago, what is wrong with the house.

CAPTAIN SHOTOVER What! The numskull said there was something wrong with my house!

LADY UTTERWORD I said Hastings said it; and he is not in the least a numskull.

CAPTAIN SHOTOVER Whats wrong with my house?

LADY UTTERWORD Just what is wrong with a ship, papa. Wasnt it clever of Hastings to see that?

허셔바이 부인	우리 단거리 노선에는 없어요. 사람들은 여객 열차에 화물 운반용 무개화차를 붙여 고정시키죠. 헥토, 그게 무슨 소리일 수 있을까요?
헥토	무용하고 무익한 피조물인 우리에 대한 하늘의 위협적인 혐오를 담은 노성이오. [맹렬하게] 정말이지, 둘 중 하나는 필경 일어날 것임에 틀림없소. 우리가 동물들을 대체해온 것처럼 암흑으로부터 어떤 새로운 창조물이 우리를 대체하려고 나타나거나 혹은 우렛소리를 내며 하늘이 무너져 우리를 파괴할 거요.
귀부인 어터우드	[냉정한 태도로 그물침대에서 편안히 뒹굴며] 헥토 형부, 우린 동물들을 대체하지 않았어요. 형부는 왜 헤시온 언니가 사는 법에 대한 어떤 개념만 가졌다면 아주 안락하게 될 수 있었을 이 집을 파괴해 달라고 하늘에 요청하지 않나요? 뭐가 잘못 되었는지 모르시나요?
헥토	우리가 잘못됐소. 우리에겐 어떤 분별력이 없소. 우린 쓸모없고 위험해서 제거되어야만 하오.
귀부인 어터우드	허튼 소리! 거의 20년 전에 해스팅즈는 여기 왔던 바로 그 첫 날에 이 집에 잘못된 게 뭔지를 내게 말했어요.
소토버 선장	뭐! 그 멍텅구리가 내 집에 잘못된 무엇이 있다고 말했다니!
귀부인 어터우드	해스팅즈가 말했다고 했죠. 그리고 그는 전혀 멍텅구리가 아니에요.
소토버 선장	내 집에 뭐가 잘못 되었다는 거지?
귀부인 어터우드	아버지, 단지 배가 잘못된 거라구요. 그걸 알아 챈 해스팅즈가 똑똑하지 않았나요?

---

117) truck: 영국에서 철도의 무개화차를 나타내는 명사이며, 미국에서는 'car'를 쓴다.

CAPTAIN SHOTOVER The man's a fool. Theres nothing wrong with a ship.

LADY UTTERWORD Yes, there is.

MRS HUSHABYE But what is it? Dont be aggravating, Addy.

LADY UTTERWORD Guess.

HECTOR Demons. Daughters of the witch of Zanzibar. Demons.

LADY UTTERWORD Not a bit. I assure you, all this house needs to make it a sensible, healthy, pleasant house, with good appetites and sound sleep in it, is horses.

MRS HUSHABYE Horses! What rubbish!

LADY UTTERWORD Yes: horses. Why have we never been able to let this house? Because there are no proper stables. Go anywhere in England where there are natural, wholesome, contented, and really nice English people; and what do you always find? That the stables are the real centre of the household; and that if any visitor wants to play the piano the whole room has to be upset before it can be opened, there are so many things piled on it. I never lived until I learned to ride; and I shall never ride really well because I didnt begin as a child. There are only two classes in good society in England: the equestrian classes and the neurotic classes. It isnt mere convention: everybody can see that the people who hunt are the right people and the people who dont are the wrong ones.

소토버 선장	그자는 바보야. 배에는 잘못된 게 아무것도 없어.
귀부인 어터우드	아뇨 있다구요.
허셔바이 부인	하지만 그게 뭐지? 짜증나게 하지 마, 애디.
귀부인 어터우드	알아 맞혀봐.
헥토	악귀들. 잔지바르 마녀의 딸들. 악귀들.
귀부인 어터우드	결코 그렇지 않죠. 이 집을 좋은 식욕과 숙면을 갖춘 분별력 있고 건강하며 쾌적한 집으로 만들기 위해 필요한 모든 건 말들이죠.
허셔바이 부인	말들이라구! 말도 안 돼!
귀부인 어터우드	맞아, 말들이라구. 우리는 왜 이 집을 결코 세놓은 적이 없을까? 정식 마구간이 없기 때문이지. 영국에서 꾸밈없고 건전하며 만족하고 있는 정말 훌륭한 영국인들이 있는 어디든 가봐. 그러면 언니는 항상 뭘 발견할까? 마구간이 진짜 집안의 중심에 있다는 거지. 그리고 어떤 손님이 피아노를 연주하길 원하면, 거기에 그렇게 많은 것들이 쌓여 있어서 피아노가 열릴 수 있기 전에 온 방이 뒤집어엎어져야만 한다는 거지. 난 말 타는 걸 배우고 나서야 비로소 인생을 즐기게 되었지, 그런데 어린 아이 때 시작하지 않았기 때문에 실제로 결코 잘 타지 못할 거야. 영국 상류 사교계에는 단지 두 계급만, 즉 승마 계급과 신경증 환자 계급만 있어. 그것은 그저 관례가 아냐, 모두가 사냥을 하는 사람들은 바른 사람들이고 그렇지 않은 사람들은 잘못된 이들임을 알 수 있다구.

CAPTAIN SHOTOVER There is some truth in this. My ship made a man of me; and a ship is the horse of the sea.

LADY UTTERWORD Exactly how Hastings explained your being a gentleman.

CAPTAIN SHOTOVER Not bad for a numskull. Bring the man here with you next time: I must talk to him.

LADY UTTERWORD Why is Randall such an obvious rotter? He is well bred; he has been at a public school and a university; he has been in the Foreign Office; he knows the best people and has lived all his life among them. Why is he so unsatisfactory, so contemptible? Why cant he get a valet to stay with him longer than a few months? Just because he is too lazy and pleasure-loving to hunt and shoot. He strums the piano, and sketches, and runs after married women, and reads literary books and poems. He actually plays the flute; but I never let him bring it into my house. If he would only—[*she is interrupted by the melancholy strains of a flute coming from an open window above. She raises herself indignantly in the hammock*]. Randall, you have not gone to bed. Have you been listening? [*The flute replies pertly*]:

How vulgar! Go to bed instantly, Randall: how dare you? [*The window is slammed down. She subsides*]. How can anyone care for such a creature!

소토버 선장	여기엔 어떤 진실이 있군. 내 배는 날 훌륭한 남자로 만들었고, 배는 바다의 말이거든.
귀부인 어터우드	정확히 아버지가 신사라고 해스팅즈가 설명한 거죠.
소토버 선장	멍텅구리 치고는 나쁘지 않군. 다음엔 그자를 너와 함께 이곳으로 데리고 오너라, 난 그에게 말을 해야만 한단다.
귀부인 어터우드	왜 랜덜은 그렇게 명백한 건달이죠? 그는 잘 자랐고, 사립 중고등학교와 대학을 다녔고, 외무부에 있었고, 최고의 사람들을 알고 생애 내내 그들 가운데서 살았어요. 왜 그는 그렇게 불만족스럽고 그렇게 한심하죠? 왜 그는 시종이 두세 달보다 더 오래 그와 함께 머물게 할 수 없는 거죠? 단지 그가 너무 게으르고 사냥하고 사격하는 쾌락을 좋아하기 때문이죠. 그는 피아노를 가볍게 튕기고, 스케치를 하고 기혼녀 꽁무니를 쫓아다니고 문학서적과 시를 읽어요. 그는 실제로 플룻을 연주하지만 난 결코 그가 그걸 내 집에 가져오게 하지 않아요. 만약 그가 단지―[그녀 말은 열려 있는 윗 창문으로부터 나오는 구슬픈 플룻 선율에 의해 중단된다. 그녀는 분개해서 그물침대에서 일어난다]. 랜덜, 잠자리에 들지 않았군요. 듣고 있었나요? [플룻이 멋지게 응답한다]:

얼마나 천박한지! 랜덜, 즉시 잠자리에 들어요, 어떻게 감히? [창문이 콩 닫힌다. 그녀는 주저앉는다]. 누구든 저런 인간을 어떻게 좋아할 수 있겠어요?

MRS HUSHABYE Addy: do you think Ellie ought to marry poor Alfred merely for his money?

MANGAN [*much alarmed*] Whats that? Mrs Hushabye, are my affairs to be discussed like this before everybody?

LADY UTTERWORD I dont think Randall is listening now.

MANGAN Everybody is listening. It isnt right.

MRS HUSHABYE But in the dark, what does it matter? Ellie doesnt mind. Do you, Ellie?

ELLIE Not in the least. What is your opinion, Lady Utterword? You have so much good sense.

MANGAN But it isnt right. It—[*Mrs Hushabye puts her hand on his mouth*]. Oh, very well.

LADY UTTERWORD How much money have you, Mr. Mangan?

MANGAN Really—No: I cant stand this.

LADY UTTERWORD Nonsense, Mr Mangan! It all turns on your income, doesnt it?

MANGAN Well, if you come to that, how much money has she?

ELLIE None.

LADY UTTERWORD You are answered, Mr Mangan. And now, as you have made Miss Dunn throw her cards on the table, you cannot refuse to shew your own.

MRS HUSHABYE Come, Alf! out with it! How much?

MANGAN [*baited out of all prudence*] Well, if you want to know, I have no money and never had any.

허셔바이 부인	애디, 넌 엘 리가 단지 돈 때문에 가련한 알프레드와 결혼해야 한다고 생각하니?
망간	[몹시 놀라며] 대체 뭐죠? 허셔바이 부인, 내 문제가 모든 사람들 앞에서 이처럼 논의되야 하나요?
귀부인 어터우드	지금 랜덜이 듣고 있다고 생각하진 않아요.
망간	모든 사람이 듣고 있어요. 그건 옳지 않아요.
허셔바이 부인	하지만 어두운 데 있는데 그게 뭐가 문제죠? 엘리는 개의치 않아요. 신경 쓰이니, 엘리?
엘리	전혀 그렇지 않아요. 당신 의견은 어때요, 귀부인 어터우드? 당신은 그렇게 대단한 양식을 지녔죠.
망간	하지만 그건 옳지 않아요. 그건— [허셔바이 부인이 그녀 손을 그의 입에 놓는다]. 오, 아주 좋아요.
귀부인 어터우드	당신은 얼마나 많은 돈을 가졌죠, 망간 씨?
망간	실제로—아뇨, 난 이걸 견딜 수 없어요.
귀부인 어터우드	허튼 소리예요, 망간 씨! 그건 모두 당신 수입에 달려 있죠, 그렇지 않나요?
망간	원 이런, 그렇다면 말이오, 그녀는 얼마나 많은 돈을 가졌소?
엘리	전혀 없어요.
귀부인 어터우드	답을 받았네요, 망간 씨. 그리고 이제, 당신이 던 양이 테이블에 가진 패를 내던지게 했으니 자기 패를 내보이는 걸 거절할 수는 없어요.
허셔바이 부인	자 엘프! 다 말해 봐요! 얼마나 되요?
망간	[모든 신중함에서 벗어나 화가 나] 글쎄, 당신이 알고 싶다면, 난 돈이 없소, 결코 어떤 돈도 없소.

275

MRS HUSHABYE Alfred: you mustnt tell naughty stories.

MANGAN I'm not telling you stories. I'm telling you the raw truth.

LADY UTTERWORD Then what do you live on, Mr Mangan?

MANGAN Travelling expenses. And a trifle of commission.

CAPTAIN SHOTOVER What more have any of us but travelling expenses for our life's journey?

MRS HUSHABYE But you have factories and capital and things?

MANGAN People think I have. People think I'm an industrial Napoleon. Thats why Miss Ellie wants to marry me. But I tell you I have nothing.

ELLIE Do you mean that the factories are like Marcus's tigers? That they dont exist?

MANGAN They exist all right enough. But theyre not mine. They belong to syndicates and shareholders and all sorts of lazy good-for-nothing capitalists. I get money from such people to start the factories. I find people like Miss Dunn's father to work them, and keep a tight hand so as to make them pay. Of course I make them keep me going pretty well; but it's a dog's life; and I dont own anything.

MRS HUSHABYE Alfred, Alfred: you are making a poor mouth of it[118] to get out of marrying Ellie.

MANGAN I'm telling the truth about my money for the first time in my life; and it's the first time my word has ever been doubted.

허셔바이 부인	알프레드, 당신은 무례한 이야기를 해선 안 돼요.
망간	난 당신에게 이야기를 말하는 게 아니오. 가공되지 않은 진실을 말하는 거요.
귀부인 어터우드	그렇다면 당신은 뭘로 살죠, 망간 씨?
망간	출장여비. 약간의 수수료.
소토버 선장	인생 여정을 위해 우리 중 어느 누가 여비 외에 무엇을 더 갖고 있지?
허셔바이 부인	하지만 당신은 공장들과 자본 그리고 물건들을 갖고 있잖아요?
망간	사람들은 내가 갖고 있다고 생각하지. 내가 산업계의 나폴레옹이라 생각하지. 그게 바로 엘리 양이 나와 결혼하길 원하는 이유요. 하지만 정말로 난 아무것도 갖고 있지 않소.
엘리	당신은 그 공장들이 마르쿠스의 호랑이와 같다고 의미하는 거예요? 그것들이 존재하지 않는다는 건가요?
망간	그것들은 분명 틀림없이 존재하오. 하지만 내 것이 아니오. 그것들은 이사회와 주주들 그리고 온갖 종류의 변변치 못한 자본가들에게 속하오. 난 공장을 시작하기 위해 그런 사람들로부터 돈을 얻었소. 그것들을 가동하기 위해 던 양의 아버지 같은 사람들을 찾아 그들에게 봉급을 주기 위해서 엄격히 다루고 있지. 물론 그것들은 내가 상당히 잘 지내도록 하고 있지, 하지만 그건 비참하고 단조로운 생활이며, 난 어떤 것도 소유하고 있지 않소.
허셔바이 부인	알프레드, 알프레드, 엘리와 결혼하려고 가난을 간청하고 있군요.
망간	내 생에 처음으로 내 돈에 대한 진실을 말하고 있는 거요, 그런데 내 말이 의심 받는 건 처음이오.

---

118) you are making a poor mouth of it: you are pleading poverty

LADY UTTERWORD   How sad! Why dont you go in for politics, Mr
                 Mangan?

MANGAN   Go in for politics! Where have you been living? I a m
          in politics.

LADY UTTERWORD   I'm sure I beg your pardon. I never heard of you.

MANGAN   Let me tell you, Lady Utterword, that the Prime
          Minister of this country asked me to join the
          Government without even going through the
          nonsense of an election, as the dictator of a great
          public department.

LADY UTTERWORD   As a Conservative or a Liberal?

MANGAN   No such nonsense. As a practical business man.
          [*They all burst out laughing*]. What are you all laughing at?

MRS HUSHABYE Oh, Alfred, Alfred!

ELLIE   You! who have to get my father to do everything for
         you!

MRS HUSHABYE You! who are afraid of your own workmen!

HECTOR   You! with whom three women have been playing
          cat and mouse all the evening!

LADY UTTERWORD   You must have given an immense sum to the
                  party funds, Mr Mangan.

MANGAN   Not a penny out of my own pocket. The syndicate
          found the money: they knew how useful I should be
          to them in the Government.

LADY UTTERWORD   This is most interesting and unexpected, Mr
                  Mangan. And what have your administrative
                  achievements been, so far?

귀부인 어터우드	얼마나 슬픈지! 정치를 하려 마음먹지 그래요, 망간 씨?
망간	정치할 마음을 먹으라고! 당신은 어디 살고 있는 거요? 나 는 정치를 하오.
귀부인 어터우드	분명 죄송해요. 당신 얘기를 결코 들은 적이 없어요.
망간	귀부인 어터우드, 실제로 이 나라의 수상이 심지어 선거라는 난센스를 거치는 것 없이 대단한 정부 부서의 절대 권력자로 정부에 참여하라고 요청했소.
귀부인 어터우드	보수당원으로요 혹은 자유당원으로요?
망간	그런 바보 같은 거로는 아니요. 실제적인 사업가로서요. [그들은 모두 웃음을 터트린다]. 당신들은 모두 뭣 땜에 웃는 거요?
허셔바이 부인	오, 알프레드, 알프레드!
엘리	당신이! 제 아버지가 당신을 위해 모든 걸 하도록 해야만 하는 사람이!
허셔바이 부인	당신이! 당신 자신의 노동자들을 두려워하는 사람이!
헥토	당신이! 저녁 내내 세 여자와 함께 고양이 쥐 놀이를 한 사람이!
귀부인 어터우드	망간 씨, 당신은 정당 기금에 엄청난 금액을 냈음에 틀림없어요.
망간	내 호주머니에선 한 푼도 아니오. 이사회는 돈을 마련했고, 그들은 내가 정부에서 그들에게 얼마나 유리할 것인지를 알았죠.
귀부인 어터우드	망간 씨, 이것이 가장 흥미롭고 예기치 않았던 것이네요. 그런데 지금까지 당신의 행정적인 업적은 뭔가요?

MANGAN   Achievements? Well, I dont know what you call achievements; but I've jolly well put a stop to the games of the other fellows in the other departments. Every man of them thought he was going to save the country all by himself, and do me out of the credit and out of my chance of a title. I took good care that if they wouldnt let me do it they shouldnt do it themselves either. I may not know anything about my own machinery; but I know how to stick a ramrod into the other fellow's. And now they all look the biggest fools going.

HECTOR   And in heaven's name, what do you look like?

MANGAN   I look like the fellow that was too clever for all the others, dont I? If that isnt a triumph of practical business, what is?

HECTOR   Is this England, or is it a madhouse?

LADY UTTERWORD   Do you expect to save the country, Mr Mangan?

MANGAN   Well, who else will? Will your Mr Randall save it?

LADY UTTERWORD   Randall the rotter! Certainly not.

MANGAN   Will your brother-in-law save it with his moustache and his fine talk?

HECTOR   Yes, if they will let me.

MANGAN   [sneering] Ah! W i l l they let you?

HECTOR   No. They prefer you.

MANGAN   Very well then, as youre in a world where I'm appreciated and youre not, youd best be civil to me, hadnt you? Who else is there but me?

망간	업적? 글쎄, 난 당신이 업적이라 부르는 바를 모르겠소, 하지만 난 틀림없이 다른 부서에서 다른 사람들의 게임을 중단시켰지. 모든 이들이 완전히 자기 혼자 힘으로 나라를 구하고 난 명예를 잃어 작위 받을 기회를 잃을 거라고 생각했지. 난 잘 주의하여 만약 그들이 내가 작위를 받도록 하지 않으려한다면 그들 스스로도 또한 그렇게 못하도록 했지. 난 내 자신의 기계류에 대해선 아무것도 모를지 몰라, 하지만 탄약꽂을대를 다른 사람의 것에 꽂는 법을 알지. 그리고 지금 그들은 모두 활동하고 있는 가장 큰 바보 것처럼 보이지.
헥토	그런데 도대체 당신은 뭐처럼 보이는 거요?
망간	난 모든 다른 이들에 비해 너무나 똑똑한 사람처럼 보이지, 그렇지 않나? 그것이 실용적인 사업가의 승리가 아니라면 뭐겠나?
헥토	이곳이 영국인가 혹은 정신병원인가?
귀부인 어터우드	망간 씨, 당신이 나라를 구하리라 기대해요?
망간	글쎄, 다른 누가 할 건가요? 당신의 랜덜 씨가 그걸 할 건가요?
귀부인 어터우드	건달 랜덜이! 물론 그렇지 않죠.
망간	콧수염과 멋진 이야깃거리를 지닌 당신 형부가 구할 건가요?
헥토	사람들이 내가 하도록 할 거라면, 물론이지.
망간	[비꼬며] 그들이 당신이 하도록 할 까 요?
헥토	아니요. 그들은 당신을 선호하오.
망간	그렇다면 아주 좋아요, 내가 인정받고 당신이 그렇지 않은 세상에 있으니까 당신이 내게 정중한 것이 상책이죠, 그렇지 않은가요? 나 말고 다른 누가 있겠소?

LADY UTTERWORD   There is Hastings. Get rid of your ridiculous sham democracy; and give Hastings the necessary powers, and a good supply of bamboo to bring the British native to his senses: he will save the country with the greatest ease.

CAPTAIN SHOTOVER It had better be lost. Any fool can govern with a stick in his hand. I could govern that way. It is not God's way. The man is a numskull.

LADY UTTERWORD   The man is worth all of you rolled into one. What do y o u say, Miss Dunn?

ELLIE   I think my father would do very well if people did not put upon him and cheat him and despise him because he is so good.

MANGAN   [*contemptuously*] I think I see Mazzini Dunn getting into parliament or pushing his way into the Government. Weve not come to that yet, thank God! What do you say, Mrs Hushabye?

MRS HUSHABYE Oh, I say it matters very little which of you governs the country so long as we govern you.

HECTOR   We? Who is we, pray?

MRS HUSHABYE The devil's granddaughters, dear. The lovely women.

HECTOR   [*raising his hands as before*] Fall, I say; and deliver us from the lures of Satan!

귀부인 어터우드	헤스팅즈가 있어요. 우스꽝스러운 거짓 민주주의를 없애고, 헤스팅즈에게 필요한 권력과 영국 본토인들이 제정신 차리게 할 충분한 양의 대나무를 공급해요, 그러면 그가 가장 쉽게 나라를 구할 거예요.
소토버 선장	정신을 잃는 게 더 낫지. 손에 막대기를 들고서는 어떤 바보라도 통치할 수 있다구. 나도 그런 식으론 통치할 수 있을 거야. 그건 하느님의 방식이 아니야. 그 인간은 멍텅구리야.
귀부인 어터우드	그 사람은 당신들 모두를 하나로 합친 만큼의 가치가 있어요. 당신 생각은 어때요, 던 양?
엘리	너무 착하시기 때문에 사람들이 아버지를 부당하게 다루고 속이고 멸시하지 않았다면, 제 아버지께서 아주 잘 하셨을 거라고 생각해요.
망간	[경멸하며] 난 마찌니 던이 의회에 들어가거나 정부로 밀어제치고 나아가려 한다는 걸 안다고 생각해. 아아 고맙게도, 아직 거기엔 이르지 않았소! 허셔바이 부인, 당신 생각은 어떻소?
허셔바이 부인	오, 우리가 당신들을 지배하는 한 당신들 중 누가 나라를 지배하는가는 정말 거의 중요하지 않다고 주장하죠.
헥토	우리라고? 바라건 데, 우리가 누구요?
허셔바이 부인	여보, 악마의 손녀들이죠. 사랑스런 여인들이지요.
헥토	[이전처럼 그의 손을 들며] 이봐, 타락이야. 우릴 사탄의 유혹에서 구하소서!

ELLIE   There seems to be nothing real in the world except my father and Shakespeare. Marcus's tigers are false; Mr Mangan's millions are false; there is nothing really strong and true about Hesione but her beautiful black hair; and Lady Utterword's is too pretty to be real. The one thing that was left to me was the Captain's seventh degree of concentration; and that turns out to be —

CAPTAIN SHOTOVER Rum.

LADY UTTERWORD   [*placidly*] A good deal of my hair is quite genuine. The Duchess of Dithering offered me fifty guineas for this [*touching her forehead*] under the impression that it was a transformation; but it is all natural except the color.

MANGAN   [*wildly*] Look here: I'm going to take off all my clothes. [*he begins tearing off his coat*].

LADY UTTERWORD
CAPTAIN SHOTOVER   [*in
HECTOR   consternation*]
ELLIE

Mr. Mangan!
Whats that?
Ha! Ha! Do. Do
Please dont.

MRS HUSHABYE [*catching his arm and stopping him*] Alfred: for shame! Are you mad?

엘리	제 아버지와 셰익스피어를 제외하곤 세상에 진짜는 아무것도 없는 것 같아요. 마르쿠스의 호랑이가 가짜고, 망간 씨의 수백만 파운드가 거짓이며, 아름다운 검은 머리를 제외하곤 헤시온에게 정말로 강하고 참된 건 아무것도 없죠, 그리고 귀부인 어터우드는 진짜이기엔 너무나 예뻐요. 제게 남아 있던 한 가지 것은 선장님의 제 7 집중도였죠. 그런데 그건 판명되기를—	
소토버 선장	럼주지.	
귀부인 어터우드	[*차분히*] 내 머리의 상당 부분은 더없이 진짜지. 디더링 공작부인이 이것이 [*그녀의 이마를 만지며*] 가발이라고 생각해서 이것 때문에 내게 50기니를 제안했어요, 하지만 색깔을 제외하곤 그건 모두 본래의 것이었어요.	
망간	[*격렬하게*] 여길 봐, 난 내 모든 옷을 벗을 거야. [*그는 그의 코트를 찢기 시작한다*].	

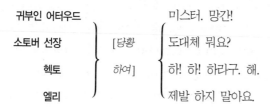

귀부인 어터우드		미스터. 망간!
소토버 선장	[*당황	도대체 뭐요?
헥토	하여*]	하! 하! 하라구. 해.
엘리		제발 하지 말아요.

허셔바이 부인	[*그의 팔을 잡고 그를 중단시키며*] 알프레드, 수치스럽지도 않나요! 당신 미쳤어요?

MANGAN   Shame! What shame is there in this house? Let's all strip stark naked. We may as well do the thing thoroughly when were about it. Weve stripped ourselves morally naked: well, let us strip ourselves physically naked as well, and see how we like it. I tell you I cant bear this. I was brought up to be respectable. I dont mind the women dyeing their hair and the men drinking: it's human nature. But it's not human nature to tell everybody about it. Every time one of you opens your mouth I go like this [*he cowers as if to avoid a missile*] afraid of what will come next. How are we to have any self-respect if we dont keep it up that we're better than we really are?

LADY UTTERWORD   I quite sympathize with you, Mr Mangan. I have been through it all; and I know by experience that men and women are delicate plants and must be cultivated under glass. Our family habit of throwing stones in all directions and letting the air in is not only unbearably rude, but positively dangerous. Still, there is no use catching physical colds as well as moral ones; so please keep your clothes on.

MANGAN   I'll do as I like: not what you tell me. Am I a child or a grown man? I wont stand this mothering tyranny. I'll go back to the city, where I'm respected and made much of.[119)]

망간 수치라! 이집에서 무슨 수치심이 있소? 모두 완전히 홀랑 벗읍시
다. 우리가 어떤 걸 하려 할 땐 철저히 하는 편이 낫소. 우리가
도덕적으로 자신을 벌거벗겼다면, 물리적으로도 스스로 벌거벗
고 우리가 그걸 얼마나 좋아하는 지 봅시다. 정말이지 난 이걸
견딜 수가 없소. 난 품위가 있도록 교육받았소. 여자들이 그들 머
리를 물들이고 남자들이 술 마시는 건 개의치 않소, 그건 인간의
본성이니까. 하지만 모든 사람들에게 거기에 대해 말하는 건 인
간 본성이 아니오. 당신들 중 하나가 매번 입을 열 때 난 다음에
무엇이 나타날까 두려워 이렇게 [그는 마치 미사일을 피하는 양 움츠린
다] 하고 싶소. 만약 우리가 실제 그런 것보다 더 낫도록 유지하
지 않는다면, 어떻게 어떤 자존심을 갖겠소?

귀부인 어터우드 당신에게 완전히 공감해요, 망간 씨. 난 그 모든 걸 겪었죠, 그리
경험에 의해 남자와 여자는 민감한 식물이어서 온실에서 재배되
어야만 한다는 걸 알아요. 사방팔방으로 돌을 던지고 공기를 들
어오게 하는 우리 가족의 습관은 견딜 수 없게 무례할 뿐만 아니
라 몹시 위험해요. 그럼에도, 도덕적인 감기엔 물론 육체적 감기
에 걸리는 건 아무 소용이 없어요, 그러니 제발 옷을 입은 채 있
어요.

망간 당신이 내게 말하는 바가 아니라 내가 하고 싶은 대로 할 거요.
내가 어린 아이요 아니면 어른이요? 난 이런 어머니 같이 구는
폭정을 참지 않을 거요. 내가 존중받고 아주 중요하게 대접받는
도시로 돌아갈 거요.

---

119) made much of: 'treated as of great important'와 같은 의미로 '아주 중요하게 대접받는'으로 번
역하면 된다.

MRS HUSHABYE Goodbye, Alf. Think of us sometimes in the city. Think of Ellie's youth!

ELLIE Think of Hesione's eyes and hair!

CAPTAIN SHOTOVER Think of this garden in which you are not a dog barking to keep the truth out!

HECTOR Think of Lady Utterword's beauty! her good sense! her style!

LADY UTTERWORD Flatterer. Think, Mr. Mangan, whether you can really do any better for yourself elsewhere: that is the essential point, isnt it?

MANGAN [*surrendering*] All right: all right. I'm done. Have it your own way. Only let me alone. I dont know whether I'm on my head or my heels when you all start on me[120] like this. I'll stay. I'll marry her. I'll do anything for a quiet life. Are you satisfied now?

ELLIE No. I never really intended to make you marry me, Mr Mangan. Never in the depths of my soul. I only wanted to feel my strength: to know that you could not escape if I chose to take you.

MANGAN [*indignantly*] What! Do you mean to say you are going to throw me over after my acting so handsome?

LADY UTTERWORD I should not be too hasty, Miss Dunn. You can throw Mr Mangan over at any time up to the last moment. Very few men in his position go bankrupt. You can live very comfortably on his reputation for immense wealth.

허셔바이 부인	굿바이, 엘프. 도시에서 가끔 우리를 생각해요. 엘리의 젊음을 생각하라구요!
엘리	헤시온의 두 눈과 머리를 생각해요!
소토버 선장	거기선 당신이 진실을 들어오지 못하게 하려고 짖는 개가 아닌 이 정원을 생각해!
헥토	귀부인 어터우드의 아름다움을 생각해! 그녀의 양식을! 그녀의 스타일!
귀부인 어터우드	아첨꾼. 망간 씨, 당신이 다른 어떤 곳에서 스스로 정말로 어떤 더 나은 걸 할 수 있는 지 아닌지를 생각해요, 그것이 가장 중요한 점이죠, 그렇지 않나요?
망간	[포기하며] 알았어요, 알았어. 당신들 마음대로 하시오. 다만 날 내버려둬요. 당신들 모두가 이와 같이 날 공격할 때 난 매우 혼란스럽소. 머물겠소. 그녀와 결혼할 것이요. 평온한 삶을 위해선 어떤 것이든 할 것이요. 이제 만족하시오?
엘리	아니요. 망간 씨, 전 결코 정말 당신이 저와 결혼하도록 할 의향이 없어요. 내 영혼 속 깊이에서 결코 없어요. 다만 제 힘을 느끼고 싶었어요, 즉 제가 만약 당신을 손에 넣길 원한다면 당신이 도망칠 수 없을 거란 걸 알고 싶었어요.
망간	[분개해서] 뭐라구! 당신은 내가 그렇게 멋지게 행동한 후에 날 저버리려 했다고 말할 작정이요?
귀부인 어터우드	던 양, 난 너무 성급하게 굴지 않을 테요. 당신은 마지막 순간에 이르기까지 언제든 망간 씨를 저버릴 수 있어. 그의 위치에 있는 사람들은 파산하는 경우가 아주 드물거든. 당신은 엄청난 부를 가졌다는 그의 명성에 걸맞게 아주 안락하게 살 수 있어.

---

120) start on somebody: (말이나 물리적으로) ~를 공격하다

ELLIE   I cannot commit bigamy, Lady Utterword.

MRS HUSHABYE   ⎫   ⎧ Bigamy! Whatever on earth are you
                                        talking about, Ellie?

LADY UTTERWORD ⎪ [exclaiming ⎪ Bigamy! What do you mean, Miss Dunn?

MANGAN   ⎬ altogether]   ⎬ Bigamy! Do you mean to say youre
                                        married already?

HECTOR   ⎭   ⎩ Bigamy! This is some enigma.

ELLIE   Only half an hour ago I became Captain Shotover's white wife.

MRS HUSHABYE Ellie! What nonsense! Where?

ELLIE   In heaven, where all true marriages are made.

LADY UTTERWORD   Really, Miss Dunn! Really, papa!

MANGAN   He told me I was too old! And him a mummy!

HECTOR   [quoting Shelley]

"Their altar the grassy earth outspread,
And their priest the muttering wind."[121]

ELLIE   Yes: I, Ellie Dunn, give my broken heart and my strong sound soul to its natural captain, my spiritual husband and second father.

She draws the Captain's arm through hers, and pats his hand. The Captain remains fast asleep.

MRS HUSHABYE Oh, thats very clever of you, pettikins. V e r y clever. Alfred: you could never have lived up to[122] Ellie. You must be content with a little share of me.

| 엘리 | 전 중혼을 저지를 순 없어요, 귀부인 어터우드.

| 허셔바이 부인 | | 중혼이라니! 엘리 도대체 무슨 말을 하는 거야?
| 귀부인 어터우드 | [모두 함께 | 중혼이라구! 던 양, 무슨 의미예요?
| 망간 | 고함을 지르며] | 중혼이라니! 당신이 이미 결혼했다고 말할 작정이요?
| 헥토 | | 중혼이라! 이건 어떤 수수께끼군.

| 엘리 | 단지 30분 전에 전 소토버 선장님의 백인 아내가 되었어요.

허셔바이 부인 엘리! 무슨 허튼 소리야! 어디서?

엘리 모든 참된 결혼이 이루어지는 천상에서요.

귀부인 어터우드 정말, 던 양! 정말이에요, 아버지!

망간 그는 내가 너무 늙었다고 말했다구! 그러면 그는 미라군!

헥토 [셸리를 인용하며]

"그들의 제단은 펼쳐 친 푸른 대지,

그들의 사제는 중얼거리는 바람일지니."

엘리 맞아요, 나 엘리 던은 비탄에 잠긴 내 마음과 내 강건한 영혼을 그 자연의 선장, 즉 내 영혼의 남편이자 제 2의 아버지에게 주었어요.
그녀는 그녀 팔 사이로 선장의 팔을 끌어당기며 그의 손을 가볍게 두드린다.
선장은 깊이 잠든 채 있다.

허셔바이 부인 오, 넌 아주 똑똑하구나, 아가. 아 주 똑똑해. 알프레드, 당신은 결코 엘리에 어울리게 살 수는 없을 거예요. 당신은 나의 작은 몫에 만족해야만 해요.

---

121) 영국의 낭만주의 시인 Percy Bysshe Shelley(1792-1822)의 시집 *Rosalind and Helen: A Moden Eclogue*(1819)에 실린 "Rosalind, Helen and her child - Scene, the shore of the Lake of Como" 853-54행인 'Our altar the grassy earth outspread,/ And our priest the muttering wind.'를 인용하면서 our를 their로 바꾼 것이다.

122) live up to ~: ~에 어긋나지 않도록 살다, ~에 어울리게 살다

MANGAN [*sniffing and wiping his eyes*] It isnt kind — [*his emotion chokes him*].

LADY UTTERWORD You are well out of it,[123] Mr Mangan. Miss Dunn is the most conceited young woman I have met since I came back to England.

MRS HUSHABYE Oh, Ellie isnt conceited. Are you, pettikins?

ELLIE I know my strength now, Hesione.

MANGAN Brazen, I call you. Brazen.

MRS HUSHABYE Tut, tut, Alfred: dont be rude. Dont you feel how lovely this marriage night is, made in heaven? Arnt you happy, you and Hector? Open your eyes: Addy and Ellie look beautiful enough to please the most fastidious man: we live and love and have not a care in the world. We women have managed all that for you. Why in the name of common sense do you go on as if you were two miserable wretches?

CAPTAIN SHOTOVER I tell you happiness is no good. You can be happy when you are only half alive. I am happier now I am half dead than ever I was in my prime. But there is no blessing on my happiness.

ELLIE [*her face lighting up*] Life with a blessing! that is what I want. Now I know the real reason why I couldnt marry Mr Mangan: there would be no blessing on our marriage. There is a blessing on my broken heart. There is a blessing on your beauty, Hesione.

망간	[코를 훌쩍이고 눈물을 닦아내며] 그건 친절한 게 아니고— [감정이 그를 목메게 한다].
귀부인 어터우드	망간 씨, 당신은 거기에 휘둘리지 않아 다행 이예요. 던 양은 내가 영국에 돌아온 이래로 만난 가장 우쭐대는 젊은 여성이에요.
허셔바이 부인	오, 엘리는 우쭐대지 않아요. 그러니, 아가?
엘리	전 이제 제 힘을 알아요, 헤시온.
망간	난 당신을 뻔뻔스럽다 부르지. 뻔뻔스럽군.
허셔바이 부인	쯧쯧, 알프레드, 무례하지 말아요. 천상에서 이루어진 이 결혼식 날 밤이 얼마나 아름다운지 당신은 느끼지 못하나요? 당신들, 당신과 헥토는 행복하지 않나요? 눈을 떠요, 애디와 엘리는 가장 괴팍스러운 남자를 만족시킬 정도로 충분히 아름답고, 우리는 세상에서 살고 사랑하며 근심을 갖고 있지 않아요. 우리 여자들은 당신들을 위해 모든 걸 처리해 왔어요. 도대체 왜 당신들은 마치 두 명의 비참한 사람인양 행동하는 거죠?
소토버 선장	정말이지 행복은 아무 소용이 없어. 단지 절반만 살아 있을 때 당신은 행복할 수 있어. 절반이 죽어 있는 지금 내 인생의 한창 때 내가 그랬던 것보다 난 더 행복하오. 하지만 내 행복에는 어떤 은총도 없소.
엘리	[그녀 얼굴이 밝아지며] 제가 원하는 게 바로 은총 있는 삶이에요. 이제 전 왜 제가 망간과 결혼할 수 없는지 진짜 이유를 알아요, 우리 결혼엔 어떤 은총도 없을 거예요. 비탄에 잠긴 제 마음엔 은총이 있어요. 헤시온, 당신의 아름다움에는 은총이 있어요.

---

123) be well out of something: ~에 휘둘리지[연루되지] 않아 다행이다

There is a blessing on your father's spirit. Even on the lies of Marcus there is a blessing; but on Mr Mangan's money there is none.

MANGAN   I dont understand a word of that.

ELLIE   Neither do I. But I know it means something.

MANGAN   Dont say there was any difficulty about the blessing. I was ready to get a bishop to marry us.

MRS HUSHABYE   Isnt he a fool, pettikins?

HECTOR   [*fiercely*] Do not scorn the man. We are all fools.

Mazzini, in pyjamas and a richly colored silk dressing gown, comes from the house, on Lady Utterword's side.

MRS HUSHABYE   Oh! here comes the only man who ever resisted me. Whats the matter, Mr Dunn? Is the house on fire?

MAZZINI   Oh, no: nothing's the matter: but really it's impossible to go to sleep with such an interesting conversation going on under one's window, and on such a beautiful night too. I just had to come down and join you all. What has it all been about?

MRS HUSHABYE   Oh, wonderful things, soldier of freedom.

HECTOR   For example, Mangan, as a practical business man, has tried to undress himself and has failed ignominiously; whilst you, as an idealist, have succeeded brilliantly.

MAZZINI   I hope you dont mind my being like this, Mrs Hushabye. [*He sits down on the campstool*].

당신 아버지의 영혼엔 은총이 있어요. 심지어 마르쿠스의 거짓말 조차도 은총이 있죠, 하지만 망간의 돈에는 아무것도 없어요.

망간 난 그 말을 이해하지 못한다구.

엘리 저도 그래요. 하지만 그게 어떤 걸 의미한다는 건 알아요.

망간 은총에 대해 어떤 어려움이 있다고 말하지 말아요. 난 주교가 우리를 결혼시키도록 할 준비가 되어 있었소.

허셔바이 부인 그가 바보는 아니지, 아가?

헥토 저 사람을 경멸하지 말아요. 우린 모두 바보요.

파자마와 화려한 색깔의 실크 실내 가운을 입은 마찌니가 집으로부터 나와 귀부인 어터우드 쪽으로 간다.

허셔바이 부인 오! 여기 내게 저항한 유일한 남자가 오네요. 뭐가 문제죠, 던씨? 집에 불이 났나요?

마찌니 오, 아녜요, 아무 문제없소, 하지만 누군가의 창 아래서 또한 그렇게 아름다운 밤에 그렇게 흥미로운 대화가 진행되는데 잠이 드는 건 정말 불가능해요. 난 단지 내려와 당신들 모두에게 합류하지 않을 수 없었소. 그 모든 게 무엇에 대한 거요?

허셔바이 부인 오, 굉장한 것들이죠, 자유의 투사여.

헥토 예를 들면, 실용적인 사업가로서 망간이 스스로 옷을 벗으려고 했는데 수치스럽게도 실패했고, 한편 이상주의자로서 당신은 찬란하게 성공했어요.

마찌니 허셔바이 부인, 당신이 내가 이와 같이 있는 걸 개의치 않기를 희망하오. [*그는 접이식 의자에 앉는다*].

MRS HUSHABYE On the contrary, I could wish you always like that.

LADY UTTERWORD Your daughter's match is off, Mr Dunn. It seems that Mr Mangan, whom we all supposed to be a man of property, owns absolutely nothing.

MAZZINI Well, of course I knew that, Lady Utterword. But if people believe in him and are always giving him money, whereas they dont believe in me and never give me any, how can I ask poor Ellie to depend on what I can do for her?

MANGAN Dont you run away with this idea that I have nothing. I—

HECTOR Oh, dont explain. We understand. You have a couple of thousand pounds in exchequer bills, 50,000 shares worth tenpence a dozen,[124] and half a dozen tabloids of cyanide of potassium to poison yourself with when you are found out. Thats the reality of your millions.

MAZZINI Oh no, no, no. He is quite honest: the businesses are genuine and perfectly legal.

HECTOR [disgusted] Yah! Not even a great swindler!

MANGAN So you think. But I've been too many for[125] some honest men, for all that.

LADY UTTERWORD There is no pleasing you, Mr Mangan. You are determined to be neither rich nor poor, honest nor dishonest.

허셔바이 부인	반대로, 난 당신이 늘 그와 같기를 소망할 수 있을 거예요.
귀부인 어터우드	당신 딸의 짝은 정상이 아니오, 던 씨. 우리 모두가 자산가라 여겼던 망간 씨는 전혀 아무것도 소유하지 않고 있어요.
마찌니	글쎄 물론 나도 그걸 알고 있소, 귀부인 어터우드. 하지만 만약 사람들이 그를 믿고 늘 그에게 돈을 주는 반면 날 믿지 않고 내겐 결코 아무것도 주지 않는다면, 어떻게 가엾은 엘리에게 내가 그 아이를 위해 할 수 있는 바에 의존하라고 청할 수 있겠소?
망간	당신은 내가 아무것도 갖고 있지 않는다는 이런 생각을 지레 짐작하지 못했어. 나는—
헥토	오, 설명하지 말아요. 우리는 이해해요. 당신은 재무 증권으로 이천 파운드, 한 타스에 10페니 나가는 50,000주, 당신 정체가 간파되었을 때 스스로를 독살할 청산칼륨 정제 6개를 지니고 있지. 그게 당신의 수백 만 파운드의 실체라구.
마찌니	오 아냐, 아니에요, 아니라구. 그는 아주 정직해, 이 사업가는 참되며 아주 합법적이지.
헥토	[염증 나서] 맞지! 심지어 대단한 사기꾼조차 아니지!
망간	당신은 그렇게 생각하는 군. 하지만 그럼에도 불구하고, 난 몇몇 정직한 사람들보다 한 수 위지.
귀부인 어터우드	당신을 만족시키는 건 아무것도 없어요, 망간 씨. 당신은 부자도 가난뱅이도 아니고, 정직하지도 부정직하지도 않기로 정해졌어요.

---

124) worth tenpence a dozen: 한 타스에 십 페니 나가는
125) be (one) too many for ~: ~ 보다 한 수 위다, ~에겐 벅차대[힘겹다]

MANGAN   There you go again: Ever since I came into this silly house I have been made to look like a fool, though I'm as good a man in this house as in the city.[126]

ELLIE   [*musically*] Yes: this silly house, this strangely happy house, this agonizing house, this house without foundations. I shall call it Heartbreak House.

MRS HUSHABYE Stop, Ellie; or I shall howl like an animal.

MANGAN   [*breaks into a low snivelling*] !!!

MRS HUSHABYE There! you have set Alfred off.

ELLIE   I like him best when he is howling.

CAPTAIN SHOTOVER Silence! [*Mangan subsides into silence*]. I say, let the heart break in silence.

HECTOR   Do you accept that name for your house?

CAPTAIN SHOTOVER It is not my house: it is only my kennel.

HECTOR   We have been too long here. We do not live in this house: we haunt it.

LADY UTTERWORD   [*heart torn*] It is dreadful to think how you have been here all these years while I have gone round the world. I escaped young;[127] but it has drawn me back. It wants to break my heart too. But it shant. I have left you and it behind. It was silly of me to come back. I felt sentimental about papa and Hesione and the old place. I felt them calling to me.

망간	당신이 다시 시작하는군. 비록 내가 도시에서와 마찬가지로 이 집에서도 바람직한 사람임에도 불구하고, 내가 이 바보 같은 집에 온 이래로 얼간이처럼 보이게 되었어.
엘리	[음악적으로] 맞아요, 이 바보 같은 집, 이 이상하게 행복한 잡, 이 고민을 주는 집, 초석 없는 이 집, 난 하트브레이크 하우스라 부를 거예요.
허셔바이 부인	그만 둬, 엘리, 그렇지 않으면 난 동물처럼 울부짖을 거야.
망간	[갑자기 낮게 훌쩍이기 시작한다] !!!
허셔바이 부인	거봐! 네가 알프레드가 울기 시작하도록 하잖아.
엘리	난 그가 울부짖을 때 가장 좋아요.
소토버 선장	조용히! [망간은 침묵에 빠진다]. 이봐, 침묵 속에서 하트브레이크 되도록 하란 말야.
헥토	장인은 장인 집에 대한 그 이름을 받아들이나요?
소토버 선장	이건 내 집이 아냐, 단지 내 굴이지.
헥토	우린 이곳에 너무 오래 있었어. 우린 이 집에 사는 것이 아니야, 늘 거기에 붙어 있는 것이지.
귀부인 어터우드	[비탄에 잠겨] 내가 세계를 일주하고 있었던 이 모든 세월 동안 당신들이 여기서 어떻게 지냈는지를 생각하니 끔찍해요. 난 젊을 때 달아났어요, 하지만 이곳이 다시 날 잡아 끌었어요. 이 집은 나 역시 하트브레이크 되길 원해요. 하지만 그렇게 못할 거예요. 난 당신들과 이곳을 떠났어요. 내가 돌아온 건 어리석었어요. 난 아버지와 헤시온 언니 그리고 옛 집에 대해 감상적으로 느꼈어요. 난 그들이 날 부른다고 느꼈어요.

---

126) in the city: 1차적으로 이 집이 시골에 있는 것과 대비해서 자신이 '도시'에서 온 사람임을 말하는 것이지만, 망간이 사업가임을 염두에 둘 때 런던 상업금융 중심지인 런던시티(The City)를 시사하는 것이라고 볼 수 있다.

127) I escaped young: 나는 젊을 때 도망쳤다.

MAZZINI   But what a very natural and kindly and charming human feeling, Lady Utterword!

LADY UTTERWORD   So I thought, Mr Dunn. But I know now that it was only the last of my influenza. I found that I was not remembered and not wanted.

CAPTAIN SHOTOVER You left because you did not want us. Was there no heartbreak in that for your father? You tore yourself up by the roots; and the ground healed up and brought forth fresh plants and forgot you. What right had you to come back and probe old wounds?

MRS HUSHABYE You were a complete stranger to me at first, Addy; but now I feel as if you had never been away.

LADY UTTERWORD   Thank you, Hesione; but the influenza is quite cured. The place may be Heartbreak House to you, Miss Dunn, and to this gentleman from the city who seems to have so little self-control; but to me it is only a very ill-regulated and rather untidy villa without any stables.

HECTOR   Inhabited by –?

ELLIE   A crazy old sea captain and a young singer who adores him.

MRS HUSHABYE A sluttish female, trying to stave off a double chin and an elderly spread,[128] vainly wooing a born soldier of freedom.

MAZZINI   Oh, really, Mrs Hushabye –

마찌니	하지만 귀부인 어터우드, 정말로 아주 자연스럽고 다정하며 매력적인 인간 감정이죠!

마찌니　하지만 귀부인 어터우드, 정말로 아주 자연스럽고 다정하며 매력
　　　　적인 인간 감정이죠!

귀부인 어터우드　던 씨, 저도 그렇게 생각했어요. 그러나 지금 전 그것이 단지 제
　　　　인플루엔자의 마지막 것이었을 뿐임을 알아요. 제가 기억되지 않
　　　　았고 요구되지도 않았다는 걸 깨달았어요.

소토버 선장　네가 우리를 원하지 않았기 때문에 넌 떠났어. 거기엔 네 아버지
　　　　를 위한 어떤 하트브레이크도 없었니? 넌 스스로를 뿌리 채 뽑았
　　　　어, 그런데 토양이 회복되어 새로운 식물의 싹을 내고 널 잊었지.
　　　　네가 돌아와 옛 상처를 탐사할 무슨 권리가 있었니?

허셔바이 부인　애디, 처음에 넌 내게 완전한 이방인이었어, 하지만 지금 난 네가
　　　　결코 떠난 적이 없었던 것처럼 느껴.

귀부인 어터우드　고마워 헤시온 언니, 하지만 인플루엔자는 완전히 치료되었어.
　　　　던 양, 당신에게 그리고 자제심을 거의 지니지 않은 것처럼 보이
　　　　는 도시에게 온 이 신사에게 이곳은 하트브레이크 하우스일지 모
　　　　르죠, 하지만 내게 그것은 단지 어떤 마구간도 없는 아주 잘못
　　　　통제되고 다소 어질러진 빌라일 뿐이에요.

헥토　사는 이는—?

엘리　정신 나간 늙은 선장과 그를 흠모하는 젊은 가수죠.

허셔바이 부인　이중 턱과 초로의 펑퍼짐함을 지니고 헛되이 구애하는 타고난 자
　　　　유의 투사를 저지하려 애쓰는 품행이 단정치 못한 여자지.

마찌니　오, 정말로, 허셔바이 부인—

---

128) an elderly spread: 나이를 먹으면서 생기는 펑퍼짐한 몸나기를 말한다.

MANGAN   A member of His Majesty's Government[129] that everybody sets down as a nincompoop:[130] dont forget him, Lady Utterword.

LADY UTTERWORD   And a very fascinating gentleman whose chief occupation is to be married to my sister.

HECTOR   All heartbroken imbeciles.

MAZZINI   Oh no. Surely, if I may say so, rather a favorable specimen of what is best in our English culture. You are very charming people, most advanced, unprejudiced, frank, humane, unconventional, democratic, free-thinking, and everything that is delightful to thoughtful people.

MRS HUSHABYE You do us proud,[131] Mazzini.

MAZZINI   I am not flattering, really. Where else could I feel perfectly at ease in my pyjamas? I sometimes dream that I am in very distinguished society, and suddenly I have nothing on but my pyjamas! Sometimes I havent even pyjamas. And I always feel overwhelmed with confusion. But here, I dont mind in the least: it seems quite natural.

LADY UTTERWORD   An infallible sign that you are now not in really distinguished society, Mr Dunn. If you were in my house, you w o u l d feel embarrassed.

망간	모든 사람이 멍청이로 여기는 정부의 일원이지. 그를 잊지 마시오, 귀부인 어터우드.
귀부인 어터우드	그리고 그의 주요 업무가 내 언니와 결혼 한 것인 아주 매력적인 신사.
헥토	모두 하트브레이크 된 백치지.
마찌니	오 아니오. 틀림없이, 만약 내가 그렇게 말해야 한다면, 오히려 우리 영국 문화에 있어서 최고의 것으로 이루어진 호의적인 표본들이지요. 당신들은 아주 매력 있는 사람들이죠, 가장 진보적이며, 편견이 없고, 솔직하고, 인도적이며, 인습에 사로잡히지 않고, 민주적이며, 자유롭게 사고하고, 그리고 사려 깊은 사람들에게 매혹적인 모든 것이죠.
허셔바이 부인	마찌니, 그렇게 말씀하시니 매우 영광이군요.
마찌니	난 참으로 아첨하는 게 아니오. 내가 다른 어떤 곳에서 파자마를 입고 완벽하게 편안하다고 느낄 수 있겠소? 때때로 내가 아주 품위 있는 사회 속에 있다고 꿈꿔요. 그런데 갑자기 파자마를 제외하곤 아무것도 입고 있지 않다니! 때로는 심지어 파자마조차 입고 있지 않았소. 그리고 난 늘 혼란으로 인해 질려있다고 느끼죠. 하지만 여기선, 전혀 개의치 않아요. 혼란은 아주 자연스러운 것 같아요.
귀부인 어터우드	던 씨, 당신이 지금 정말로 품위 있는 사회 속에 있지 않다는 절대 확실한 표시죠. 만약 당신이 제 집에 있다면 당황스럽다고 느낄 거 예 요.

---

129) His majesty's Government: 영국 정부(여왕 통치 시에는 'Her ∼' 이다)

130) nincompoop: 멍청이, 바보

131) You do us proud: '그렇게 말씀하시니 매우 영광입니다' 정도의 의미다

MAZZINI   I shall take particular care to keep out of your house, Lady Utterword.

LADY UTTERWORD   You will be quite wrong, Mr Dunn. I should make you very comfortable; and you would not have the trouble and anxiety of wondering whether you should wear your purple and gold or your green and crimson dressing-gown at dinner. You complicate life instead of simplifying it by doing these ridiculous things.

ELLIE   Y o u r house is not Heartbreak House: is it, Lady Utterword?

HECTOR   Yet she breaks hearts, easy as her house is. That poor devil upstairs with his flute howls when she twists his heart, just as Mangan howls when my wife twists his.

LADY UTTERWORD   That is because Randall has nothing to do but have his heart broken. It is a change from having his head shampooed. Catch anyone breaking Hastings' heart!

CAPTAIN SHOTOVER   The numskull wins, after all.

LADY UTTERWORD   I shall go back to my numskull with the greatest satisfaction when I am tired of you all, clever as you are.

MANGAN   [huffily] I never set up to be clever.

LADY UTTERWORD   I forgot you, Mr Mangan.

마찌니   귀부인 어터우드, 난 당신 집에 들어가지 않으려고 특별히 조심할거요.

귀부인 어터우드   던 씨, 당신은 완전히 잘못 생각하는 걸 거예요. 난 당신을 아주 편안하게 만들 거예요, 그러면 당신은 정찬 때 당신의 자주색과 황금색으로 된 실내 가운을 입을 것인지 아니면 초록색과 진홍색으로 된 실내 가운을 입을 것인 지를 생각하느라 고민하고 걱정하지 않을 거예요. 당신은 이런 우스꽝스러운 것들을 하느라고 삶을 단순하게 하는 대신에 그걸 복잡하게 하죠.

엘리   귀부인 어터우드, 당 신 의 집은 하트브레이크 하우스가 아니죠, 그렇죠?

헥토   허나 그녀는 그녀의 집이 그러하듯이 쉽게 하트브레이크 되지. 그의 플룻을 지닌 위층의 저 가련한 악마는 바로 내 아내가 망간의 마음을 뒤틀었을 때 울부짖었던 것과 마찬가지로 그녀가 그의 마음을 뒤틀었을 때 울부짖는 거지.

귀부인 어터우드   그건 랜덜이 하트브레이크 되는 것 외에는 아무것도 할 게 없기 때문이라구요. 그건 자기 머리를 누군가가 감겨주도록 하는 것으로부터의 변화죠. 해스팅즈를 하트브레이크 시키도록 하는 누군가를 잡아보라구요!

소토버 선장   결국, 그 멍텅구리가 이기는군.

귀부인 어터우드   난 당신들 모두에게 싫증났을 때 가장 큰 만족감을 갖고 당신들만큼 똑똑한 나의 멍텅구리에게로 돌아갈 거예요.

망간   [심술이 나서] 난 결코 똑똑하다고 자처하지 않았소.

귀부인 어터우드   당신은 잊었어요, 망간 씨.

MANGAN   Well, I dont see that quite, either.

LADY UTTERWORD   You may not be clever, Mr Mangan; but you are successful.

MANGAN   But I dont want to be regarded merely as a successful man. I have an imagination like anyone else. I have a presentiment —

MRS HUSHABYE Oh, you are impossible, Alfred. Here I am devoting myself to you; and you think of nothing but your ridiculous presentiment. You bore me. Come and talk poetry to me under the stars. [*She drags him away into the darkness*].

MANGAN   [*tearfully, as he disappears*] Yes: it's all very well to make fun of me; but if you only knew —

HECTOR   [*impatiently*] How is all this going to end?

MAZZINI   It wont end, Mr Hushabye. Life doesnt end: it goes on.

ELLIE   Oh, it cant go on forever. I'm always expecting something. I dont know what it is; but life must come to a point sometime.

LADY UTTERWORD   The point for a young woman of your age is a baby.

HECTOR   Yes, but, damn it, I have the same feeling; and I cant have a baby.

LADY UTTERWORD   By deputy, Hector.

망간	글쎄, 나 역시 그걸 전혀 모르겠소.
귀부인 어터우드	망간 씨, 당신은 똑똑하지 않을지 몰라요, 하지만 당신은 성공했어요.
망간	하지만 난 단순히 성공한 사람으로 간주되고 싶진 않소. 다른 누구와 마찬가지로 상상력을 지녔소. 예감을 지니고ㅡ
허셔바이 부인	오, 당신은 불가능해요, 알프레드. 여기서 난 당신에게 몰두하고 있어요, 그런데 당신은 단지 우스꽝스러운 당신 예감만을 생각하는군요. 당신이 날 따분하게 하는군요. 와서 별들 아래서 내게 시를 이야기 해주세요. [그녀는 그를 어둠 속으로 끌고 간다]
망간	[그가 퇴장할 때 눈물이 어려서] 그래요, 날 놀려대는 게 정말 좋다마는 만약 단지 당신이 알았더라ㅡ
헥토	[참을 수 없어서] 도대체 이 모든 게 어떻게 끝날 건가?
마찌니	그건 끝나지 않소, 허셔바이 씨. 삶은 끝나지 않아, 계속되지.
엘리	오, 그건 영원히 계속될 순 없어요. 전 늘 무언가를 기대하고 있어요. 그게 무엇인지는 몰라요, 하지만 삶이 언젠간 목표에 이를 것임에 틀림없어요.
귀부인 어터우드	네 나이의 젊은 여성에게 그 목표는 아기야.
헥토	맞아, 허나, 빌어먹을, 나도 같은 감정을 갖고 있어, 근데 난 아기를 가질 수 없다구.
귀부인 어터우드	대리로 해요, 헥토 형부.

HECTOR	But I h a v e children. All that is over and done with for me: and yet I too feel that this cant last. We sit here talking, and leave everything to Mangan and to chance and to the devil. Think of the powers of destruction that Mangan and his mutual admiration gang wield! It's madness: it's like giving a torpedo to a badly brought up child to play at earthquakes[132] with.
MAZZINI	I know. I used often to think about that when I was young.
HECTOR	Think! Whats the good of thinking about it? Why didnt you do something?
MAZZINI	But I did. I joined societies and made speeches and wrote pamphlets. That was all I could do. But, you know, though the people in the societies thought they knew more than Mangan, most of them wouldnt have joined if they had known as much. You see they had never had any money to handle or any men to manage. Every year I expected a revolution, or some frightful smash-up: it seemed impossible that we could blunder and muddle on any longer. But nothing happened, except, of course, the usual poverty and crime and drink that we are used to. Nothing ever does happen. It's amazing how well we get along, all things considered.
LADY UTTERWORD	Perhaps somebody cleverer than you and Mr Mangan was at work all the time.

헥토　하지만 난 자식들이 있 다 구. 그 모든 게 내겐 완전히 끝났소. 그럼에도 불구하고 나 역시 이것이 지속될 수 없다고 생각하오. 우린 여기 앉아 말을 하며 모든 걸 망간에게, 운수에 그리고 악 마에게 맡기고 있소. 망간과 서로 칭찬하는 그의 패거리가 휘두 르는 파괴력을 생각해 봐! 그건 미친 짓이야, 잘못 자란 아이에게 땅을 폭발시키는 놀이를 하라고 어뢰를 주는 것과 같다구.

마찌니　알고 있소. 젊었을 때 난 종종 거기에 대해 생각하곤 했소.

헥토　생각하다니! 거기에 대해 생각하는 게 무슨 소용 있소? 왜 당신 은 뭔가를 하지 않죠?

마찌니　그렇지만 난 뭔가 했소. 협회에 가입을 했고 연설을 했으며 소책 자를 집필했소. 그게 내가 할 수 있었던 전부였소. 하지만 알다시 피, 그 협회 사람들이 망간보다 더 많은 걸 알고 있다고 생각했 다 할지라도, 만약 그들이 바로 그 만큼 알았더라면 그들 대부분 은 가입하지 않았을 거요. 알겠지만 그들은 쓸 어떤 돈이나 다룰 어떤 사람들을 결코 갖고 있지 않았소. 매해 난 혁명이나 어떤 놀라운 대충돌을 기대했고, 더 이상 우리가 큰 실수를 해 혼란스 럽게 할 수 있다는 건 불가능한 것 같았소. 그러나 아무것도 일 어나지 않았소, 물론 우리가 익숙해져 있는 일반적인 빈곤과 범 죄 그리고 음주를 제외하곤 말이요. 결코 아무것도 일어나지 않 았소. 우리가 얼마나 잘 지내고, 모든 게 얼마나 잘 고려되는 지 가 놀랄 만하오.

귀부인 어타우드　아마도 당신과 망간씨보다 더 똑똑한 누군가가 내내 일을 했겠지 요.

---

132) play at earthquakes: 땅을 폭발시키는 놀이를 하다

MAZZINI   Perhaps so. Though I was brought up not to believe in anything, I often feel that there is a great deal to be said for the theory of an overruling Providence, after all.

LADY UTTERWORD   Providence! I meant Hastings.

MAZZINI   Oh, I beg your pardon, Lady Utterword.

CAPTAIN SHOTOVER   Every drunken skipper trusts to Providence. But one of the ways of Providence with drunken skippers is to run them on the rocks.

MAZZINI   Very true, no doubt, at sea. But in politics, I assure you, they only run into jellyfish. Nothing happens.

CAPTAIN SHOTOVER   At sea nothing happens to the sea. Nothing happens to the sky. The sun comes up from the east and goes down to the west. The moon grows from a sickle to an arc lamp, and comes later and later until she is lost in the light as other things are lost in the darkness. After the typhoon, the flying-fish glitter in the sunshine like birds. It's amazing how t h e y get along, all things considered. Nothing happens, except something not worth mentioning.

ELLIE   What is that, O Captain, O my Captain?[133]

CAPTAIN SHOTOVER   [savagely] Nothing but the smash of the drunken skipper's ship on the rocks, the splintering of her rotten timbers, the tearing of her rusty plates, the drowning of the crew like rats in a trap.

마찌니	아마도 그랬을 거요. 비록 내가 어떤 걸 믿지 않도록 자랐다 할 지라도, 종종 나는 결국 지배하는 신의 섭리설에 대해 말해질 많은 것이 있다고 생각하오.
귀부인 어터우드	섭리라뇨! 난 해스팅스를 의미했어요.
마찌니	오, 죄송합니다, 귀부인 어터우드.
소토버 선장	모든 술 취한 선장은 신의 섭리에 의지하지. 하지만 술 취한 선장들과 함께 하는 신의 섭리의 길들 중 하나는 암초로 그들을 돌진하게 하는 거요.
마찌니	분명히, 바다에선, 아주 사실이요. 하지만 정치에선, 틀림없이, 그들은 단지 해파리와 충돌하지. 아무것도 일어나지 않소.
소토버 선장	바다에선 바다엔 아무 일도 일어나지 않소. 하늘엔 아무 일도 일어나지 않소. 태양은 동쪽에서 떠올라 서쪽으로 지지. 달은 초승달에서 보름달이 되고 다른 것들이 어둠 속에서 없어지듯이 더 뒤엔 더 뒤엔 빛 속에서 없어지게 되지. 태풍이 지나간 후에, 날치들은 새처럼 햇빛 속에서 반짝반짝 빛나지. 그 들 이 어떻게 지내고, 모든 게 얼마나 고려되는 지가 놀랄 만하오. 아무것도 일어나지 않지, 언급할 가치가 없는 어떤 걸 제외하곤 말이요.
엘리	오 선장님, 나의 선장님, 그게 뭐죠?
소토버 선장	[격노하여] 단지 술 취한 선장의 배가 암초에 충돌하여, 배의 썩은 목재가 쪼개지고, 배의 녹슨 판금이 찢어지고, 승무원들이 덫에 걸린 쥐처럼 익사할 뿐이요.

---

133) O' Captain, my captain: 미국의 시인 Walt Whitman(1819-92)의 시집 *Leaves of Glass* (1900)에 실린 링컨대통령의 죽음에 대한 시 "O' Captain, my Captain! our fearful trip is done(1865)"를 염두에 둔 것이다.

ELLIE   Moral: dont take rum.

CAPTAIN SHOTOVER [*vehemently*] That is a lie, child. Let a man drink ten barrels of rum a day, he is not a drunken skipper until he is a drifting skipper. Whilst he can lay his course and stand on his bridge and steer it, he is no drunkard. It is the man who lies drinking in his bunk and trusts to Providence that I call the drunken skipper, though he drank nothing but the waters of the River Jordan.

ELLIE   Splendid! And you havnt had a drop for an hour. You see you dont need it: your own spirit is not dead.

CAPTAIN SHOTOVER Echoes: nothing but echoes. The last shot was fired years ago.

HECTOR   And this ship that we are all in? This soul's prison we call England?

CAPTAIN SHOTOVER The captain is in his bunk, drinking bottled ditch-water; and the crew is gambling in the forecastle. She will strike and sink and split. Do you think the laws of God will be suspended in favor of England because you were born in it?

HECTOR   Well, I dont mean to be drowned like a rat in a trap. I still have the will to live. What am I to do?

CAPTAIN SHOTOVER Do? Nothing simpler. Learn your business as an Englishman.

엘리	교훈적이네요, 럼주를 들지 말아요.
소토버 선장	[격렬히] 얘야, 그건 거짓말이다. 한 남자에게 하루에 10 배럴의 럼주를 마시게 해도 그가 표류하는 선장이 될 때까지 그는 술 취한 산장은 아니란다. 자신이 목표하는 방향으로 나아가며 망대에서서 그걸 조종할 수 있는 동안 그는 어떤 술고래도 아니지. 비록 그가 단지 요단강물만 마셨다 할지라도, 내가 술 취한 선장이라 부르는 이는 자기 침대에서 누워 마시며 신의 섭리에 의지하는 바로 그런 사람이오.
엘리	근사해요! 그리고 당신은 한 시간 동안 한 방울도 들지 않았어요. 알다시피 당신은 그게 필요치 않아요, 당신 자신의 영혼은 죽지 않았어요.
소토버 선장	메아리지, 단지 메아리라구. 마지막 탄환이 여러 해전에 발사 되었어.
헥토	그런데 우리 모두가 안에 있는 이 배는요? 우리가 영국이라 부르는 이 영혼의 감옥은요?
소토버 선장	선장은 병에 든 도랑물을 마시며 그의 침대에 있고, 선원들은 앞 갑판 밑 선원실에서 도박을 하고 있지. 배는 부딪쳐서 가라앉고 부수어질 거요. 자네가 거기서 태어났기 때문에 하느님의 법이 영국을 위해서 잠시 보류될 거라고 생각하나?
헥토	글쎄요, 전 덫에 걸린 쥐처럼 익사할 거란 의미는 아니었어요. 전 여전히 살고자 하는 의지를 갖고 있어요. 제가 해야 할 것이 무엇인가요?
소토버 선장	뭘 하냐고? 더 단순한 건 아무것도 없어. 영국인으로서 자네의 일을 배우게

HECTOR   And what may my business as an Englishman be, pray?

CAPTAIN SHOTOVER Navigation. Learn it and live; or leave it and be damned.

ELLIE   Quiet, quiet: youll tire yourself.

MAZZINI   I thought all that once, Captain; but I assure you nothing will happen.

A dull distant explosion is heard.

HECTOR   [*starting up*] What was that?

CAPTAIN SHOTOVER Something happening [*he blows his whistle*]. Breakers ahead!

The light goes out.

HECTOR   [*furiously*] Who put that light out? Who dared put that light out?

NURSE GUINNESS   [*running in from the house to the middle of the esplanade*] I did, sir. The police have telephoned to say we'll be summoned if we dont put that light out: it can be seen for miles.

HECTOR   It shall be seen for a hundred miles. [*He dashes into the house*].

NURSE GUINNESS   The rectory is nothing but a heap of bricks, they say. Unless we can give the rector a bed he has nowhere to lay his head this night.

CAPTAIN SHOTOVER The Church is on the rocks, breaking up. I told him it would unless it headed for God's open sea.

헥토	그런데 제발, 영국인으로서 제 일이 뭘까요?
소토버 선장	항해술이지. 항해를 배워 살라구, 그렇지 않으면 항해를 그만두고 파멸하든가.
엘리	조용, 조용히 하세요. 당신 자신이 녹초가 될 거예요.
마찌니	난 한때 그 모든 걸 생각했소, 선장, 하지만 틀림없이 아무것도 일어나지 않을 거요.

멀리서 둔한 폭발음이 들린다.

헥토	[*놀라 벌떡 일어나며*] 뭐였죠?
소토버 선장	뭔가가 일어났어. [*그는 호루라기를 분다*]. 침로 상에 암초 있음!

전기가 나간다.

헥토	[*격노하여*] 누가 전기를 끈 거야? 누가 감히 전기를 껐어.
유모 기니스	[*집으로부터 산책길 가운데로 뛰어들며*] 제가 그랬어요, 나리. 경찰이 만약 우리가 전기를 끄지 않는다면 소환될 거라 말하려고 전화했어요, 여러 마일에 걸쳐 보일 수 있다고요.
헥토	100마일에 걸쳐 보일 거야 [*그는 집안으로 돌진해 들어간다*].
유모 기니스	사제관은 단지 벽돌 더미일 뿐이라고 말하죠. 만약 우리가 교구 목사에게 잠자리를 제공할 수 없다면, 그는 오늘 밤 어디서도 머리를 누일 곳을 갖고 있지 않아요.
소토버 선장	교회는 좌초해서 흩어지고 있소. 난 그에게 만약 그것이 하느님의 공해로 나아가지 않는다면 그럴 거라고 말했소.

NURSE GUINNESS   And you are all to go down to the cellars.

CAPTAIN SHOTOVER   Go there yourself, you and all the crew. Batten down the hatches.[134]

NURSE GUINNESS   And hide beside the coward I married! I'll go on the roof first. [*The lamp lights up again*]. There! Mr Hushabye's turned it on again.

THE BURGLAR   [*hurrying in and appealing to Nurse Guinness*] Here: wheres the way to that gravel pit? The boot-boy says theres a cave in the gravel pit. Them cellars is no use. Wheres the gravel pit, Captain?

NURSE GUINNESS   Go straight on past the flagstaff until you fall into it and break your dirty neck. [*She pushes him contemptuously towards the flagstaff, and herself goes to the foot of the hammock and waits there, as it were by Ariadne's cradle*].

Another and louder explosion is heard. The burglar stops and stands trembling.

ELLIE   [*rising*] That was nearer.

CAPTAIN SHOTOVER   The next one will get us. [*He rises*]. Stand by, all hands, for judgment.

THE BURGLAR   Oh my Lordy God! [*He rushes away frantically past the flagstaff into the gloom*].

MRS HUSHABYE   [*emerging panting from the darkness*] Who was that running away? [*She comes to Ellie*]. Did you hear the explosions? And the sound in the sky: it's splendid: it's like an orchestra: it's like Beethoven.

유모 기니스	그런데 여러분들 모두는 지하실로 내려가야 해요.
소토버 선장	당신들 스스로, 당신과 모든 승무원들은 거기로 가요. 승강구 입구를 누름대로 밀폐해요.
유모 기니스	그리고 제가 결혼했던 겁쟁이 옆에 숨어요, 전 먼저 지붕에 갈 거예요. [램프 불이 다시 켜진다]. 저런! 허셔바이 씨가 그걸 다시 켰군요.
강도	[급히 들어와 유모 기니스에게 호소하며] 여기 있네, 자갈 채취장으로 가는 길이 어디요? 신병이 자갈 채취장에 동굴이 있다고 하더군. 그 지하실은 소용없어. 선장, 자갈 채취장이 어디 있소?
유모 기니스	당신이 거기에 빠져 더러운 목을 부러뜨릴 때까지 깃대를 지나 곧장 가요. [그녀는 경멸하며 그를 깃대를 향해 밀고 그녀 자신은 그물침대 발치로 가서 애리애드니의 요람 곁에서 그랬던 것처럼 거기서 기다린다]. 또 다른 더 큰 폭발이 들린다. 강도는 떨면서 멈춰 서있다.
엘리	[일어나며] 그게 더 가까이 왔군요.
소토버 선장	다음 건 우리에게 이를 거야. [그가 일어난다]. 모든 선원들이여, 심판을 위해 대기하라.
강도	오 하느님 맙소사! [그는 미친 듯이 깃대를 지나 어둠 속으로 돌진해 나간다].
허셔바이 부인	[어둠 속으로부터 숨을 할떡이고 등장하며] 누가 저렇게 달려가는 거죠? [그녀는 엘리에게 간다]. 넌 폭발을 들었니? 그리고 하늘에서 나는 그 소리를, 근사해, 오케스트라 같아, 베토벤 같다구.

---

134) hatch: 항해용어로 해치이며 배에 짐을 싣거나 밖으로 꺼내거나 하기 위해 배 상갑판에 설치된 승강구를 말한다. 여기서는 지하실로 내려가는 입구를 지칭한다.

ELLIE By thunder, Hesione: it i s Beethoven.

She and Hesione throw themselves into one another's arms in wild excitement. The light increases.

MAZZINI [*anxiously*] The light is getting brighter.

NURSE GUINNESS [*looking up at the house*] It's Mr Hushabye turning on all the lights in the house and tearing down the curtains.

RANDALL [*rushing in in his pyjamas, distractedly waving a flute*] Ariadne: my soul, my precious, go down to the cellars: I beg and implore you, go down to the cellars!

LADY UTTERWORD [*quite composed in her hammock*] The governor's wife in the cellars with the servants! Really, Randall!

RANDALL But what shall I do if you are killed?

LADY UTTERWORD You will probably be killed, too, Randall. Now play your flute to shew that you are not afraid; and be good. Play us Keep the home fires burning.[135]

NURSE GUINNESS [*grimly*] T h e y l l keep the home fires burning for us: them up there.

RANDALL [*having tried to play*] My lips are trembling. I cant get a sound.

MAZZINI I hope poor Mangan is safe.

엘리   제기랄, 헤시온, 베토벤이 라 구 요.

그녀와 헤시온은 몹시 흥분하여 그들 스스로 두 팔로 상대의 목을 껴안는다.
빛이 증가한다.

마찌니   [*걱정스럽게*] 빛이 더 환해지고 있어.

유모 기니스   [*집을 쳐다보며*] 집에 있는 모든 불을 켜고 커튼을 잡아떼는 건 허셔바이 씨예요.

랜덜   [*미친 듯이 플룻을 흔들고 파자마 바람으로 돌진해 들어오며*] 애리애드니, 내 영혼, 내 소중한 사람, 지하실로 내려가요, 당신께 빌고 간청하니 지하실로 내려가라고요!

귀부인 어터우드   [*그녀의 그물침대에서 아주 차분하게*] 총독의 아내가 지하실서 하인들과 있다니! 이런, 랜덜!

랜덜   하지만 당신이 죽음을 당하면 난 뭘 해야 하죠?

귀부인 어터우드   당신도 또한 죽을 거예요, 랜덜. 자 당신이 두렵지 않다는 걸 보여주기 위해 플룻을 연주해요, 그리고 얌전히 굴어요. 우리에게 '집이 계속 타오르게 두오'를 연주해 줘요.

유모 기니스   [*으스스하게*] 그 들 이 집에 난 불은 우리를 위해 타도록 둘 거예요, 저 높은 곳에 있는 그들이.

랜덜   [*연주를 하려고 하면서*] 입술이 떨려요. 소리를 낼 수 없어요.

마찌니   가련한 망간이 안전하길 희망하오.

---

135) Keep the home fires burning: "Keep the Home Fires Burning"은 원래 1914년 영국민의 애국심을 고취하기 위해 Ivor Novello가 작곡하고 Lena Gilbert Ford가 작사를 한 곡으로 세계 1차대전 동안 영국에서 아주 인기가 있던 노래였다. 이것은 극의 시대적 배경이 1차대전 즈음임을 시사한다. 귀부인 어터우드가 'Keep the home fires burning'이라하는 것만 보면 '집이 계속 타오르게 하다' 정도의 의미이지만, 원곡에서 이 구절 다음 가사가 'Till the Boys Come Hom'임을 고려한다면 '전시에 후방을 지키다[가정생활을 계속하다]' 정도로 번역되어야 할 것이다. 하지만 극중에서 공습으로 집이 불타는 것을 고려해 '집이 계속 타오르게 하다'는 의미로 번역했다.

MRS HUSHABYE He is hiding in the cave in the gravel pit.

CAPTAIN SHOTOVER My dynamite drew him there. It is the hand of God.

HECTOR [*returning from the house and striding across to his former place*] There is not half light enough. We should be blazing to the skies.

ELLIE [*tense with excitement*] Set fire to the house, Marcus.

MRS HUSHABYE My house! No.

HECTOR I thought of that; but it would not be ready in time.

CAPTAIN SHOTOVER The judgment has come. Courage will not save you; but it will shew that your souls are still alive.

MRS HUSHABYE Sh-sh! Listen: do you hear it now? It's magnificent.

They all turn away from the house and look up, listening.

HECTOR [*gravely*] Miss Dunn: you can do no good here. We of this house are only moths flying into the candle. You had better go down to the cellar.

ELLIE [*scornfully*] I d o n t think.

MAZZINI Ellie, dear, there is no disgrace in going to the cellar. An officer would order his soldiers to take cover. Mr Hushabye is behaving like an amateur. Mangan and the burglar are acting very sensibly; and it is they who will survive.

ELLIE Let them. I shall behave like an amateur. But why should you run any risk?

MAZZINI Think of the risk those poor fellows up there are running!

허셔바이 부인	그는 자갈 채취장의 동굴에 숨어 있어요.
소토버 선장	내 다이너마이트가 그를 그리로 잡아끌었소. 그건 하느님의 손길이지.
헥토	[집으로부터 돌아와 그의 이전 자리로 성큼 건너가며] 충분한 불꽃의 절반이 안 돼. 하늘까지 타올라야 해.
엘리	[흥분으로 긴장해서] 집에 불을 질러요, 마르쿠스.
허셔바이 부인	내 집에! 안 돼.
헥토	그걸 생각했소, 하지만 그건 때맞추어 준비되지 않을 거요.
소토버 선장	심판이 가까이 왔어. 용기가 자넬 구하진 못할 걸세, 하지만 그건 자네 영혼이 아직 살아있다는 걸 보여줄 걸세.
허셔바이 부인	쉬-쉬! 들어봐요. 지금 들리나요? 굉장해요.

그들 모두는 집으로부터 돌아서 쳐다보고 듣는다.

헥토	[진지하게] 던 양, 당신은 여기서 아무 도움이 될 수 없소. 이 집의 우리들은 단지 양초로 날아드는 나방들일 뿐이요. 당신은 지하실로 내려가는 게 더 낫소.
엘리	[경멸하며] 그렇게 생각하지 않 아 요.
마찌니	엘리, 얘야, 지하실로 가는 덴 아무 치욕도 없단다. 장교는 그의 병사들에게 숨으라고 명령을 하곤 한다. 허셔바이 씨는 아마추어처럼 처신하고 있단다. 망간과 강도가 아주 분별력 있게 행동하고 있는 거야. 살아남을 건 바로 그들이야.
엘리	그들이 그렇게 하도록 하세요. 전 아마추어처럼 처신할 거예요. 하지만 아버진 왜 어떤 위험을 무릅써야 하나요?
마찌니	저 가련한 사람들이 저기서 위험을 무릅쓰고 있는 걸 생각해 봐!

NURSE GUINNESS   Think of t h e m, indeed, the murdering blackguards! What next?

A terrific explosion shakes the earth. They reel back into their seats, or clutch the nearest support. They hear the falling of the shattered glass from the windows.

MAZZINI   Is anyone hurt?

HECTOR   Where did it fall?

NURSE GUINNESS   [*in hideous triumph*] Right in the gravel pit: I seen it. Serve un right! I seen it [*she runs away towards the gravel pit, laughing harshly*].

HECTOR   One husband gone.

CAPTAIN SHOTOVER   Thirty pounds of good dynamite wasted.

MAZZINI   Oh, poor Mangan!

HECTOR   Are you immortal that you need pity him? Our turn next.

They wait in silence and intense expectation. Hesione and Ellie hold each other's hand tight.

A distant explosion is heard.

MRS HUSHABYE [*relaxing her grip*] Oh! they have passed us.

LADY UTTERWORD   The danger is over, Randall. Go to bed.

CAPTAIN SHOTOVER   Turn in, all hands.[136] The ship is safe. [*He sits down and goes asleep*].

ELLIE   [*disappointedly*] Safe!

HECTOR   [*disgustedly*] Yes, safe. And how damnably dull the world has become again suddenly! [*he sits down*].

유모 기니스	그 들 을 생각하라니, 정말, 그 살인을 저지르는 악당들을! 정말 다음엔 뭐죠?

끔찍한 폭발이 대지를 뒤흔든다. 그들 자리로 비틀거리며 되돌아가거나 가장 가까운 지지물을 꽉 잡는다. 그들은 창문으로부터 산산조각 난 유리가 떨어지는 소리를 듣는다.

마찌니	누가 다쳤나요?
헥토	그게 어디 떨어졌나요?
유모 기니스	[소름끼치게 의기양양해 하며] 바로 자갈 채취장에요. 그걸 봤어요. 꼴좋게 됐어요! 난 봤어요 [그녀는 귀에 거슬리게 웃으며 자갈 채취장 쪽을 향해 달려간다].
헥토	남편 하나가 사라졌군.
소토버 선장	30파운드의 좋은 다이너마이트가 낭비되었어.
마찌니	오, 불쌍한 망간!
헥토	당신이 그를 동정할 필요가 있다니 당신은 영원한가요? 다음이 우리 차례요.

그들은 말없이 긴장된 기대 속에서 기다린다. 헤시온과 엘리는 서로의 손을 꽉 잡고 있다.

멀리 폭발이 들린다.

허셔바이 부인	[그녀의 꽉 쥔 손을 풀며] 오! 그들이 우릴 지나쳤어.
귀부인 어터우드	위험은 끝났어요, 랜덜. 잠자리에 들어요.
소토버 선장	승무원 모두 취침. 배는 안전하다. [그는 앉아서 잠든다].
엘리	[실망해서] 안전하다니!
헥토	[분개하며] 그렇소, 안전다구. 그리고 세상이 갑자기 다시 얼마나 지독히 지루하게 되었는지! [그는 앉는다].

---

136) Turn in, all hands: 'turn in' 은 '잠자리에 들다', 'hands'는 배의 '승무원들'이다

MAZZINI [*sitting down*] I was quite wrong, after all. It is we who have survived; and Mangan and the burglar—

HECTOR —the two burglars—

LADY UTTERWORD —the two practical men of business—

MAZZINI —both gone. And the poor clergyman will have to get a new house.

MRS HUSHABYE But what a glorious experience! I hope theyll come again tomorrow night.

ELLIE [*radiant at the prospect*] Oh, I hope so.

Randall at last succeeds in keeping the home fires burning on his flute.

CURTAIN

마찌니   [앉으며] 결국, 나는 완전히 틀렸소. 살아남은 건 바로 우리요, 그
                  리고 망간과 강도는―

헥토   ―그 두 강도는―

귀부인 어터우드   ―그 두 실용적인 사업가는―

마찌니   ―둘 다 사라졌소. 그리고 그 불쌍한 목사는 새 집을 얻어야만
                  할 거요.

허셔바이 부인   하지만 얼마나 놀라운 경험인가요! 난 그들이 내일 밤 다시 오길
                  바래요.

엘리   [그 기대로 즐거운 듯] 오, 그러길 바래요.

          마침내 랜덜은 플롯으로 '집이 계속 타오르게 두오'를 연주하는 데 성공한다.

막

작가 및 작품소개

조지 버나드 쇼(George Bernard Shaw 1856-1950)는 1856년 7월 26일 아일랜드 더블린에서 영국계 프로테스탄트 집안인 조지 카 쇼(George Carr Shaw)와 구신다 엘리자베스 걸리 쇼(Lucinda Elizabeth Gurly Shaw)의 셋째 아이이자 첫 아들로 태어났다. 가톨릭 도시 더블린에서 영국계 프로테스탄트로 자랐던 쇼는 태생적으로 그 사회에 속하면서도 속하지 못하는 이중성을 경험할 수밖에 없었다. 1876년 20세의 나이에 더블린을 떠나 런던으로 갔지만 런던 역시 아일랜드 출신 쇼에게는 그 일원이면서도 동화되기 힘든 사회가 될 수밖에 없었다. 작가로서 이런 쇼의 존재 조건은 영국 사회와 그 사회의 문제를 보다 객관적으로 조망 가능한 토대가 되었다.

쇼는 30편 가량의 희곡은 물론 5편의 소설과 수많은 예술평론, 문예평론 등 다양한 장르의 작품을 집필한 작가였으며, 특히 19세기 말부터 20세기 초

엽까지 영국을 대표하는 사실주의 극작가로 평가받는다. 그가 극작가로 활동을 시작했던 19세기 말 영국 사회는 외관상 별 문제없는 것처럼 보였고, 영국인들은 대영제국의 번영이라는 환상에 사로 잡혀 나태하게 일상을 보내고 있었다.

쇼는 본질적으로 극을 자신의 사상을 전달하는 매체로 사용했다. 특히 쇼는 1880년대 초 런던에서 사회주의에 영향을 받으며 빅토리아 시대의 사회질서, 즉 자본주의와 제국주의, 상류귀족층으로부터 파급된 예법, 품위 등에 대한 개념들과 외면적 행동 규약, 프로테스탄트 중산층의 편협한 결혼관과 가족중심주의, 의무와 애국주의 등에 내재된 모순을 민감하게 인식하고 자신의 극을 통해 사회개혁의식을 전달함으로써 현실사회의 모순을 깨닫지 못하고 있거나, 아니면 그것을 의도적으로 은폐하려 했던 당시 영국 중상류층 관객들의 안이함을 깨뜨리려 했다.

쇼의 사실주의는 사회 문제의 실상을 폭로하고, 당대 사회에 만연된 환상 (illusion)을 깨고 쇼 자신의 초인사상 내지 창조적 진화사상에 입각하여 사회를 개혁하려는 목적을 지닌 것이기에 그의 극은 교훈적이며, 선전적이다. 이렇듯 쇼가 자신의 사상을 표현하려는 극을 쓰고, 등장인물들이 극 중에서 자신이 폭로하거나 제시하는 문제를 토론하도록 하기 때문에 그의 극은 흔히 '사상극 (Drama of Ideas)'으로 불린다. 그의 초인사상 내지 창조적 진화사상은 인간과 사회의 미래에 대한 낙관적 비전을 담고 있다. 간단히 요약하면, 인간은 자신의 의지를 활용하여 자기 운명을 개척할 수 있기에 결국 인간정신이 진화하여 인간의 발전은 물론 사회의 발전을 이룰 수 있을 것이라는 것이다. 하지만 쇼의 창조적 진화사상은 모든 인간이 초인이 될 수 있는 세계를 꿈꾸는 것으로 궁극적으로 제도의 개선이 아닌 인간성의 개혁을 요구한 사상이다.

쇼가 『**하트브레이크 하우스**』(*Heartbreak House*)를 집필하기 시작한 1913년은 발칸반도를 중심으로 국제적인 위기가 고조되어 유럽의 분위기는 화약고 같았지만 내부적으로 노동계층의 불안과 아일랜드 자치권문제 등을 제대로 해결하지 못했던 무능한 영국의 정치인들은 이런 위기를 감추기에 바빴다. 그럼에도 불구하고 일반인들에게는 별 문제 없이 평화로운 것처럼 보였던 시기였다. 많은 비평가들은 『하트브레이크 하우스』를 쇼의 가장 위대한 극으로 간주하고 있으며, 무엇보다도 이 극은 "붕괴되는 사회에 대한 묘사"이며, 외관상 위트, 연애유희, 속물적 계급의식 등으로 이루어진 에드워드시대 상류계급의 현실의식 부재를 소재로 한다. 쇼는 궁극적으로 이 극을 통해 1차 대전으로 치닫는 상황을 인식하지 못하고 표류하는 영국 상류층에게 파국을 경고하며, 국가구원의 메시지를 전달하고자 했다.

쇼는 『하트브레이크 하우스』에 '러시아 양식으로 된 영국주제에 대한 환상곡'(A Fantasia in the Russian Manner on English Themes)이란 부제를 부치고 서문을 통해 자신이 당대 세련된 러시아 상류사회에 대한 절망과 고발을 보여주는 안톤 체홉(Anton Chekhov) 극의 영향을 받았음을 시사한다. 이 극은 특히 『벚꽃동산』(*The Cherry Orchard*, 1903)의 영향을 드러낸다. 『하트브레이크 하우스』는 폭발음과 체펠린비행기 소리로, 『벚꽃동산』은 벚꽃 베는 도끼소리로 기존 사회질서의 붕괴가 임박했음을 경고한다는 점에서 공통점을 보인다. 제정러시아 말기 러시아 상류층이 현실인식을 못하고 하릴없이 시간을 보내는 것이나 1차 대전으로 치닫는 상황을 인식하지 못하고 부유하는 영국 상류층의 모습은 유사하다. 『하트브레이크 하우스』의 첫 장면을 보고 처음에 관객들은 시골저택에서 주말을 보내는 하릴없는 에드워드시대의 중상류층을 다룬 희극이라 생각할지 모른다. 그러나 마지막 장면에 체펠린 비행기의 등장은 이 극의 실제 배경이 1차 세계대전 전후임을 시사하고 관객들이 극장 밖에서 대면하는 현실은 전장임을 시사한다. 결과적으로 이 극의 세계와 1차 세계대전 전후의 영국, 더 나아가 유럽이 병치되고 있다고 볼 수 있다.

『하트브레이크 하우스』에서 쇼는 감상적이며 낭만적인 환상과 연애유희에 몰두해 사교계 외부세계에는 별 관심을 두지 않아 다가올 국가의 위기에 무방비 상태에 놓인 영국 상류층의 모습을 극화하고 있다. 무엇보다도 쇼는 이 혼란스러운 하트브레이크 하우스에 초대된 엘리를 통해 '과연 위기의 국가를 누가 구할 것인가?'하는 문제를 탐구하고 있다. 쇼가 1913년에 집필을 시작했던 『하트브레이크 하우스』를 1차 세계대전 중인 1916년에 완성했다는 점을 고려할 때, 전쟁이 이 극의 주제와 분위기에 깊은 영향을 끼쳤음은 부인할 수 없는 사실이다.

쇼는 소토버 선장의 집인 이 극의 무대를 "전망대를 갖춘 고물이 높은 구식 배"와 비슷한 모양으로 설정하고 있다. 이를 통해 쇼는 극의 무대 자체가 알레고리적으로 국가라는 배를 나타내고 있음을 시사한다. 쇼가 당시 연극계를 풍미한 사실주의 무대가 아닌 알레고리를 택한 것은 이 극을 통해 현실에 대한 세부 묘사가 아니라 당대 영국의 위기와 구원에 대한 자신의 메시지를 전달하고자 했기 때문이다. 사실 이 집은 극중에서 문자 그대로 '하트브레이크 하우스'라 불리며, 이미 그 영광을 잃고 표류하는 과거 해상강국 영국을 연상시키고 있다.

쇼는 이 극을 전쟁에 대한 예고로 끝냄으로써 '하트브레이크 하우스'에 숨어 연애유희나 하며 현실을 망각하려는 1차 세계대전 직전의 영국 상류층에게 심판의 날이 왔음을 고지하는 경고의 메시지를 보낸다. 하지만 쇼의 경고가 '하트브레이크 하우스'의 거주자들로 대변되는 당시 영국 상류 사교계인사들에게 진정한 의미의 경고가 되지 못함은 부인할 수 없다. 공습으로 인한 즉각적인 위험이 사라지자 이 극에서 유일한 잠재적 영웅의 역량을 지닌 헥토가 세상이 다시금 재미없어졌음을 한탄하며 공습 자체를 일종의 놀이로 보고 있다는 사실은 이를 뒷받침한다.

극의 첫 장면은 구식 배 모양을 한 서식스주의 시골저택에 손님들을 초대해 유쾌하게 파티를 하며 주말을 보내는 하릴없는 에드워드시대의 상류층을 연상시키지만, 마지막 장면에 폭발과 함께 체펠린비행기의 등장은 이 극의 실제 배경이 1차 대전 전후임을 시사한다. 이를 통해 쇼는 관객들에게 '하트브레이크 하우스'가 바로 영국이며, 이 집의 거주자들의 모습이 전쟁으로 치닫던 당시 영국을 지배하던 무능하고 자기기만에 빠진 상류층의 실상이라는 것을 암시한다.

특히 강도장면에서 범죄와 처벌, 그리고 속죄와 구원조차도 구분되지 않을 정도로 모든 가치가 뒤엉켜 있어서 과연 영국이라는 국가가 위기에서 벗어나 질서를 회복하는 것이 가능할 것인지에 대한 의문이 든다. 마지막 장면에서 쇼는 영국인들이 위기에 빠진 국가를 구원하지 않는다면 파멸할 것임을 명백히 보여준다. 그가 자갈채취장에 보관한 다이너마이트는 이 극에서 무엇보다도 1차 대전의 전조이며, 다가올 재앙을 인지하지 못하고 유희에 빠진 어리석은 영국 상류층에 대한 경고를 극대화시키는 역할을 한다. 마지막에 폭발로 교구목사관이 파괴되고, 자갈채취장에 있는 다이너마이트가 터져 안전을 찾아 그곳으로 피했던 망간과 강도가 죽는다. 만약 목사관이 대변하는 종교와 실제적인 사업가인 망간과 강도가 시사하는 자본주의가 그렇게 취약하고, 살아남은 상류층인사들은 대부분 현실의식이 부재하다면 과연 곧 전쟁이 발발하게 될 상황에서 위기의 국가 대영제국의 미래는 어떻게 될 것인가?

배 모양을 한 소토버 선장의 집에 다섯 명의 방문객이 오고, 이들 중 강도를 제외한 엘리, 귀부인 어터우드, 망간, 랜덜은 그 날 저녁 각자의 방식으로 하트브레이크를 경험하지만 엘리만이 하트브레이크를 견디어내고 내적 변화를 보인다. 외관상 이 극의 주된 액션은 젊은 아가씨 엘리가 누구와 결혼할 것인가 하는 문제를 중심으로 전개된다.

쇼는 이 극에서 엘리를 통해 위기에 빠진 영국의 구원 가능성을 모색하고 있다. 처음에 헥토가 꾸민 단리 로맨스를 믿을 정도로 순진한 소녀였던 엘리는 일련의 가면 벗기에 의해 눈을 뜨게 된다. 엘리는 단리에 대한 낭만적 환상에 빠진 소녀에서 그것이 가짜 영웅 헥토가 꾸며낸 거짓에 기초한 것임을 깨닫고 극 중에서 처음으로 하트브레이크를 경험하지만 하트브레이크를 통해 변화하는 인물이다. 이후 그녀는 자신의 육체적 안일과 물질적 행복을 위해 부자인 늙은 망간과의 결혼을 선택하는 속물적인 사교계 젊은 여인의 모습을 보인다. 하지만 엘리는 돈을 위해 영혼을 팔지 말고 고난과 위험에 대한 두려움 없이 자기 주도적 삶을 살아가라고 권하는 소토버 선장에게서 다른 남성들에게는 찾아볼 수 없는 진정한 용기와 지혜를 발견하고, 마침내 88세의 소토버 선장을 남편으로 택하는 성숙한 여성으로 발전한다. 이런 변화는 엘리가 하트브레이크 하우스의 다른 상류층 인사들과는 달리 외부 환상을 거부하고 외관을 꿰뚫어 현실을 직시하는 존재로 거듭날 것임을 시사한다. 따라서 그녀의 하트브레이크는 현실에 대한 추구의 시작이라고 할 수 있다. 그러나 그녀가 인생의 동반자로 택한 소토버 선장이 아직 이 집의 경제적 부양자이고 지도자이나 깨어 있기 위해 계속 럼주를 마실 뿐 아니라 너무 늙어서 더 이상 그녀에게 지혜와 용기를 줄 수 있을지에 대한 확신을 줄 수 없다. 엄밀히 말하면, 이 극에서 이미 80이 넘은 소토버 선장은 그녀와의 관계에서 어떤 의미 있는 결실을 맺기란 불가능한 정신적 가치를 나타내는 상징적인 존재에 불과하다. 이렇게 본다면 이 극에서 엘리가 영국을 위기에서 구하고, 변화를 책임질 새로운 세대를 나타낸다고 하기란 쉽지 않다. 엘리가 결혼 선언을 할 때 그녀 품에서 잠든 소토버 선장의 모습은 두 사람의 결혼이 위기에 빠져 암초로 표류해가는 영국이라는 배가 제대로 된 방향을 찾아 항해하도록 하기엔 현실성이 결여 되어 있음을 보여준다. 그러므로 쇼가 이 극을 통해서 진정 실현가능한 국가구원의 계시를 제시한다고 보기란 어렵다.

버나드 쇼 희곡연보

Plays Unpleasant (published 1898)

   Widowers' Houses (1892)

   The Philanderer (1898)

   Mrs Warren's Profession (1893)

Plays Pleasant (published 1898)

   Arms and the Man (1894)

   Candida (1894)

   The Man of Destiny (1895)

   You Never Can Tell (1897)

Three Plays for Puritans (published 1901)

   The Devil's Disciple (1897)

   Caesar and Cleopatra (1898)

Captain Brassbound's Conversion (1899)

The Admirable Bashville (1901)

Man and Superman (1902-03)

John Bull's Other Island (1904)

How He Lied to Her Husband (1904)

Major Barbara (1905)

The Doctor's Dilemma (1906)

Getting Married (1908)

The Glimpse of Reality (1909)

The Fascinating Foundling (1909)

Press Cuttings (1909)

Misalliance (1910)

The Dark Lady of the Sonnets (1910)

Fanny's First Play (1911)

Overruled (1912)

Androcles and the Lion (1912)

Pygmalion (1912-13)

The Great Catherine (1913)

The Inca of Perusalem (1915)

O' Flaherty VC (1915)

Augustus Does His Bit (1916)

Annajanska, the Bolshevik Empress (1917)

Heartbreak House (1919)

Back to Methuselah (1921)

  In the Beginning

  The Gospel of the Brothers Barnabas

The Thing Happens

Tragedy of an Elderly Gentleman

As Far as Thought Can Reach

Saint Joan (1923)

The Apple Cart (1929)

Too True To Be Good (1931)

On the Rocks (1933)

The Six of Calais (1934)

The Simpleton of the Unexpected Isles (1934)

The Shewing Up of Blanco Posnet (1909)

The Millionairess (1936)

Geneva (1938)

In Good King Charles's Golden Days (1939)

Buoyant Billions (1947)

Shakes versus Shav (1949)